KB123606

못된 짓
misdeed

못된 짓 2

2022년 12월 12일 초판 1쇄 인쇄
2022년 12월 15일 초판 1쇄 발행

지은이 언정이
발행인 김정수 강준규

기획 편집 이은정 주종숙
마케팅 지원 배진경 임혜솔 송지유 장선영 김다운 조진숙

발행처 (주)로크미디어
출판등록 2003년 3월 24일
주소 서울시 마포구 성암로 330 DMC첨단산업센터 318호
편집 문의 (02)6365-5170 **구입 문의** (02)3273-5135
홈페이지 rokmedia.blog.me
E-mail romance@rokmedia.com

ⓒ 언정이, 2022

값 9,000원

ISBN 979-11-408-0400-9 04810 (2권)
ISBN 979-11-408-0398-9 04810 (세트)

못된 짓 *misdeed*

2

언정이 장편소설

목차

제13장
네가 불행하지 않으면 좋겠어

혜승과 마주 보며 카페에 앉아 있다는 것부터가 곤욕스러웠다. 절대로 다시 보지 않을 거라고 생각했던 얼굴을 이렇게나 자주 보게 되다니. 악연은 악연인 모양이다.

회사에서 멀리 떨어진 카페로 가자는 자신의 제안을 그녀는 군말 없이 받아들였다. 소란이 벌어지는 걸 혜승도 원치 않았던 것 같다. 하기야 회사에서는 공공연하게 혜승이 승준과 결혼할 거라는 소문이 나돌고 있지 않나.

중간에 한주 직원이 끼어 있다는 소리를 듣는 건 원치 않을 거다.

"언제부터니?"

따뜻한 커피로 입술을 적신 혜승이 커피 잔을 내려놓고는 물었다.

곧 죽어도 차가운 커피만 마시는 자신과 커피 취향부터가 맞지 않는 애다.

7

"주어하고 목적어를 제대로 넣어서 물어봐야 대답을 하지."

"여우같이 모르는 척하는 거야?"

"사람 떠보지 말고 똑바로 말하라고."

"너 승준이한테 회사 넣어 달라고 부탁했니?"

승준이 제 이야기를 한 건 아닌 모양이다.

"궁금하면 차승준한테 직접 물어봐. 나한테 와서 이러지 말고."

"뭐?"

"네가 나한테 이렇게 당당할 처지는 아니잖아."

고작 두루뭉술한 몇 마디를 던졌을 뿐인데, 혜승의 낯빛이 갑자기 파리해졌다. 마치 무언가를 들킬까 초조해야 하는 범인 같다.

"그, 게…… 무슨 소리야? 내가 뭘 어쨌다고?"

그녀의 목소리 끝이 이상하리만치 떨렸다.

승준과 사귀지 않았다는 게 이토록 당황할 일인가. 적어도 콧대 높은 혜승이라면 네가 뭘 아냐며 따져 물을 줄 알았다.

침묵이 길어지자 혜승이 아랫입술을 잘근 물었다.

"네가 알겠지."

그 반응이 꽤 통쾌해 혜승이 바라는 대답을 던져 주지 않았다. 그러자 저쪽에서 먼저 인내심이 바닥이 난 듯했다.

"이…… 비서가 그래?"

혀로 바짝 마른 입술을 훑던 혜승이 다급히 제게 물었다.

이 비서가 누군데?

한주리테일 비서실에 있는 비서 중 한 분인가. 승준과 예전에 같이 일했던 사람인지도 몰랐다. 다만 그 이 비서라는 사람이 제가 승준의 회사에 들어간 것과 무슨 상관이 있나 싶었다.

혹시 부속 계약서의 내용이라도 알고 있는 건가. 아니, 그럴 리가 없다. 누구보다 비밀을 지키려고 애쓴 승준이 아닌가.

"이 비서가 누군데?"

자세히 얘기해 보라며 던진 질문의 시작이 좋지 않았다. 제가 이 비서를 모르는 걸 알자마자 창백하던 혜승의 얼굴에 다시금 혈색이 돌기 시작했다.

"우리 서로 딴 얘기 중이었나 보네."

혹여 제가 뭘 묻기라도 할까. 혜승은 어정쩡하게 빗나가던 대화를 황급히 마무리했다.

따뜻한 커피를 한 모금 마시며, 그녀는 마음을 다잡는 듯했다. 제가 이렇게 맹렬하게 자신을 쏘아 댈 줄 몰랐을 거다.

"네가 이렇게 다짜고짜 찾아와서 나한테 행패 부리는 거, 차승준도 알고 있어?"

"행패?"

"분명히 싫어할 텐데. 그치?"

"네가 뭘 안다고."

"너보다는 잘 알 것 같아서. 직접 전화해서 한번 확인시켜 줄게."

다현이 바로 승준의 번호를 쳤다.

[차승준 본부장님]

핸드폰 화면 위에 승준의 이름이 떴다. 다른 번호는 죽어라 외우려고 해도 기억이 나지 않으면서 왜 승준의 번호는 똑똑히 생각나는지 모르겠다.

"승준이 아버님하고 오늘 중요한 만찬 중인데 이런 일로 방해하고 싶니, 넌?"

당돌한 자신의 모습이 그저 우습다는 듯 혜승이 이죽거렸다.

"안 그래도 리테일 일이다, 후계자다, 바쁜 애 건드리지 마. 그리고 내일 당장 사표 내."

"뭐?"

"너 전 회사에서 스캔들 아주 죽이게 났더라."

"누가…… 그래?"

"네 전 남친이."

다현의 표정이 차갑게 굳었다. 기껏 파묻었던 사건을 혜승은 기어코 제 눈앞에 다시 가져왔다. 신나게 상대를 때려눕히다가 강력한 한방을 얻어맞아 버린 기분이다.

만약 최범과의 스캔들이 또다시 터지면 지금의 회사에서 버틸 수 있을까. 사내 인트라넷에 소문이 올라오기만 해도 일파만파 번져 나갈 것이다. 남의 행복보다는 불행이 더욱 재미있는 안줏거리니까.

"나한테 이러지 말고 네가 직접 차승준 설득해."

승준이면 어떻게든 혜승을 막을 수 있을지도 몰랐다. 최소한 일개 사원보다는 힘이 있지 않나.

"나는…….."

"네가 스스로 나가."

"내가 왜?"

"괜히 사람 잘랐다는 얘기 나오면 우리 승준이가 곤란하잖아."

우리라는 말이 참 쉽나 보다. 제게는 그 말이 날카로운 가시처럼 목에 걸려 올라오지도, 그렇다고 아래로 내려가지도 않는데.

"지금 걔한테 중요한 시기라고 얼마나 더 말해야 알아먹어? 멍청해 가지고."

혜승이 미간을 잔뜩 구기고는 궁싯거렸다.

제게 관두지 못할 사정이 있다고 해 봐야 그녀는 답을 얻을 때까지 꼬치꼬치 캐물을 게 뻔했다. 어차피 승준과 키스까지 했다고 말도 못 할 거다. 쓸데없이 악에 받친 혜승을 상대하기 싫었다.

커피 잔을 매만지면서 자신의 얼굴을 빤히 쳐다보는 혜승의 눈빛은 몹시도 거만했다. 승기가 완전히 자신에게 넘어갔다고 생각하고 있을 테니, 지극히 당연한 반응이었다.

"어떻게 할래? 조금 더 괴롭혀 줄까, 아님 네가 알아서 꺼질래?"

"……."

"너 괴롭힐 방법이야 많아. 난 그럴 만한 시간도, 돈도 있으니까."

혜승의 얼굴 위로 비틀린 웃음이 피어올랐다.

그냥 하는 말이 아니라는 걸 안다. 몇 년 사이에 혜승의 성격이 완전무결하게 변했을 리도 없다. 승준과 사귀지 않으면서도 거짓말을 하며, 거침없이 제 뺨을 날린 애가 아닌가.

더한 짓을 했으면 했지, 절대로 이대로 물러서지는 않을

11

것이다.

다현은 싸늘하게 식은 자신의 두 손을 더욱 꽉 맞잡았다. 혜승 때문에 발목을 잡힌다는 것이 우스웠다. 제가 어떻게든 들어오고 싶던 회사가 아닌가.

"올해 말까지만. 그때까지만 일하고 부서 이동하기로 했으니까……."

"협상 없어. 관둬."

혜승은 단칼에 제 말허리를 잘랐다. 그녀를 설득할 방법은 그 어디에도 없는 것 같았다.

제가 차승준의 곁에서 영원히 꺼지는 것. 그것 하나밖에는.

눈앞에 더럭 던져진 상황에 절로 한숨이 쏟아졌다. 그야말로 진퇴양난이었다. 만에 하나 혜승의 협박에 제가 물러나도 승준이 가만히 있을까. 기어코 자신을 찾아내거나 어떤 식으로든 부속 계약서를 해지할 수 없도록 놔두지 않을지 몰랐다.

자신 역시 부속 계약서에서 나오는 돈이 아쉬웠다. 간병인이며 병원비로 허덕이지 않아 본 게 얼마 만인가. 게다가 고된 알바에 늘 손목이 아픈 엄마도 일을 줄일 수 있었다. 그런데 여기서 나가 버리면 그 모든 안정감이 사라질 거다.

그깟 소문이야 이를 악물고 버티면 되지 않을까? 한 번 참아 봤지 않나. 두 번째는 처음보다 참을 만할지도 몰랐다.

그렇게 믿고 싶었다. 가난보다 무서운 건 없으니까.

"어떻게? 결정했니?"

혜승이 저를 채근해 댔다. 결정을 내리지 못한 다현이 아이스 아메리카노만 남김없이 마셨다. 어떤 선택을 해야 맞는지 알 수 없었으나, 이제는 결정을 내려야 할 때였다.

이대로 계속 혜승을 마주 보고 앉아 있기도 싫었다.

"나 안 관둬."

"나쁜 소문 나도 버틸 수 있겠어? 저번에 그렇게 호되게 당했으면서?"

"한 번 관둬 보니까 그런 생각이 들더라. 내가 뭘 잘못했다고? 속인 건 그 새끼인데. 왜 걔는 거기 남아서 잘 먹고 잘 사는데? 그래서 이번에는 안 도망갈 거야. 악착같이 나도 남아 있으려고."

"너 정말 미쳤구나?"

"어, 미쳤어. 그러니까 괴롭히든 말든 알아서 해."

다현은 이를 악문 채 혜승의 눈을 피하지 않았다. 따지고 보면 제가 그녀의 시선을 피해야 할 이유도 없었다.

"나는 당하면 배로 갚아 주는 인간이니까 그건 알고 덤벼."

더 이상 제 말을 들어 주지 못하겠다는 듯 혜승이 테이블 위에 있던 물잔을 들어 제게 뿌렸다. 정확히 제 얼굴을 가격한 물이 뺨을 타고 흘러내렸다.

"하, 씨……."

다현은 헛웃음을 흘리며 두 손으로 얼굴을 훔쳤다. 혜승은 제가 눈물을 흘리며 물러서기를 바라겠지만, 그럴 일은 일어나지 않을 거다.

"뭣도 없는 년이 허세는. 나중에 후회하지 말고 닥치고 살아."

가진 게 없는 사람의 매운맛을 보여 줄 수밖에.

다현은 얼음이 든 아이스 아메리카노 잔을 들었다. 그러고는 조금의 주춤거림도 없이 잔에 든 얼음을 혜승에게 뿌렸다. 커피향을 머금은 간얼음이 와르르 쏟아지자마자 혜승이 비명을 지르며 자리에서 일어났다.

"돌았니?"

솟구치는 화를 이기지 못한 혜승이 부르르 몸을 떨었다. 그녀는 당장이라도 제 머리카락을 낚아채고 싶어 했지만 그러지 않았다. 카운터에 있는 직원이 신경 쓰였던 듯했다. 인터넷에 영상이라도 떠돌아 골치 아플 테니까.

그까짓 품위 때문에 혜승이 몸을 사리는 중이라면 차라리 잘됐다. 적어도 제게는 반드시 지켜야 할 이름값은 없으니까.

"그러게 조심하랬잖아. 내가 배로 갚는다고."

씩씩거리는 혜승의 모습에도 주눅 들지 않았다. 제가 만일 약한 모습이라도 보이면 그 여린 부분을 파고들 애니까. 최대한 아무렇지 않다는 듯 굴 필요가 있었다.

다현은 외투와 가방을 챙겨 들고는 자리에서 일어났다. 축축한 옷이나 갈아입어야겠다.

"갈게."

"가기는 어딜 가?"

"내가 차승준한테 갈까 봐 겁이라도 나?"

"내, 내가 왜……?"

"둘이 잔 적도 없으니까."

회심의 한 방이었다.

물론 자칫하다가는 도리어 제가 당할 수도 있는 수였다.

14

순전히 승준의 말만 믿고 내던진 말이니까. 그가 제게 거짓말을 했을지도 몰랐다. 확률은 반반이었다.

우선 제 마음은 승준을 믿는 쪽으로 기울었지만.

"누, 누, 누가 그래?"

"차승준이."

"승준이가?"

"이제 걔한테 직접 따지고 싶어졌어? 너희들 문제는 너희들끼리 해결하고, 다시는 나 찾아오지 마. 너 안 반가우니까."

혜승의 낯빛이 새하얗게 변했다. 그녀를 두고, 먼저 카페를 나섰다. 혜승의 굳어 버린 표정을 보니, 승준의 말이 사실이기는 했나 보다.

아무 사이가 아니었다니.

'남의 남친 그만 괴롭히라고.'

혜승이 제게 했던 말이 힘없이 귀에서 빠져나갔다.

가방끈을 바짝 그러잡은 다현의 눈동자가 떨렸다. 혜승과 꽤 멀어졌는데도 심장이 아직도 벌렁거렸다. 양 볼을 스쳐지나가는 칼바람조차 느껴지지 않았다.

그러면서도 왠지 모르게 발걸음이 가벼워졌다.

심지어 어서 출근하고 싶다는 말도 안 되는 생각마저 피어올랐다. 이상하리만치 붕 뜬 기분이 가라앉지 않았다.

당장이라도 승준에게 날아가 버릴 듯이.

❖ ✛ ❖

"슈 윗부분을 잘라 내서 필링을 채워 놓으면 비주얼적인 부분에서도 차별화를 둘 수 있을 거라고 생각합니다."

다현이 레퍼런스로 찾아낸 여러 사진을 넘겼다. 다현의 기획안을 보는 승준의 표정이 사뭇 진지했다. 신제품이 성공하면 더할 나위 없이 좋겠지만, 만에 하나 망하면 모든 책임이 그에게 돌아갈 테니 신중하게 고민하는 것은 당연한 일이었다.

"생산 공정이 한 번 더 들어갈 텐데, 그만한 가치가 있겠어?"

"백 번 맛있다고 떠들어 대는 것보다 직접 보는 게 훨씬 믿을 만하니까요."

다현의 말에는 확신이 녹아 있었다.

여러 편의점에서 수없이 쏟아지는 신상품 중에서 살아남으려면 일단 눈에 띄어야 했다. 자신이 어제 혜승을 만났을 때처럼 겉모습으로 기선 제압을 하는 것도 중요하다는 소리다.

"저는 그게 제 초코슈하고 기존 상품하고 차별화되는 지점이라고 생각해요."

"자신 있다는 소리네?"

"네."

"이만한 배포면 믿어 봐야지."

승준은 쉴 새 없이 넘기던 기획안을 덮었다.

"이대로 결재 올려요."

드디어 기획안이 통과됐다.

시제품을 만들고 배송에도 이상이 없다는 것까지 통과해야 비로소 제품이 출시되겠지만. 일단 첫발을 내디뎠다는 것만으로도 충분히 축하할 일이었다.

"감사합니다, 본부장님!"

감사의 인사가 절로 터져 나왔다.

"고마우면 같이 밥 먹죠."

"구내식당에서 사 드릴게요."

기분도 끝내주는데 밥 한 끼 못 쏠까. 그래도 단둘이 밥을 먹는 것보다는 팀원들과 다 같이 어울려 먹는 게 좋을 것 같았다.

승준도 이번 기회에 팀원들과 같이 밥을 먹는 습관을 들여도 좋을 것 같았다. 혹시라도 일이 잘 풀려서 제가 예상보다 일찍 영업본부로 간다면 또다시 그가 점심을 거를까 걱정됐다.

"구내식당 말고."

"우리 회사 식당 밥 핫한 건 아시죠?"

"알아."

"그러니까……."

"그래도 조용한 곳에서 단둘이 먹고 싶어서."

하지만 승준의 입에서 나온 말은 거절이었다.

그 거절을 거절하면 그만이었다. 기획안을 통과시켜 줬다고 상사와 꼭 같이 밥을 먹어야 하는 건 아니니까.

그런데 한번 약해진 마음이 다시 딱딱해지지 않았다. 그러려면 시간이 조금 더 필요한지도 몰랐다. 솔직히 말하자면 영원히 단단해지지 않을 것도 같았다.

승준을 계속 미워할 이유가 없지 않나.

"그래 줄 거지?"

조용히 울리는 저음이 몹시도 간절했다. 어제 아버지와 중요한 저녁 식사 자리에 갔다더니 무슨 일이라도 있었나?

그냥, 그럴 것 같은 느낌이다.

승준은 평소와는 달리 약간 가라앉아 있는 듯했다. 온몸이 굳어 있는 것 같기도 하고. 그래 봐야 다른 사람의 눈에는 보통 때와 다를 바가 없는 모습이겠지만 말이다.

"꼭 회사에서 먹어야겠다면 본부장실도 괜찮고."

승준이 가볍게 농담을 던졌다. 어쩐지 자신의 속내를 꿰뚫지 못하게 막아 버리려는 것 같았다.

"그냥 밖에서 사 드릴게요."

"맛있는 거 먹어야겠네."

승준이 자리에서 일어나서는 능청스럽게 웃어 보였다.

"본부장실에 잠깐 올라가 봐야 돼서. 30분 뒤에 로비에서 봐."

그는 기획안을 옆구리에 끼고는 회의실을 나섰다. 다현의 시선이 자연스럽게 테이블 위에 둔 핸드폰으로 향했다.

12시 15분.

회의실을 나서면서도 자꾸만 시간을 확인하게 됐다. 마치 죽어라 약속 시간만을 기다리는 사람 같다.

"대에에에박!!"

제자리로 돌아와 기획안 결재를 올릴 준비를 하는데, 이 과장의 목소리가 유달리 요란했다.

관심에 목마른 사람에게는 무관심으로 대응하는 게 제일이었다.

"이거 진짜 미쳤네. 추 대리, 봐 봐라."

"왜요?"

"한주 E&M 한 번 작살나겠는데?"

"……!"

"본부장님 아버님 죽이시네. 와, 이 정도면 인성 파탄자 아냐? E&M 깨지고 우리한테까지 타격 오는 거 아닌지 몰라."

승준의 아버지라는 소리에 귀가 번쩍 뜨였다.

- 씨X 너 이리 와 봐. 모가지 날아가고 싶어? 내 돈만 빨아먹는 기생충 같은 새끼들이…….

삐— 처리가 된 욕설들이 쉴 새 없이 쏟아졌다. 누구든 이 과장의 모니터에서 눈을 떼지 못했다. 어느새 다현도 자리에서 일어나 이 과장에게로 향했다.

경악을 금치 못하는 사람들 사이를 비집고 이 과장의 노트북을 봤다.

〈한주 E&M 차성일 대표, 갑질 논란…… "화가 나면 주체 못 해."〉

〈차성일, 녹음 파일 공개 (단독)〉

〈한주그룹 주가 휘청이나…… 재벌가 갑질 논란〉

승준의 아버지 기사가 포털사이트를 도배했다. 한주그룹을 곧장 박살 내 버릴 기세였다.

승준과 나란히 퓨전 한식 식당으로 들어섰다. 티 나게 승준을 힐끗거리던 사람들의 시선이 사라지자, 제가 다 살 것 같았다.

'본부장님도 성깔 있다잖아. 아버지 닮은 거 아냐?'
'쉿! 차 본부장 온다.'

사람들이 속닥거리는 소리마저 바로 옆에서 얘기하는 것처럼 선명히 들렸다.

자신도 들을 수 있는 소리를 그가 듣지 못했을 리 없었다. 그런데도 승준은 아무런 반응도 보이지 않았다. 식당에 와서도 안절부절못하고 있는 건 자신뿐이었다.

이걸 대단하다고 봐야 할까, 아니면 문제라고 봐야 하나.

그도 내색하지는 않지만 속으로 상처받고 있을지도 몰랐다. 세상에 자신을 욕하는데 괜찮을 사람이 어디 있겠냐고.

"더 필요한 건 없어?"

승준이 멍하니 메뉴판만 들고 있는 저를 보며 물었다.

"어? 어어."

"하우스 와인 한잔 할까."

"아직 업무 중인데……."

대차게 내던졌을 거절마저도 오늘따라 조심스러웠다.

"나라도 한 모금 해야겠네."

난감한 상황에도 괜찮은 척하려는 건지 승준은 양쪽 입꼬리를 말아 올리며 웃었다. 마음도 심란할 텐데…… 그래, 한잔 해라 싶었다.

네 일이니까. 나와는 아무 상관도 없는 일이니까.

다른 사람들처럼 멀찍이 거리를 두고 승준을 보는 게 맞았다. 제가 할 수 있는 일도 없었다. 뭘 해야 할 이유도 없었다. 그런데, 그게 맞는데…….

"저도 한잔할게요."

승준의 우울에 동참해 버리고 말았다.

"좋네."

와인을 주문하려던 승준의 얼굴에 미소가 떠올랐다. 그 웃음에 조금이나마 마음이 놓였다. 그러면서도 마음 한편이 불편했다.

자신이 승준에게 불행해지라고 악담을 퍼부었던 게 문제였을까.

괜히 마음이 찔려 아랫입술을 깨무는데, 테이블 위에 주문한 음식이 올라왔다. 호박잎으로 만 쌈밥과 고소한 새우전이 먹음직스러워 보였다. 뒤이어 올라온 하우스 와인도 식탁을 채웠다.

대낮부터 술을 마시게 될 줄 몰랐지만, 위로주니까…….

"짠."

다현은 와인잔을 살며시 들고서는 말했다. 그 말이 조금 우습기는 했다.

"그래, 짠."

승준이 제 말에 맞장구를 쳐 주고는 와인잔을 기울였다. 보랏빛 와인이 부드럽게 미끄러져 내려가 그의 입술을 적셨다.

"나 걱정돼?"

"제가 왜 본부장님을 걱정해?"

"여기저기서 우리 아버지 얘기뿐이니까."

"무, 뭐…… 재벌들 떠들썩한 거 하루 이틀이라고."

"정말 걱정 안 돼?"

"누가 그러는데 세상에서 제일 쓸데없는 게 재벌 걱정, 연예인 걱정이래요. 대한민국에 내 집 하나 없는 나나 걱정해야지, 누구를 걱정해."

"맞는 말이네."

달갑지 않은 공감이다.

가만히 생각해 보면 승준을 위로해 줄 필요는 없었다. 정글 같은 집안이나 회사에서도 살아남은 사람이 아닌가. 그만한 정신력이면 이 일도 어떻게든 잘 견뎌 낼지 몰랐다.

누가 누구의 멘탈을 걱정한 건지. 쓸데없는 오지랖을 부리지 말자 생각하며, 다현은 슬그머니 화제를 돌리려 했다.

"그래도 걱정해 줘."

와인향과 섞여 달달하게 번지는 매력적인 저음에 사로잡히지 않았더라면, 벌써 신상품 얘기를 꺼냈을 거다.

"나는 늘 너한테 관심받고 싶으니까."

승준이 차라리 이 상황이 거지 같다며, 투덜거리기라도 했으면 나았을 것이다. 그러면 적어도 덜 마음이 쓰였을 테니까. 네가 한 일도 아니니 가볍게 털어 버리라는 진부한 위로로 이 상황을 마무리 지었을 수도 있었다.

하지만 아무렇지 않다는 듯 구는 승준을 보고 있자니 시답잖은 농담도 하기 어려웠다.

누가 위로를 하든 귀에나 들어올까. 세상 사람들이 모두 혀를 차고 손가락질을 하는데. 어쩌면 승준은 지금 위로를 해 줄 사람보다는 아무 말 없이 잔을 부딪칠 수 있는 사람이 필요할지도 몰랐다.

"봐서."

"관심 줄 수도 있다는 소리네?"

"그 반대일 수도 있지 않을까?"

"나는 나쁜 건 잘 생각 안 해서. 물론 너에 관한 일에서만."

비밀스럽게 번지는 저음이 제 마음을 야금야금 먹어 들어갔다.

그 기세가 얼마나 대단하던지 오후에 종일 비어 있던 승준의 자리를 몇 번이고 힐끗거리게 됐다. 그를 당연히 신경 쓸 수밖에 없었다. 본부장실에 자주 가지 않던 사람이 종일 그곳에 처박혀 있는데, 마음 쓰이지 않을 리가.

"이야, 차 본부장도 사람이기는 한가 보다. 어? 눈치 보이니까 본부장실에 틀어박혀 있는 거 아냐."

"엄밀히 말해서 본부장님 잘못은 아닌 것 같은데…….."

"추 대리는 부모를 보면 자식을 안다는 말도 몰라?"

회사 건물 전체를 휘도는 승준의 아버지 이야기는 쉽게 그칠 줄 몰랐다.

"본부장님 지시대로 대표님 사건 터뜨리기는 했는데……정말 괜찮을까요?"

따뜻한 차를 책상 위에 내려놓는 남 비서의 얼굴에는 걱정이 가득했다. 아버지 기사를 낸 게 아무래도 마음이 걸리는 눈치다.

"반응 어때?"

"한주E&M 쪽에선 어떻게든 기사 내리려고 하는데 어려울 것 같습니다. 기사 올라오는 양이 상당해서요."

"SNS에서는?"

"불매하겠다는 소리까지 나오고 있습니다."

"제대로 잘 돌아가고 있네."

승준의 목소리는 몹시도 평화로웠다.

날 선 눈총을 받을 각오를 하고 터뜨린 일이었다. 이 비서와 아버지 사이에 균열을 만들기 위해서는 못 할 게 없었다.

이 비서가 자신의 편이 되어야만 다현의 아버지 사건의 진실에 한 발자국 다가설 수 있었다. 아버지 곁에서 뒷처리를 도맡아 하던 사람이 아닌가. 그러니 다현의 아버지 사고에 대해서도 자세히 알고 있을 것이다.

"조만간 대국민 사과라도 하시겠네."

아버지가 어떻게 나올지 눈에 보이듯 훤했다. 소문이 잠잠해질 때까지 기다리겠지만, 할머님 귀에 소식이 들어가는 순간 바로 사과를 할 거다. 아버지의 모든 것을 뺏을 수 있는 분이니까.

"근데 용서가 될까 모르겠네."

"……."

"워낙 죄가 많은 분이라."

승준은 고개를 내젓고는 다현의 기획안에 결재를 마쳤다.

그때 남 비서의 핸드폰이 울렸다. 난감해하는 표정을 보니 누구의 전화인지 알 것 같았다.

"아버지야?"

"예, 대표님이신데…… 본부장님 바쁘다고 말씀드릴까요?"

"어차피 바쁘다고 해도 고집부리실 텐데, 바꿔 줘."

승준이 찻잔을 들자 남 비서가 전화를 받았다.

"네, 계십니다. 그런데…… 예?"

반대편에서 어떤 말을 하는지 들리지 않았다. 다만 남 비서의 표정으로 보건대 아버지는 제가 싫어할 말을 하는 중인 게 분명했다. 가령 예를 들어 당장 만나자든가, 기사를 막으라든가 하는 것 따위의 고집 말이다.

"거의…… 다 오셨다고요?"

승준의 예상은 적중했다. 아버지가 오신대도 별 상관 없다는 듯 승준이 고개를 끄덕이며 허락했다.

"미리 내려가 있겠습니다."

남 비서를 보며 승준이 차를 한 모금 마셨다. 따뜻한 차가 입안을 적시는 것만 느껴질 뿐 아무 맛도 나지 않았다. 다현과 같이 밥을 먹을 때만 해도 여러 맛이 머리에 그려졌는데, 이제는 그런 즐거움조차 느낄 수 없다.

한 번만.

딱 한 번만 다현의 목소리를 듣고 싶었다. 그러면 거짓말처럼 모든 용기가 살아날 것 같았다.

하지만 용기 한 번을 얻자고, 썩어 빠진 시궁창 속으로 다현을 끌어들일 수는 없는 노릇이었다.

그 애는 따뜻한 빛 속에 있어야 마땅했다. 그 빛을 지키기 위해서 더러운 물에 자신의 발이 빠지는 것쯤은 상관없었다.

❖ ✛ ❖

씩씩거리며 본부장실로 들어선 아버지는 남 비서가 가져온 보이차를 단숨에 들이켰다. 항상 남 비서의 차를 마시고 칭찬을 날리던 아버지지만 오늘만은 그러지 않았다. 생각보다 크게 몸집을 키우는 사건에 속이 까맣게 타들어 가나 보다.

"누가 그딴 증거를 풀어 가지고. 하! 나, 이 기자새끼들을 조질 수도 없고."

승준은 아버지의 말에 맞장구조차 치지 않았다. 아버지가 자신의 위로나 받자고 여기까지 찾아오지는 않았을 거다.

"홍보팀 쪼아서 기사 막으시게요?"

"승산이 있어 보이냐."

"막을 수 있는 단계는 지난 것 같습니다."

"이 비서, 이 새끼는 이런 소식 하나 감지도 못하고. 내 돈 빨아먹는 버러지들이 일을 똑바로 안 해서 야단친 게 문제야?"

격분한 아버지의 목소리가 커졌다.

"직원들한테 물건 던지고 욕하는 게 정상적이지는 않잖아요."

"……?!"

"아버지가 요새 만나시는 박민하라는 배우, 여기저기 방송에 꽂으라고 입김 넣으시는 것도요."

"내가 죽을죄라도 지었다는 거냐?"

"이번 사건에 스캔들까지 터지면 답 없습니다. 진심으로 사과하시고, 사임하세요."

"이 차성일보고 다 인정하라고?"

"예."

아버지가 기가 찬다는 듯 헛웃음을 터뜨렸다. 곧 죽어도 인정할 수 없다는 반응이다.

"저희 쪽에서도 도와 드릴 여력 없습니다. 리테일 쪽까지 타격 오면 곤란하니까요."

"이슈는 이슈로 막자. 리테일까지 움직일 필요도 없어. 그냥 너만 알았다고 하면 돼."

"그게 무슨……?"

불길한 예감이 스쳤다. 아버지가 꺼낼 수 있는 카드는 단 한 장뿐이었다.

"너, 혜승이하고 결혼 발표 해야겠다."

얼마나 기가 막히는지 헛웃음조차 나오지 않았다. 제아무리 자신밖에 모르는 아버지래도 아들의 미래까지 이용해 잘못을 덮으려고 하다니.

"방금 뭐라고 하셨습니까. 제가 누구하고 뭘 해요?"

"혜승이도 괜찮다고 했고……."

"결혼 안 하겠다고 분명히 말씀드렸을 텐데요."

"이 애비 자리가 달린 일이야."

"아버지 자리가 어떻게 되든 제 대답은 같을 겁니다. 그러니 시간 허비하지 마시고 다른 방법 찾으세요."

말도 안 되는 얘기를 더 이상 들을 필요가 없었다. 승준은 자리를 박차고 일어나 문으로 향했다.

"인간들이야 멍청해서 너희들이 결혼하겠다면 나한테는 관심 끌 거다. 너희들이 어떤 집에 살고, 어떻게 만났는지나 궁금해하겠지. 이것보다 더 괜찮은 방법이 있겠냐?"

아버지는 저를 설득하기 위해 애썼다. 하지만 아버지의 장단에 놀아날 마음은 추호도 없었다.

만약 자신이 결혼을 한다면 상대는 다현이어야만 했다. 그 애 말고는 다른 사람을 상상해 본 적도 없었다. 아니, 상상도 하기 싫다.

"보도 자료는 우리 쪽에서 낼 테니까 너는 조용히 입만 다물고 있어."

"기사 내시면 아버지만 곤란해지실 텐데요."

문 앞에 선 승준이 아버지를 뚫어져라 보며 말했다. 그의 눈빛에는 아버지에 대한 애정이 조금도 담겨 있지 않았다.

어머니가 돌아가신 이후, 아버지와 제가 가족이었던 적이 있던가.

"결혼 발표는 제가 전면 부인할 겁니다."

그 말 한마디에 아버지의 얼굴이 일그러졌다.

"어떤 일이 일어날지 재밌을 것 같기는 하네요."

"재미? 재미?!"

"결혼해서 불행했던 건 어머니만으로도 충분하잖아요?"

"차승준!!"

아버지가 이성을 잃고, 소파 테이블로 걸어갔다. 주저 없이 유리잔을 집어든 아버지는 저를 향해 잔을 던졌다. 탁— 하는 둔탁한 소리와 함께 유리잔이 산산조각 났다. 유리 파편이 매섭게 사방으로 튀었다.

반사적으로 손을 들어 자신을 보호한 승준의 손등을 타고 피가 흘러내렸다. 바닥에 떨어지는 핏자국에도 아버지는 여전히 화가 풀리지 않은 얼굴이었다.

승준에게는 그다지 놀랍지 않은 일이었다. 아버지의 심기가 불편하거나 마음에 들지 않는 행동이라도 하면 언제나 가혹한 체벌이 이어졌으니까.

승준은 상처 난 손으로 문을 열었다. 문고리에 핏자국이 묻었지만 괘념치 않았다.

"잠시 쉰다고 생각하세요. 제가 후계자 자리에 앉으면 아버지께도 변화가 생기겠죠. 그러니 지금은 조용히 가세요. 회사에 보는 눈이 많습니다."

아버지가 단정히 선 제게 걸어왔다. 바닥에 떨어진 유리 조각이 아버지의 구두에 무참히 짓밟혔다.

"그래, 그래⋯⋯. 길러 준 은혜는 똑바로 갚아야지, 아들아."

아버지는 제 어깨를 우악스럽게 감싸 쥐었다. 고압적인 투로 어떻게든 저를 짓누르고 싶었던 것 같다.

그래, 이래야 제 아버지지.

비릿한 웃음이 터져 나오기도 전에 아버지가 집무실을 나섰다. 또각거리는 구두 굽 소리가 날카롭게 귀에 박혔다. 깍듯한 남 비서의 인사를 받으며, 아버지는 완전히 본부장실을 나갔다.

"본부장님⋯⋯!"

뒤늦게 집무실 안의 상황을 발견한 남 비서가 황급히 제게 달려왔다. 안에서 들린 짤막한 굉음에 일이 생겼을 거라고 예상하긴 했으나, 이렇게 처참할지 몰랐다는 얼굴이다.

"의사 조용히 불러. 괜히 이야기 새 나가면 곤란해."

적당히 처치를 받고 끝낼 생각이었다.

"차승준, 너……."

그런데 다현이 왜 집무실에 나타난 걸까.

피가 흘러내리는 손을 보는 다현은 말을 채 끝내지도 못했다.

"유리 박힌 거 아니야? 박혔으면 의사를, 의사……. 내가 부를게. 내가……."

다현은 제게 가까이 다가오지도 못하고, 당황해 어쩔 줄 몰라 했다. 가까스로 핸드폰을 꺼내는 그녀의 몸이 파들파들 떨렸다.

"괜찮아."

"어떻게 괜찮아! 피가 이렇게 나는데."

상처가 나지 않은 손으로 전화를 걸려던 다현의 손을 부드럽게 감쌌다.

"치료만 받으면 돼. 괜찮아."

자신을 보는 다현의 눈망울이 촉촉했다. 당장이라도 울음을 터뜨릴 것은 얼굴이다.

승준은 자신의 손보다 다현이 더 걱정됐다. 어디까지 들었을까? 아버지가 제게 소리를 지르는 거? 아니면 유리잔을 던지는 거?

되도록이면 아무것도 몰랐으면 했다. 좋아하는 사람에게 못난 꼴을 보여 주고 싶은 사람이 어디 있을까.

"나는……."

"나와 있어. 다쳐."

승준이 자신에게 가까이 오려는 다현을 막았다.

"남 비서 뭐 하고 있어. 의사 안 부르고."

서둘러 자리로 돌아간 남 비서가 의사를 부르는 소리가 들렸다.

거기에 귀를 기울이면서도 승준은 괜찮다는 듯 다현에게 웃음을 보였다. 그녀를 달래야겠다는 생각만 머릿속에 가득했다. 손이 아릿하다는 것을 느낄 새도 없었다.

그런데 제 미소에 문제라도 있나 보다.

"너는 진짜……."

다현은 터지려는 눈물을 참으려는 듯, 입술만 옴지락거렸다.

"놀라게 해서 미안해."

"왜 다쳐서……."

"다쳐서 미안해."

결국 다현은 눈물을 터뜨렸다. 제가 울린 것 같아 승준은 안절부절못했다.

어떻게 해야 할지 모르겠다. 다현을 안아 주고 싶은데, 옷에 피가 묻을 것 같아 그럴 수 없었다. 게다가 유리 조각으로 가득한 곳으로 그녀를 불러들이고 싶지도 않았다.

다현을 보는 승준의 손이 자꾸만 움찔거렸다.

"항생제니까 꼭 챙겨 드시고, 상처 아물 때까지 물 닿지 않

31

게 조심하세요."

의사가 남 비서에게 주의 사항을 일러 주었다. 승준을 보필하는 거야 남 비서가 잘하겠지만 다현은 쉽게 집무실에서 나갈 수가 없었다.

'그때는 걔하고 왜 갔는데?'
'아버지가 원하셨으니까.'

승준에게 그 이야기를 듣고도 자신은 그를 비웃기만 했다. 단순한 변명이라 생각했다. 승준의 사정을 잘 알지도 못하면서.

그를 비웃었다는 미안함에 제자리에서 조금도 움직일 수가 없었다. 집무실에서 있었던 일만 봐도 승준이 왜 미국에 갈 수밖에 없었는지 이제는 확실히 알 것 같으니까.

남 비서의 안내를 받으며 의사가 사라지자, 어느새 집무실에는 승준과 자신만 남게 됐다.

"당분간 손은 제대로 못 쓰겠네."

승준이 붕대가 감긴 손을 들어 보이고는 말했다.

"혹시 우리 아버지하고 마주쳤어?"

"아니."

다현이 본부장실로 올라온 건 순전히 승준이 걱정됐기 때문이었다. 그래서 기획안 수정을 핑계로 본부장실에 들어갔다.

집무실 문 앞에서 안절부절못하던 남 비서는 제가 왔는지도 몰랐다.

집무실에서 들리는 말다툼 소리에 처음에는 사무실로 내려갈까 고민했다.

'결혼 발표는 제가 전면 부인할 겁니다.'

승준의 말에 걸음을 뗄 수가 없었다. 결혼이라는 말이 왜 그리도 선명히 들렸는지 모르겠다. 뒤이어 승준의 이름을 부르는 소리가 들렸고, 이내 무언가가 깨지는 소리가 났다.

불길한 소리에 꼼짝할 수가 없었다. 승준이 걱정됐다. 걱정돼 미칠 것 같았다.

'강 대리님.'

남 비서가 자신을 붙잡지 않았더라면 집무실에 들어가 어떤 난리를 부렸을지 몰랐다.

'우선 저쪽에 계세요.'

승준의 아버지가 집무실을 나선 건, 제가 남 비서에게 등을 떠밀려 책상 아래에 숨게 된 직후였다.

아들에게 하는 말이라고는 생각할 수 없을 만큼 서슬 퍼런 욕에 말문이 막혔다. 인터넷에 떴던 음성 파일에 왜 그토록 삐— 소리가 수없이 이어졌는지 알 것 같았다.

"우리 아버지 안 만나서 다행이네."

아버지가 깨뜨린 유리잔에 세 바늘이나 손등을 꿰맸으면서

33

애는 대체 뭐가 괜찮다는 걸까.

생각해 보면 승준은 자신의 가족 얘기를 거의 하지 않았다. 어머니에 대한 이야기는 했어도 아버지에 관해서는 아예 말이 없었다.

이랬구나.

이렇게 다치면서, 아프면서 지냈구나.

승준은 계속 괜찮다는데, 자신은 조금도 괜찮지 않았다. 승준의 아버지에게 화가 났다. 속이 갑갑해 미칠 것만 같았다. 바닥에 떨어진 핏방울만큼 승준의 마음도 멀쩡하지 않을 거라는 생각에 속이 상했다.

승준이 다치는 게 싫다. 아픈 게 싫다.

나는…….

나는 네가 불행하지 않았으면 좋겠어, 승준아.

"계속 여기 있을 거야?"

"어."

"퇴근 시간 지났는데."

"괜찮아."

"나하고 같이 있어 주게?"

소파에 앉아 있던 승준이 자신을 올려다보며 물었다. 보통 때였으면 멀쩡한 것 같으니 이만 나가 보겠다고 냉큼 자리를 떴을 거다.

하지만 오늘은 승준을 혼자 두고 나가고 싶지 않았다. 제가 당장 승준을 위해 해 줄 수 있는 일이 있다면 그게 무엇이든 해 주고 싶었다. 설령 그게 그의 곁을 지키는 일이라 할지라도.

"……응."

우물쭈물하던 다현의 입술 사이로 대답이 흘렀다.

"방금 뭐라고?"

"같이 있어 주겠다고. 너, 너 손도 불편하잖아. 안 그래도 식품 기획 처음이라 물어볼 것도 많은데 자, 잘됐네. 오늘 잔뜩 물어봐야겠다."

"얼마나 물어보려고?"

"많이. 많이 있어. 물어볼 거."

다현은 말을 더듬거리며, 승준에게서 멀찍이 떨어져서 앉았다. 자신을 지그시 바라보는 승준의 입가에 환한 미소가 물들었다.

"물어보려면 가까이 와야지, 다현아."

승준은 이 기회를 놓치지 않겠다는 것처럼 제 팔을 부드럽게 잡아당겼다. 순식간에 우리의 거리가 가까워졌다. 맞닿아 있는 팔이 이상하게 마음을 살살 간질인다.

"궁금한 거 전부 물어봐."

"……."

"밤새 같이 있고 싶으니까."

제 심장이 고장난 것처럼 제멋대로 뛰었다. 이러다 바깥에까지 소리가 들리겠다.

아무래도 가까스로 묶어 냈던 마음이 눈물과 함께 터져 버린 것 같았다.

제14장

좋아해

결재가 끝난 기획안을 핑계로 승준의 집까지 쫓아왔다. 아플 때는 잘 먹는 게 중요한데 혼자 두면 밥을 챙겨 먹을 것 같지 않았기 때문이다.

"들어와."

슬리퍼를 신고 승준의 뒤를 따랐다.

승준의 집은 컸다. 그냥 큰 것도 아니고, 무지막지하게 컸다. 혼자 사용하는 집이라고는 보기 어려울 정도였다. 이곳을 관리하는 데만도 많은 시간이 필요할 것 같았다.

집은 먼지 한 톨 없이 깨끗했다. 겉으로 보기에는 누구나 살고 싶어 할 것 같은 곳이었는데, 어딘지 모르게 휑한 느낌이 들었다. 보일러도 잘 돌아가고 있는데 왜 서늘한 느낌이 드는지 알 수 없었다.

그의 집은 꼭 보기 좋게 꾸며진 모델하우스 같았다.

"주스라도 한잔할래?"

어느새 주방에 들어선 승준이 제게 물었다. 쫄래쫄래 승준의 뒤를 쫓아간 다현의 입이 벌어져 다물어질 줄 몰랐다.

"너…… 뭘 먹긴 먹어?"

냉장고에는 과일과 주스뿐이었다. 저게 밥이 되나 싶었다.

믿기지 않는다는 얼굴로 승준을 쳐다봤다. 그런데 정작 냉장고의 주인은 지금 네가 보고 있는 게 음식이 아니면 무엇이냐는 표정이다.

이건 간식이지, 간식!

"안 되겠다. 나 잠깐 실례 좀 할게."

"화장실 찾는 거면 안쪽……."

"그 실례 말고. 냉장고 좀 보자."

다현이 냉동고까지 활짝 열었다. 그렇게 발견한 게 닭가슴살 더미였다. 그래도 가슴살은 씹을 만한 음식이니 다행이라고 여겨야 하나.

회사 일로 바쁜 와중에도 승준이 얼마나 관리를 하고 있는지는 확실히 알 수 있었다. 승준의 불끈거리던 가슴 근육이 관리의 산물이었다는 것도 알겠다.

"왜?"

승준의 물음에 제가 가늘게 눈을 뜬 채 그를 위아래로 훑고 있었다는 걸 깨달았다.

나, 변태인가.

"닭가슴살이 엄청 많길래."

"남 비서한테 부탁한 게 그것뿐이라."

"남 비서님이 살림도 해 줘?!"

"아니. 집안일 해 주시는 분 관리까지만 해 줘."

"음식 관리도 해 주셔야 할 것 같은데……."

조리대 수납장이며 찬장까지 열어 본 다현의 표정이 심각해졌다. 주방은 깔끔해도 너무 깔끔했다. 요리를 한 흔적이 없었다.

빈 수납장을 보고 있자니, 절로 한숨을 터졌다.

뒤를 돌자, 승준이 저를 보고는 눈을 반짝거렸다. 뭐가 문제인지 전혀 알지 못하겠다는 표정이다. 그 순진무구한 눈빛을 보고 있자니, 쓴소리가 목구멍 뒤로 넘어간다.

"빨리 나으려면 잘 먹어야 돼."

그래도 한 소리는 해야만 했다.

인간적으로 주방에 기본적인 조미료도 없는 건 말이 안 되잖아.

"우선 장 좀 보고 와야겠다. 뭐가 있어야 만들어 먹든가 하지."

"뭐 하려고?"

"너 뭐 먹고 싶은 거 없어?"

"너 좋아하는 거."

"내가 뭘 고를지 어떻게 알고?"

"나는 네가 좋아하는 거 다 좋아."

"아니, 무슨 우리가 일심동체도 아니고……."

다현은 못 말리겠다는 듯 고개를 내저으며 주방을 벗어났다. 입꼬리가 눈치 없이 좋다고 씰룩거리는 탓이다. 웃음을 참아 보려 입술을 감쳐물어도 입꼬리가 위로 올라가는 걸 막을 수 없었다.

승준의 집을 나설 때까지도 저녁 메뉴를 고민하던 다현은 소고기 버섯전골을 골랐다. 찬바람이 부니 뜨끈한 국물이 좋을 것 같기도 했고, 고기를 먹어야 할 것 같았기 때문이다.

꼼꼼하게 필요한 재료를 적어 놨는데 제법 살 게 많았다.

알배추부터 고추까지 카트에 담았다. 누구를 탓할까. 소금마저 없는 집을 탓해야지. 그나마 요리 도구라도 있는 게 다행이었다.

"맛 못 느낀다고 밥 거르지 마."

"잘 먹고 있어."

"닭가슴살? 물?"

"꽤 먹을 만해."

"다른 것도 먹어. 집에서 해 먹기도 하고."

승준은 알겠다고 했지만 믿음직스럽지는 않았다.

"난 잘 먹는 남자가 좋더라."

회심의 일격.

"딱 나네."

승준이 제 말에 바로 반응했다. 마트를 통째로 털어 버릴 것처럼 그가 물건을 집어 담았다. 그러다가도 진열이 흐트러져 있으면 냉큼 가서 상품을 정리했다. 더러는 상품 상태를 보기도 했는데 다현은 뒤늦게 이곳이 '한주 마트'라는 걸 깨달았다.

이 와중에도 일을 떠올릴 수 있다는 게 놀라울 따름이었다.

"너 계속 일하면 나 먼저 간다?"

자신도 모르게 투덜거리는 말투가 튀어나왔다.

"일 안 해."

"너 방금 전까지……."

"딸기 먹을까? 너 좋아하잖아."

자신을 꼬시듯 승준은 팩에 든 딸기를 냉큼 들어 보였다. 정말이지 제 취향 하나는 귀신같이 기억하고 있다. 다현은 못 이기는 척 어서 딸기를 담으라고 카트를 향해 턱짓을 했다. 제 허락을 받자마자, 그가 새빨간 딸기를 담았다.

"가자."

승준이 자연스럽게 제 뒤에 서서 카트 손잡이를 잡았다. 그 바람에 커다란 승준의 품에 쏙 들어간 모양새가 돼 버렸다.

"떨어져 주실래요, 선생님?"

고개를 살짝 돌려 승준을 보고는 말했다. 가깝게 붙지 말라는 경고가 조금도 들어 먹히고 있지 않는 것 같지만.

"그러기 싫으면?"

그가 앙큼한 웃음을 지으며 제게 더욱 가까이 붙었다.

"내가 떨어……."

순간 선명히 느껴지는 굴곡에 말문이 막혔다. 불룩하고도 단단한 것의 정체를 모를 리 없었다. 원초적인 본능이 자꾸만 저를 자극했다.

"내가 정말 꺼지면 좋겠어?"

아니.

"가라고 하면 갈게."

승준이 카트 손잡이에서 한 손을 뗐다. 이제 나머지 한 손을 떼고 나면 가까이 붙었던 몸도 떨어지게 될 거다.

그러면 조금, 많이 아쉬울 것 같았다. 지금 이 상태를 지키려면 가지 말라는 한마디만 던지면 됐다. 생각해 보면 그리 어려운 말도 아니었다.

"아휴, 신혼인가 보네."

"좋을 때지."

지나가면서 들리는 부러움 섞인 시선과 말에 다현의 두 뺨이 화르륵 달아올랐다. 가만히 듣고 있기는 민망하고, 신혼이 아니라고 말하는 건 웃겼다.

'나는 아무것도 느낀 게 없다. 감각이 없다. 나는, 변태가 아니다.'

다현은 우선 모든 것에서 해탈하기로 했다. 하지만 그게 가능할 리 없었다.

"가, 가……."

승준을 멀찍이 떨어뜨릴 수밖에.

"내가 밀게. 은근히 무거워."

"이 정도는 괜찮아. 너 손도 다쳤고."

"부러진 것도 아닌데."

"꼭 부러져야 다친 거야? 상처 난 것도 다 다친 거지. 한두 바늘도 아니고, 세 바늘이나 꿰맸는데. 카트 엄청 가벼우니까 걱정 안 해도 돼. 나 소싯적에 박스 산처럼 쌓아서 들고 다니던 여자야."

다현은 카트 손잡이에서 승준의 손을 아예 떼어 냈다.

아버지 문제로 종일 힘들었을 승준을 편하게 해 주고 싶었다. 그게 지금 제가 그에게 해 줄 수 있는 유일한 것이었다.

"고추나 사서 얼른 가야겠다."

"고추는 왜?"

"그러니까, 그거 말고…… 먹는 고추."

갑작스러운 물음에 다현이 화들짝 놀라서는 승준에게 조용히 속삭였다. 그 와중에도 누군가 제 말을 듣지 않을까. 바삐 눈동자를 굴렸다.

승준의 단단한 감촉이 너무도 강렬해서 쓰잘머리 없는 오해에 휩싸였던 거다.

"난 전골에 꼭 고추 넣어야 되냐는 말이었는데."

"아……."

"다른 거라도 생각한 거야?"

"아, 니?!"

카트를 미는 다현의 목소리가 삐끗했다. 음란 마귀가 씌인 게 분명했다. 차라리 아무 말도 하지 말걸. 그랬으면 중간은 갔을 텐데!

방금 완전 변태 같았겠지.

다현은 어떻게 변명을 해야 하나 머리를 쥐어짰지만 기막힌 생각이 나올 리 만무했다.

"정말 조심하기는 해야겠다."

허리를 구부린 승준이 제 귓가에 작게 속삭였다. 뜨거운 입김이 귓속을 깊이 파고들었다.

"너 잡아먹고 싶어서 죽겠다, 내가."

입술 위로 젖어 드는 단어 하나하나가 지나치게 달았다. 혀로 입술을 할짝여 그 소리를 맛보고 싶을 정도다.

승준은 허리를 세우고는 얼빠진 제가 놓아 버린 카트를 끌었다. 그가 조금 멀어질 때까지도 귓가를 도는 저음에서 헤어 나오지 못했다.

"거기 계속 있을 거야?"

그가 잠시 걸음을 멈추고 뒤로 돌았다.

혼자서는 절대 가지 않겠다는 듯 승준이 카트를 끌고 후진했다. 특별할 것 없는 말에 심장이 왜 이리 가쁘게 뛰는 건지 모르겠다. 붉은 승준의 입술에 자꾸 시선이 가는 이유도.

"가자."

한 걸음을 내디딜 때마다 우리들의 거리가 가까워졌다. 그걸 빤히 알면서도 다현은 아무것도 모르는 척했다.

승준과 나란히 걷고 있는 이 순간이 너무도 좋았다.

승준의 아버지가 저지른 갑질 기사는 끝날 줄 몰랐다. 그동안 폭력적이던 모습이 드러나지 않았던 게 놀랄 만큼 파도파도 이야기가 계속 나왔다.

그는 회사 뒤에 숨어 아무런 입장도 내놓지 않았다. 그 침묵이 길어질수록 승준의 뒤에서 쑥덕거리는 소리도 하루가 다르게 커졌다.

승준은 그들의 얘기에는 신경 쓰지도 않았다. 평소와 다름없이 일에만 집중했을 뿐. 괜히 발끈해 일을 키우는 것보다는 무시가 답이라고 생각했나 보다.

정작 당사자는 잘 참고 있는데 가는 곳마다 열을 내고 있는 건 다현이었다.

"아버지가 안 하면 아들이라도 사과해야 하는 거 아니야?"

"차 본부장도 조금 무섭지 않아? 눈빛이 조금 그랬어."

"저번에 보니까 손에 붕대 감았던데, 누구 팬 건 아니겠죠?"

"누가 알겠어. 본부장 뒤도 구릴지."

휴게실에서조차 말도 안 되는 소리가 나돌고 있었다. 자기들이 뭘 안다고 멋대로 상상하고, 그것을 사실이라 확정 지어 버리는 걸까.

깔깔거리며 웃는 그들의 대화에 심기가 불편해졌다. 물론 승준이었다면 관심도 보이지 않고 휴게실을 떠났을 게 분명했다. 그게 과거의 자신이, 지금의 승준이 택한 방법이니까.

그런데 생각해 보면 자신도 승준의 선택에 꼭 따라야 하는 건지 의구심이 들었다. 누군가 자신의 상사를 험담하는 걸 듣고 기분 나빠 할 수도 있는 거 아닌가.

다현은 어금니를 물고, 자판기에서 시원한 사이다 한 캔을 뽑았다. 그러고는 정신이 나간 사람처럼 열심히 캔을 흔들어 댔다.

곧 승준의 얘기를 하던 무리 근처로 향했다.

그리고 셋, 둘…….

하나.

"하여튼 차승준 앞에선 다들 몸들 사려. 괜히 한 대 맞는…… 으아악!"

다현이 사이다를 따자 모두 비명을 지르며 자리에서 허겁
지겁 일어났다. 스프링클러라도 터지듯 사이다가 사방으로
튀었다. 끈적끈적한 액체가 제 옷에 가장 많이 튀었지만, 아
무래도 상관없었다.

쉴 새 없이 쏟아지던 대화를 끊었다는 것만으로도 속이 시
원했다.

"아, 다들 죄송해요. 사이다를 누가 흔들고 갔나 봐요. 이
렇게 터질 줄 몰랐는데."

"아, 씨! 이 꼴로 어떻게 일을 바로 하라고."

사람들이 사이다가 튄 옷을 털어 내면서 짜증냈다.

"찝찝해 죽겠네."

"사실 저도 찝찝한 게 하나 있었는데 퉁치시는 건 어때
요?"

"제가 그쪽 찝찝하게 했다고요? 말장난해요?"

"제가 하필 본부장님을 모시는 중이라, 방금 들었던 말을
전해야 하나 말아야 하나 계속 고민하고 있었거든요."

"……."

"근데 역시 퉁치는 게 좋겠죠?"

그들의 시선이 일제히 제 사원증으로 향했다. 상품기획팀
이라는 글자를 발견했는지, 모두들 다급히 입을 다물었다.
방금 전까지 무슨 말을 했나 기억을 더듬어 대기도 했다.

"다시 한번 죄송합니다."

다현은 사람들에게 고개를 숙여 인사를 하고는 유유히 휴
게실을 나섰다.

블라우스가 축축하게 젖어 버린 건 어쩔 수 없었다. 얼른

시간이 가서 마르기를 기다리는 수밖에. 우선 손이나 씻자 싶었다. 화장실로 들어가 손을 닦자, 끈적끈적함이 금세 사라졌다.

핸드드라이어로 손을 말리는데, 실밥을 풀러 간 승준이 생각났다. 꿰맨 곳은 괜찮으려나.

[실밥 풀었어? 잘 아물었대?]

뒷주머니에 넣어둔 핸드폰을 꺼내 승준에게 문자 메시지를 날렸다. 답장을 기다리느라 화장실을 나오면서도 핸드폰에만 정신이 팔려 있었다.

"잘못된 건 아니……."

다현이 복도에 있던 화분과 충돌하려는 순간. 누군가 그녀의 팔을 재빨리 잡았다. 그 손이 아니었더라면 벌써 화분과 한 몸이 돼서 우스꽝스럽게 바닥을 나뒹굴고 있었을 거다.

"감사…… 어? 남 주임님."

"타이밍 괜찮았어요?"

"완전히요."

"기다리는 연락이라도 있었어요?"

"아, 네. 잠깐."

"제 연락은 아니죠?"

거짓말은 못 하겠다는 듯 다현이 대답을 못 했다.

"농담이에요. 다친 데는 없으세요?"

"덕분에 살았어요. 휴게실 왔어요?"

"네, 근데 대리님이 보여서. 제가 대리님 찾는 실력 하나는 귀신 같거든요."

준열이 하얀 이를 드러내며, 웃었다.

확실히 준열에게는 사람을 편하게 만드는 재주가 있었다. 어떻게 해야 어색함 없이 대화를 끌어 나갈지도 아는 사람이다.

예전에도 그랬던가.

솔직히 기억이 잘 나지 않았다. 도리어 자신보다 미지가 그를 더 많이 기억하고 있을지도 몰랐다. 미지의 머릿속에서는 '훈남'의 기억이 선명히 박혀 있는 것 같았으니까.

어쨌든 잘 자랐으면 됐지, 뭐.

"아, 참. 이 상황에서 미안한데 제 초코슈 시제품은 언제 나와요?"

"지금 올라가면 있을 거예요. 대리님 자리에 없어서 두고 왔거든요."

"고마워요! 얼른 가서 먹어봐야겠어요. 내부 논의해 보고 수정할 부분 생기면 바로 연락드릴게요."

자신이 기획한 초코슈를 실물로 처음 영접하는 자리였다. 당연히 흥분될 수밖에 없었다. 다현은 준열에게 고맙다는 인사를 날리고는 재빨리 사무실로 올라갔다.

그녀가 좋아하는 걸 보고 싶어 준열이 밤을 새우면서 일한 줄도 모른 채.

다현의 뒷모습을 바라보는 준열의 얼굴에서는 환한 미소가 사라지지 않았다.

❖ ❖ ❖

퇴근 시간이 가깝도록 승준의 자리는 비어 있었다.

[실밥 잘 풀었는데 늦을 것 같아.]

[아직 처리할 일이 남았거든.]

승준에게서 날아온 문자 메시지는 그게 끝이었다. 승준이 처리할 일이라는 게 무엇인지 알기까지는 그리 오랜 시간이 걸리지 않았다.

〈한주그룹 백자연 회장 사과…… '차 대표 모든 직책에서 사퇴할 것'〉

〈한주 E&M 차성일 대표 피해자에게 사과〉

〈한주리테일 차승준 본부장, 연이어 사과…… "피해자께 직접 사과드리겠다."〉

줄줄이 올라오는 기사에 회사뿐만 아니라 인터넷도 들썩거렸다. 설마하니 승준의 할머니가 직접 사과를 할지 아무도 예상하지 못했기 때문이다.

빠른 사과와 확실한 보상으로 부정적인 여론이 한순간에 바뀌었다. 기회가 생기면 승준의 아버지가 다시 경영 일선에 나타나는 것이 아니냐는 날 선 말이 있기는 했지만 두고 보자는 의견이 많았다.

"강 대리는 퇴근 안 해요?"

"시제품 보고드리고 퇴근해야 할 것 같아서요."

다현이 추 대리의 말에 대답했다.

"시간도 늦었는데, 바로 집에 가지 않으셨을까요?"

"사무실로 복귀하실 거라고 하셔서요."

"정신없어서 까먹지 않으셨으려나. 한 번 더 연락드려 보고 안 들어오신다고 하시면 퇴근해요. 시제품이야 다음 주에 남 주임한테 부탁해서 하나 더 만들면 되니까."

49

"그럴게요. 먼저 가세요."

"주말 잘 보내요."

이 자리에 마가 끼기라도 했나. 매일같이 야근만 하는 기분이었다.

추 대리의 말대로 하는 게 훨씬 좋은 방법일지 몰랐다. 승준이 돌아오지 않을 수도 있었고, 설령 돌아온다고 해도 시제품을 볼 정신이나 있을지 모를 일이었다.

그런데 제 고집이 대단해서 기어코 오늘 승준에게 시제품을 보여 주고 싶었다. 자신이 기획한 디저트를 그가 제일 처음 맛봤으면 했다.

그가 아무 맛을 느끼지 못할지라도.

칭찬을 받고 싶은 건지도 몰랐다. 나이가 몇 갠데 칭찬이 고픈 건지.

[회사 안 들어오고 바로 집으로 가?]

승준에게 문자 메시지를 보냈다. 다행히 그는 곧장 메시지를 읽었다. 곧 답장이 날아오겠구나 했는데, 바로 전화가 걸려왔다.

"여보세요?"

– 집에 안 갔어?

"초코슈 시제품 나와서 보고하고 가려고."

– 잘됐네. 본부장실 올라가는 길인데, 거기서 봐.

"시제품 챙겨서 올라갈게."

승준이 온다는 소식에 마음에 들떴다.

다현은 전화를 끊자마자, 얼른 냉장고로 향했다. 유리통에 든 초코슈를 소중하게 꺼내 들고 본부장실로 향했다.

엘리베이터를 기다리는 시간이 유달리 길게 느껴졌다. 초코슈의 달콤함이 승준의 기분을 조금이라도 좋아지게 만들어 주기를 바랐다.

이윽고 도착한 엘리베이터를 타고 위층으로 올라갔다. 본부장실이 있는 층은 여전히 고요했다. 다현은 본부장실 문을 두드렸다. 안에서는 아무 대답이 없었다.

"강다현입니다."

역시나 묵묵부답.

아직 돌아오지 않았나? 노크 소리를 듣지 못한 건가.

혹시나 하는 마음에 다현이 조심스럽게 본부장실의 문을 열었다. 남 비서 자리에는 아무도 없었다. 현장에서 바로 퇴근했는지도 몰랐다. 하기야 그에게도 휴식이 필요할 거다. 승준만큼이나 이번 일로 정신이 없었을 테니까.

집무실 문은 살짝 열려 있었다. 마치 제게 어서 들어오라고 손짓이라도 하는 것처럼. 다현은 임금에게 진상이라도 하듯 유리통을 바짝 잡고는 안으로 들어섰다.

쭈뼛거리는 모습이 꼭 승준에게 고백이라도 하러 온 사람 같다.

"나……."

소파에 기대앉아 있는 승준은 눈을 감고 있었다. 넥타이까지 끌어 내린 얼굴에는 피곤이 잔뜩 눌어붙어 있었다.

드디어 아버지 일도 해결됐고, 비로소 긴장이 풀린 모양이다. 곤히 잠든 승준을 보고 있자니 시제품 타령을 할 수 없었다. 지금은 뭘 먹이는 것보다 편히 잠들도록 놔두는 게 좋을 것 같았다.

다현은 아주 조심스럽게 소파 테이블 위에 유리통을 내려 놨다.

그러고는 돌아가려고 했다. 아니, 가야만 했다.

그런데 승준의 얼굴의 얼굴을 보다가 그만 갈 길을 잃어버렸다. 그에게서 번져 나오는 향이 자신에게 가까이 다가오라고 속삭이는 듯했다.

여기서 더 가까이 승준에게 다가가면 안 된다는 걸 아는데, 몸이 말을 듣지 않았다. 목에서부터 번져 나가는 갈증이 다현의 입술을 옴지락거리게 만들었다.

'이리 와.'

악마의 속삭임이다.

안 된다는 마음의 소리가 자꾸만 무너져 내렸다. 한 번은 괜찮지 않을까. 뜨거운 숨에 이끌려 승준에게 다가갔다. 그리고 마침내 춉, 하고 제 입술이 승준의 입술에 닿았다.

본능을 이기지 못하고 곤히 잠든 사람에게 실수를 해 버리고 만 거다.

말캉한 감촉에 갈증이 조금이나마 누그러들었다. 승준의 입술을 머금고, 숨을 빨아내면 타는 듯한 갈증이 완전히 사라질지 몰랐다. 하지만 여기까지만 해야 했다. 이 도둑 키스도 해서는 안 되는 것이었다.

다현은 아쉬운 마음을 누르며, 승준에게서 입술을 뗐다.

'나 진짜 미쳤나 봐…….'

그렇게밖에 설명할 길이 없었다.

승준이 제가 벌인 짓에 화를 낸대도 할 말이 없었다. 절대로 해서는 안 될 짓이니까.

하지만 다현은 승준에게서 멀찍이 떨어지지는 못했다. 한 번만 더 입을 맞추고 싶다는 갈망이 쉽게 수그러들지 않는 탓이었다.

'우선 나가자. 나가서…….'

다현이 부스러진 이성을 겨우 다잡으려던 순간.

"어디 도망가려고."

잠들어 있던 승준이 천천히 눈을 뜨고는 말했다.

"나는, 그러니까…….'

변명이 나올 리 만무했다.

"조심하라고 했잖아, 다현아."

승준이 커다란 한 손으로 제 뒷머리를 감쌌다. 고작 그 손길 한 번에 심장이 금방이라도 터질 것처럼 쿵쾅거렸다. 속에서부터 훅 뻗어 나오는 열감이 두 뺨을 뜨겁게 적셨다.

조금이나마 충족됐던 목마름이 다시 강해졌다. 이 와중에 미치겠는 건, 이 갈증을 풀기 위해서는 승준에게 입을 맞추는 것 말고는 다른 방법이 없을 것 같다는 거다.

제가 점점 미쳐 가고 있는 건지도 몰랐다. 굶주린 짐승이라도 돼 버린 걸까.

"너 이제 나한테 잡아먹힐 거야."

잡아먹히고 싶어.

잡아먹어 줘.

그 생각만이 다현의 머릿속에 가득 들어찼다. 한껏 달아오른 제 욕망을 충족시켜 주겠다는 듯 승준이 저를 자신의 쪽으로 끌어당겼다. 순식간에 승준의 달뜬 숨이 벌어진 입술 안으로 번져 나갔다.

승준이 이끄는 대로 소파에 앉았다. 그 순간에도 그는 제게서 조금도 입술을 떼지 않았다. 그에게 꼭 달라붙어 있고 싶은 것은 다현 역시 마찬가지였다.

한껏 달아올라 뒤엉키는 혀에 자제력을 잃어버렸다. 사냥을 시작한 야수처럼 맹렬히 제 입안을 헤집던 승준이 이내, 아랫입술을 깨물었다. 신경을 타고 아찔하게 터져 나오는 감각에 절로 신음이 쏟아졌다.

그가 자신의 존재감을 제 입술에 깊숙이 박아 넣는 듯했다.

"하아……."

몰아치는 키스에 이성이 무너졌다.

승준도 끈적끈적한 타액이 뒤엉키며 퍼져 나오는 다디단 향기를 느끼고 있을까.

다현의 몸이 점점 소파 쪽으로 기울어졌다. 이대로 가다가는 꼼짝없이 소파에 누워 버린 꼴이 될 것 같았다. 지금 멈추지 않는다면 승준에게 완전히 잠식당할 수도 있었다.

그런데도 멈추고 싶지 않았다. 자신이 아주 멍청한 짓을 저지르고 있는 중이라고 해도.

다현의 몸에서 서서히 힘이 빠져 나갔다. 소파에 눕자, 두 사람의 입술이 잠시 떨어졌다. 두 팔로 소파를 짚은 채, 저를 내려다보는 승준의 눈빛에 온몸이 달아올랐다. 불안정한 호흡마저 자신을 흥분시켰다.

제 턱선을 타고 미끄러지는 승준의 손길에 찌릿한 감각이 얄궂게 피어올랐다.

"다현아."

고작 승준이 자신의 이름 한 번 불렀을 뿐인데, 배가 저릿거렸다.

"한 번만 솔직하게 말해 봐."

"뭘?"

"네가 나한테 키스한 거. 실수야, 아니면 진심이야?"

"실수면……."

"이대로 일어나야지. 너한테 미움받기는 싫으니까."

선택의 기로에 섰다. 여기서 그만하라고 하면 승준은 주저 없이 제 말대로 할 거다. 그가 제게서 멀어진다고 해도 서운하지 않을 자신이 있을까?

그러니까, 나는…….

"아, 니야."

바로 뒷말을 잇지 못하고 잠시 숨을 골랐다.

제가 모든 말을 끝낼 때까지 승준은 자신을 재촉하지 않았다. 그저 물끄러미 자신을 바라보며 시간을 주었을 뿐이다.

뜨겁게 젖어 드는 침묵이 제 입술을 벌리려 했다. 어서 진심을 얘기하라고.

다현의 가슴께가 승준에게 닿을 것처럼 부풀었다가 제자리로 돌아왔다.

"나…… 실수 아니었어."

이로 입술 안쪽 살을 짓이기던 다현의 입술이 드디어 떨어졌다.

"네가 계속 미워야 하는데…… 그게 맞는 건데. 근데 승준아, 나 이제 너를 미워하는 게 안 돼."

인정해 버렸다.

차승준, 너를 좋아한다고.

"나……."

승준이 바르르 떨리는 다현의 입술을 집어삼켰다. 열감 속에서 번져 드는 다현의 향기에 정신을 차리지 못하는 건 승준 역시도 다를 바가 없었다.

손가락 사이로 물결처럼 흘러내리는 다현의 머리카락이 승준의 마음을 간지럽혔다. 마지막 숨이라도 나누듯 서로를 부둥켜안고 입을 맞췄다. 그는 거침없이 다현의 입술을 깊게 탐하며, 제 한쪽 무릎을 세웠다. 다리를 타고 올라오는 야릇한 손길에 다현의 심장이 터져 버릴 것만 같았다.

팽팽히 도는 긴장감을 견디며 승준의 목에 팔을 둘렀다. 얼굴을 마주 보지 않으면 덜 민망할까 했는데, 반드러운 제 목을 베어 무는 몸짓에 몸이 더욱 달아올랐다.

"아, 읍……하."

목 끝까지 차오르는 숨을 한꺼번에 쏟아 냈다. 두 사람 중 누구도 뜨겁게 쏟아지는 쾌락에서 벗어나기를 원치 않았다. 도리어 더욱 깊게 열감을 빨아내고 싶었다.

승준이 다현에게 기울어졌던 허리를 일으켜 세웠다. 한 손으로 거칠게 넥타이를 풀어내고, 와이셔츠도 벗어 버렸다.

군살 하나 없이 탄탄한 몸에서 다현은 눈을 뗄 수 없었다. 민망함과 기대감이 뒤범벅돼 그녀를 뒤흔들었다. 제가 할 수 있는 거라고는 기대감을 누르듯 입술을 지그시 깨무는 것뿐이었다.

저를 내려다보는 승준의 입가에 미소가 번졌다. 애정 섞인 눈빛에 침조차 삼킬 수 없었다.

그가 제게 손을 내뻗어 블라우스 단추를 풀려고 했다. 그
제야 흠칫 놀라서는 그의 손등을 감싸 쥐었다.

"근데 여기 혹시 누구 오면 어떡해?"

"아무도 안 와."

여전히 걱정스러운 얼굴.

"그러니까 맘껏 소리질러도 돼."

승준의 외설스러운 말에 얼굴이 발갛게 달아올랐다.

"벌써 네 소리, 듣고 싶네."

짓궂은 말이 귓가에 깊이 박혔다.

"너……."

이상한 말은 하지 못하게 막아야겠다며 한 소리를 하기도
전에 승준이 제게 입을 맞췄다. 키스가 농밀해질수록 걸치고
있던 옷이 하나씩 사라져 갔다. 당장 제 모든 걸 먹어야겠다
는 것처럼 그가 제 곳곳을 탐했다.

성난 파도처럼 심장이 쾌감에 날뛰었다. 목구멍을 간질이
는 교성이 승준이 원하는 대로 터져 나올 것 같다.

달뜬 신음이라도 쏟아지면 민망할 것 같아 단단한 승준의
어깨를 살짝 깨물어 봤다. 하지만 그 방법이 통할 리 없었다.
아랫입술을 꽉 깨물어 봐도 역시나 마찬가지였다.

"깨물지 마."

"……."

"예쁜 입술에 상처나."

승준이 엄지로 제 입술을 부드럽게 문질렀다. 그 바람에
굳게 다물려 있던 입술이 벌어졌다.

"흡, 아……."

기어코 야릇한 교성이 터졌다.

순간 낯선 감각이 제 안쪽을 휘저었다. 아찔한 감각에 가쁜 숨이 멈추지 않았다. 자신의 허벅지를 잡고 있는 강인한 손도, 손끝에서 전해지는 근육의 움직임도, 달달하게 맞물리는 입술도 다현을 녹여내기에 충분했다.

은밀한 살 속에까지 승준이 선명히 새겨졌다.

늘 승준이 있는 순간을 악몽이라 생각했다.

'각자 분수에 맞춰서 살아야겠더라고.'

꿈에서 그는 언제나 차디찬 말만 쏟아 냈으니까.

'각자 분수에 맞춰서……'

'각자……'

그런데 이제는 그 말이 파도에 떠밀려 가는 편지처럼 아득히 사라져 가고 있었다.

"사랑해, 다현아."

다현의 눈초리를 타고 눈물이 한 방울 흘러내렸다. 생경한 고통 때문인지, 사랑한다는 말이 너무도 따뜻했기 때문인지 모르겠다.

헤어진 남자 친구를 다시 만나는 것은 잘못된 선택일 수도 있었다. 한 번 헤어진 커플이 비슷한 이유로 헤어질 확률이 크다고 하지 않나.

그래도…….

그럼에도 나는, 다시 너를 사랑하기로 했다.

❖ ❖ ❖

다현은 쇼핑센터 안을 질주했다. 미지와의 약속 시간이 벌써 10분이나 지나 있었다. 수많은 인파를 지나 미지가 예약한 식당으로 들어섰다. 어찌나 정신없이 달렸던지 패딩 안은 열기로 후끈거렸다.

"몇 분이세요?"

"안에 일행 있어서요. 어…… 아!"

식당 안을 두리번거리던 다현이 금방 미지를 찾았다.

"미안. 일찍 나오려고 했는데 빨리 못 끝냈어."

"회사 일?"

"어…… 어어."

다현이 세차게 고개를 끄덕이고는 자리에 앉았다.

거짓말은 쉽지 않았다. 그렇지만 따지고 보면 승준과 연관된 일이니까 회사 일이라고 봐도 무방하지 않을까.

'안 가면 안 돼?'

'미지가 나 꿀꿀해 보인다고 저번부터 예약한 식당이라……
대신 저녁만 먹고 금방 올게.'

'헤어지면 전화해. 데리러 갈게.'

'상황 봐서.'

'안 할 수도 있다는 소리로 들리네?'

'미지가 우리 사정 다 아니까 조금 민망해서. 다음에 내가 마

음의 준비 끝내면 미지한테 다 말할게.'

승준은 생각대로 되겠냐는 눈빛을 날렸지만, 가뿐히 무시했다.

제 얼굴을 물끄러미 쳐다보는 미지의 눈이 가늘어졌다. 로맨스 소설 작가의 촉이 발동한 건가. 승준을 만난다는 사실을 애써 숨길 필요는 없었지만, 아직은 민망했다. 우리가 다시 사귀게 된 지 고작 하루 지났을 뿐이지 않나.

초기에는 무엇이든 조심하는 게 좋지 않나 싶었다. 아직까지 우리의 관계가 단단하다고도 말할 수 없었고.

더욱이 미지라면 '후회남이 벌써 후회의 끝을 봤다'며 왜 마음을 받아 줬는지 꼬치꼬치 캐물을 게 뻔했다. 승준의 미모에 홀딱 넘어가 자고 있던 그를 덮쳤다는 얘기는 절대 꺼낼 수 없었다.

"너……."

"나, 왜? 뭐?"

"너 혹시……."

미지의 말에 긴장감이 등줄기를 타고 올라왔다.

"회사에서 밤새웠어?"

"어?"

"너 원래 주말에는 편하게 입고 나오잖아. 근데 왠지 오늘은 딱 출근룩이네? 차승준이 너 너무 굴려 먹는 거 아냐?"

"너, 무 출근룩 같아? 나름 꾸민다고 꾸민 건데."

"내 친구 예뻐서 그르지."

미지에게는 미안한 소리지만 그녀의 헛다리가 무척이나 고마웠다. 덕분에 바짝 긴장했던 마음이 금세 풀렸다.

"우리 뭐 먹을까. 여기 파스타 완전 맛있다던데."

이곳의 시그니처 메뉴를 미리 알아 왔다는 미지의 리드로 금방 주문을 마쳤다. 요리를 기다리는 동안 다현은 물을 한 잔 들이켜며, 한숨을 돌렸다.

"시제품은 나왔어?"

"응, 어제."

"어때? 네가 생각했던 맛이야?"

"맛있기는 한데 다크초코가 생각보다 별로더라고. 밀크초코로 바꿔 봐야 할 것 같아. 차승준도 그게 좋을 것 같다더라고."

"차승준이 어제 회사를 나갔어?"

갑작스러운 질문에 다현이 괜히 긴장했다. 제가 무슨 말실수라도 했나? 여러 번 머릿속으로 곱씹어 보지만 무슨 실수를 했는지 모르겠다.

"왜……?"

몸을 사려야 할 때는 섣불리 아는 척을 하지 않는 게 좋았다. 당황해서 여러 말을 쏟아 내다가는 꼬리를 밟히기 십상이니까.

"어제 사과문 발표하느라 정신없었을 텐데 출근까지 했어? 와…… 그 정도면 철인 아니야?"

철인 맞는 것 같아, 미지야.

출근만 한 게 아니라 더한 짓도 했다니까.

"걔 엄청 고생했겠더라. 솔직히 자기가 한 것도 아니잖아."

"그동안 잠도 못 잤는지 점심때까지 푹 자……."

밤새 승준에게 시달려 제가 제정신이 아닌 모양이다. 왜 자꾸 헛소리를 해 대는 걸까. 조심 좀 하자, 강다현. 이러다가 미지한테 들키겠어.

"아주, 푹 잤다고 하더라고. 단체톡방에서."

겨우 말을 돌렸는데, 잘 먹혔는지 모르겠다.

"헐! 주말에도 단체톡? 그건 아니라고 전해라."

생각만으로도 싫은지 미지가 몸서리를 쳤다.

승준의 이야기가 계속 나오면 어쩌나 걱정했는데, 다행히 음식이 차례로 올라온 덕에 자연스럽게 음식으로 화제가 넘어갔다.

예약조차 힘든 인기 맛집답게 파스타부터 스테이크까지 맛없는 게 없었다. 심지어 고기 굽기마저도 완벽했다.

승준도 같이 왔으면 참 좋아했을 텐데⋯⋯. 그 생각이 제일 먼저 들었다. 어쨌든 지금은 미각이 돌아왔을 테니 신나게 이것저것 먹고 있을까. 그 모습을 직접 보지 못하고 있다는 게 아쉬웠다.

"우리 밥 먹고 쇼핑도 하자."

"살 거 있어?"

"이제 곧 봄인데 옷장 열어 보니까 옷이 하나도 없는 거야. 이 아이디어라는 게 꽃도 보고, 향기도 맡고 해야 샘솟는 거거든. 내가 지금 연애세포가 없어요."

"나도 이따가 옷 사야겠다."

다현이 음식을 삼키고는 중얼거렸다. 그 소리에 미지의 입꼬리가 씰룩거렸다.

"대박. 강다현 입에서 옷을 사겠다는 말이 나오다니."

"나 옷 잘 사."

"있는 거 대충 돌려 입으면 된다고, 누가 그랬더라? 너……
그 훈남하고 잘돼 가는 거지? 우리 깡따, 얼굴빛이 환해진 이
유가 있었구나."

아무래도 미지는 제가 준열과 썸을 타고 있다고 생각하는
모양이다. 제게는 해가 될 게 없는 오해였다. 그래서 다현은
별다른 대꾸 없이 미소로 화답했다.

[벌써 보고 싶어 죽겠다.]

말끔히 저녁을 해치우고 식당을 나오자마자, 승준의 문자
메시지가 날아들었다.

[나 미지하고 쇼핑하고 갈 것 같아.]

[내 인내심 곧 바닥나겠는데?]

[너 참을 수 있어. 인내심 키울 수 있어.]

다현이 빠르게 답장을 날렸다. 승준을 응원하는 이모티콘
까지 날렸는데, 그게 뭘 그렇게도 즐거울 일이라고 마음이
자꾸 들떴다. 이렇게 자꾸 미지의 근처에서 티 내고 있으면
안 되는데.

[강다현, 지금부터 이모티콘 금지야.]

[그런 법이 어디 있어?]

[네가 애교 부리면 나 약해지니까, 안 되겠어.]

[내가 언제 애교를 부렸다고…….]

[계속 부리고 있어.]

완벽한 직진에 광대가 좀처럼 내려오지 않았다.

"깡따, 너 진짜 제대로 썸타는구나?"

"아냐."

63

"방금 잇몸미소가 만개했는데."

"아, 아닌데? 빨리 옷이나 보자. 다 봄옷인 거 보니까 진짜 봄이 오긴 오나 보네."

"어째 너한테만 봄이 빨리 간 것 같다?"

미지의 말을 강력하게 부정하며 팔을 휘저어 댔다. 하지만 아니라고 할수록 더욱 격한 긍정이 되어 가는 것 같았다.

"어? 눈이다."

미지가 커다란 창밖을 가리켰다. 봄이 오는 걸 막으려는 듯 심술 맞게 내리기 시작한 눈이 사방에 흩날리기 시작했다.

제15장
은밀한 사내 연애

집까지 태워다 주겠다는 미지의 호의도 거절하고 버스정류
장에 섰다. 자칫 집 근처에서 미지가 승준과 만나기라도 하
면 곤란했다. 아직 우리가 사귀고 있다는 걸 말하지 못했으
니까.

고개를 들어 하염없이 떨어지는 눈을 보고 있자니 괜히 승
준이 보고 싶어졌다. 어쩌면 비가 내렸어도, 날이 맑아도 승
준이 보고 싶다고 했을지 몰랐다. 승준을 보고 싶은 마음이
가닿기라도 했는지 그에게서 전화가 왔다.

[차승준 본부장님]

타이밍 하나는 끝내주게 잘 맞추는 남자다.

- 헤어졌어?

주인이 오기만을 기다리는 강아지처럼 승준의 질문이 몹시
도 애달아 보였다.

"방금 전에 헤어지고 버스 타러 왔어."

— 버스 타고 어디 가게? 우리집?

"나 집에 가려고 했는데…… 어, 음…… 갈까?"

태연한 척 묻지만, 다현의 눈동자는 바빴다. 승준의 집으로 향하는 버스가 곧 도착한다는 안내음이 나왔다. 벌써 승준의 집 방향으로 가는 버스 정류장에 서 있다는 걸 들키기라도 할까, 다현은 버스정류장 안내 단말기에서 멀찍이 떨어졌다.

그런데 수화기 너머로 승준의 대답이 들리지 않아 마음이 초조해졌다. 오지 말라고 하는 건 아니겠지?

승준의 집에 가지 않아도 상관없다는 듯 굴긴 했지만 솔직히 말하자면, 가고 싶었다. 승준을 먹이겠다는 일념으로 유명한 맛집에서 줄 서서 빵까지 샀는데…….

"내가 지금 딱 버스정류장이라서."

— ……

"하긴 너무 늦긴 했다. 피곤하지?"

— 나는 괜찮은데, 너는 괜찮겠어?

"나? 나 멀쩡해. 러닝 좀 했다고 체력이 좋아졌나 봐."

승준의 대답을 기다리는 사이, 그의 집으로 가는 버스가 눈앞을 지나갔다. '아―' 하는 탄식이 저도 모르게 터져 나왔다.

어쩌면 오늘은 승준을 만나야겠다는 욕심을 접는 게 좋을지도 모르겠다. 겹겹이 쌓여 있던 일을 어찌됐든 마무리 지었으니 승준도 혼자 마음 편히 쉬고 싶을 수 있었다.

"밤새 너, 괴롭혀도 돼?"

다음 버스가 언제 도착하는지 뚫어져라 쳐다보는데, 가까이서 승준의 목소리가 들렸다. 소리가 들리는 쪽으로 고개를 내리자, 정말로 승준이 보였다. 그는 우산을 접으며 버스 정류장 지붕 안으로 들어섰다.

"너, 너 왜 여기 있어?"

"너 여기 있을 것 같아서."

"나는 그냥, 버스 정류장을 잘못 알아서…… 정말이야. 나 진짜로 여기 너희 집 가는 버스 있는지 몰랐어."

"여기 우리 집 가는 버스 있었어?"

아차 하는 마음에 다현이 입을 다물었다. 승준의 말대로 제게는 거짓말을 능수능란하게 하는 재능은 없나 보다. 제 반응이 마냥 재미있는지 승준이 흰 이를 내보이며 환하게 웃었다. 물기에 젖어 있는 공기에 번진 헤드라이트 불빛이 그를 눈부시게 빛냈다.

"내가 그렇게 보고 싶었어?"

"아니, 뭐. 그렇게까지는……."

"난 보고 싶었는데."

거침없이 날아드는 돌직구에 다현은 주변의 눈치를 살폈다. 혹시라도 누가 이 말을 들었으면 민망하니까. 하지만 눈 내리는 풍경은 찍느라, 누군가와 전화를 하느라, 버스를 타느라 모두들 타인에게는 관심조차 없었다.

"정말 나 안 보고 싶었어?"

다들 자신들에게 관심도 없는데, 남의 눈치를 볼 필요가 있을까 싶었다. 그래도 민망하긴 하니까…….

"조금……."

다현의 목소리가 기어들어 갔다.

"뭐라고?"

제 대답을 확실히 듣고야 말겠다는 듯 승준이 허리를 구부려 제 입술 앞에 귀를 댔다.

"조금, 좀……."

따뜻하게 피어오르는 입김이 승준의 귀를 적셨다.

"……보고 싶었어."

버스정류장 안까지 밀려든 눈발에 떠밀리듯 목구멍을 돌던 낯간지러운 말을 결국 해 버렸다. 살이 아릴 정도로 공기가 찬데, 다현의 얼굴은 끝을 모르고 달아올랐다. 민망하고 유치해 죽을 것 같았다.

그런데 그게 또, 나쁘지는 않았다.

용기 넘치는 말을 보상해 주려는지 승준이 제 손에 손난로를 쥐여 주었다. 훗훗한 온기가 손바닥을 적셨다.

"이리 와, 춥다."

승준이 코트를 열고는 뒤에서 자신을 끌어안았다. 승준의 열기가 고스란히 등을 타고 전해졌다. 고작 몸이 맞닿았을 뿐인데, 몸이 완전히 녹아 버리는 것만 같았다.

펄펄 내리는 눈을 보면서 버스를 기다리는 시간이 좋았다. 이런 보상이라면 매일같이 승준의 귓가에 '보고 싶었다'고 속삭일 수 있을 것 같았다.

❖ ✛ ❖

다현은 승준과 사귀기 시작하면서, 그에게 딱 부러지게 말했다. 우리 연애는 꼭 비밀이어야 한다고. 꼭 그럴 필요가 있냐고 승준이 반문하기는 했지만 그럴 필요가 있었다. 사내 연애는 사이가 좋았을 때는 더할 나위 없이 좋지만, 그 반대의 경우에는 사람들의 입에 오르내리는 안줏거리가 될 뿐이니까.

'안 헤어지면 되는 거 아냐?'

그는 베드엔딩은 상상도 하지 말자고 했지만 사람 일은 어떻게 될지 모르는 법이었다. 제게 찾아든 행복이 좋으면서도, 또 한편으로는 불안하기도 했고.

영원한 해피엔딩을 꿈꾸기에는 너무 어른이 돼 버린 걸까.

'비밀 연애, 노력해 보기는 할게.'
'정말?'
'네가 원하니까.'

노력해 보겠다는 말이 아니라 반드시 사내 연애를 숨기겠다는 약속을 받았어야 했을까. 그랬으면 아침부터 승준이 같이 출근을 하자며 제 집 앞에 나타나지 않았을지 몰랐다.

집 앞까지 찾아온 승준을 거절할 수는 없어 그의 차에 올라탔다. 승준과 같이 출근하는 걸 누군가에게 들킬까 걱정되긴 했지만 차가 주는 편안함에 굴복했다.

만원 버스에서 사람들에게 치이지 않아도 된다는 것만으로도 좋았다.

"춥지. 따뜻하게 커피 마셔."

센스 있게 커피까지 준비하다니.

"고맙긴 한데, 혹시 얼음 없지?"

비록 절반의 센스였지만.

"내가 얼어 죽어도 아이스 아메리카노 파라서."

"오늘 아침만 따뜻한 걸로 마셔. 찬 거 안 좋아."

다현은 아쉬움 가득한 얼굴로 커피를 홀짝거렸다. 그래도 카페인이 들어갔다고 몽롱했던 정신이 맑아졌다.

"맛있기는 하네."

자린고비의 굴비 효과라도 일어나는 걸까. 보기만 해도 흐 뭇한 승준의 얼굴을 보고 있자니, 제가 따뜻한 커피를 좋아 하는구나 하는 착각이 일었다.

평화로운 출근길이 쭉 이어지면 좋겠다. 하지만 회사까지 이 차를 타고 갈 수는 없는 일이었다. 혹시라도 회사 주차장 에서 누군가 제가 승준의 차에서 내리는 모습이라도 본다면 골치 아팠다.

자신을 아는 사람은 별로 없겠지만, 승준을 모르는 사람을 찾기는 힘들지 않을까.

일개 사원의 사내 연애도 핫한 마당에 승준과의 연애를 들 키기라도 한다면…….

편의점사업부만 아니라 백화점에, 마트사업부까지 들썩거 릴 게 빤했다.

"나 저쪽에서 내릴게."

"왜?"

"괜히 같이 내리다가 들키면 어떡해. 내려서 걷는 게 편해.

어차피 많이 멀지도 않고."

"선팅 진해서 안 보여."

"그래도 내릴…… 추 대리다!"

버스에서 내리는 추 대리를 보자마자 다현은 혼비백산했다. 밖에서 차 안이 보일 리가 없는데도 화들짝 놀라서는 의자를 뒤로 젖혔다. 그 속도가 어찌나 느리던지 다현의 눈동자에 지진이 일어났다.

추 대리에게 발각될까, 다현은 어쩔 수 없이 승준의 차를 타고 주차장까지 들어섰다. 그나마 이른 시간이라 주차장으로 들어서는 차가 많지 않은 게 다행이었다.

출근길이 이토록 긴장되고 고될 줄이야.

"하아……."

제자리에 앉자마자 몇십 년이 늙어 버린 느낌이었다. 내일부터는 각자 출근을 하자고 승준에게 말해야겠다. 첩보 작전을 방불케 하는 출근길에서 벗어날 방법은 그것밖에 없었다.

다현이 잠시 숨을 돌리는 사이, 주변 자리들이 하나씩 채워졌다.

[이따 같이 점심 할까.]

겨우 일에 집중한 다현의 메신저 창이 반짝거렸다.

[둘이서?]

[그것도 안 돼?]

[갑자기 둘이 먹겠다고 하면 이상하잖아.]

[그럼 안 되겠네.]

승준이 순순히 포기하는 줄 알았다.

"점심에 다 같이 식사할까 하는데 다들 시간 되십니까."

설마하니 주간 회의 자리에서 점심 회식을 하자고 할 줄이야.

기획본부 사람들 모두가 어리둥절한 표정으로 서로의 얼굴을 쳐다봤다. 같이 점심을 먹지도 않던 인간이 왜 저런 제안을 할까 당황한 얼굴들이었다. 신상품이 대박 난 것도 아니고 회사에 다른 이슈도 없지 않나.

승준의 아버지가 대표직을 사퇴하면서 휘청거리던 한주 E&M 주가가 회복되기 시작됐다는 것 말고는 아무런 일도 없었다.

"장소는 메신저로 전달하죠. 혹시 약속 있는 분들은 나한테 편하게 따로 메시지 보내시고."

자신의 방법이 몹시도 마음에 드는지 승준의 입가에 미소가 떠올랐다.

누가 불참하겠다고 말을 하겠냐고.

"주간 회의는 여기까지 합시다."

승준이 먼저 자리에서 일어났다. 그가 회의실을 나서자마자 볼멘소리가 여기저기서 터졌다.

자신과 점심 한번 먹겠다고 승준이 이런 대참사를 만들어낼 줄 꿈에도 몰랐다. 이럴 줄 알았으면 신상품 관련해서 하고 싶은 이야기가 있다며, 자연스럽게 그를 끌어내는 묘안이라도 냈을 거다.

"갑자기 점심 회식은 왜 하자는 거냐고."

"다들 파이팅하자고 그러시는 거 아닐까요."

다현은 본능적으로 승준을 두둔했다. 가만히 있는 게 제일 좋은 방법이라는 걸 알고 있으면서도 승준을 욕하는 말이 들리자 참을 수가 없었다.

"어? 설마……."

제 말을 듣던 이 과장이 찬희에게로 고개를 돌렸다.

"인턴 그동안 수고했다고 본부장님이 한 턱 내는 건가? 오늘 정규직 전환 발표 난다며."

미안한 소리지만 승준은 정규직 전환 발표가 있는 줄도 모를 거다.

"밥 말고 제대로 된 경력직이나 더 데려와 주지. 인턴 자리 비면 또 한동안 정신 없을 거 아냐."

이 과장의 말이 다현의 신경을 긁었다. 누가 들어도 찬희와 자신을 동시에 걸고넘어지는 말이 아닌가. 하루라도 남을 깔아뭉개지 않으면 몸이 근질거리는 모양이다.

"본부장님이 미리 찬희 씨 축하해 주는 걸 수도 있지 않을까요?"

"강 대리는 너무 긍정적이야. 영업관리 하면서 세상 풍파를 겪어 봐야 되는데…… 참."

"기획팀 풍파도 만만치 않던데."

"지금 나한테 말대꾸하는 거야?"

"그럴 리가요. 지난번에 보니까 찬희 씨 아이디어가 너무 좋아서 말씀드린 거예요."

다현은 여유롭게 미소를 머금은 채, 이 과장의 말을 받아쳤다. 웃는 얼굴에 침 뱉어 봐야 자신만 손해라는 걸 이 과장도 분명히 느끼고 있을 것이다.

"오후에 본부장님께 보고할 게 있어서 저 먼저 나가 볼게요. 아, 혹시 찬희 씨 시간 되면 저 도와줄 수 있어요? 용기

73

업체 추가로 더 찾아봐야 할 것 같은데 손이 모자라서요.”

“예엡!”

찬희가 다이어리를 집어 들고는 곧장 제 뒤를 따랐다. 공채가 아닌 자들의 반란이었다.

앞뒤 사정을 알 리 없는 승준은 다현의 곁에 가까이 붙어 있는 찬희가 거슬렸다. 유치한 질투심에 엉덩이가 자꾸만 들썩거렸다. 다현이 비밀을 지키라는 눈짓만 보내지 않았더라면 벌써 두 사람 사이를 파고들어 그녀의 옆자리를 차지했을 거다.

“후우…….”

승준은 머리카락을 쓸어 넘기며 마음을 가다듬었다. 인내라는 게 얼마나 힘든 일인지 누구보다 절실히 경험하고 있는 중이었다.

❖ ❖ ❖

다현이 탕비실에 앉아 멍하니 천장을 바라봤다. 뷔페로 점심 회식을 잡은 승준이 대게 다리를 제 앞접시에 어찌나 올려 주던지, 시간이 꽤 지났는데도 배가 꺼지지 않았다. 대게가 제 배 속을 헤엄치는 것 같았다.

적당히 먹었어야 했다는 후회는 이미 소용없었다. 부른 배를 매만지던 다현의 앞에 승준이 나타났다.

“어디 안 좋아?”

승준이 옆자리에 앉으며 물었다. 과한 애정에 제가 체하기라도 했나 걱정됐나 보다.

"그냥 배가 너무 불러서요."

"어떡하나."

그가 의자를 당기면서 제게 가까이 붙었다.

"여기서 소화시켜 줄 수도 없고."

귓불을 스치는 입김에 다현의 두 뺨이 발그레 달아올랐다. 승준이 무슨 말을 하는지 너무도 빨리 파악해 버렸다. 제가 조금 더 순수했다면 어리둥절한 표정만 짓고 있었을지도.

"노, 농담 수위 지켜요. 여기 회사야."

"아무도 없잖아."

"언제, 누가 들어올 줄 알고?"

"그때는 우리 강 대리가 기지를 발휘하겠지."

테이블 아래로 맞닿은 손이 왜 이리 따뜻한지. 승준의 손을 뿌리치지 못했다.

저를 꼼짝 못 하게 하는 방법을 알았다는 듯 승준은 엄지로 제 손등을 천천히 매만졌다. 그 손길이 뭐라고, 마음이 간질거렸다. 누군가 들어올지도 모른다는 긴장감까지 더해져 다현의 맥박이 요동쳤다. 쿵쾅거리는 심장 소리가 커질수록 두 사람의 손가락은 서로에게 조금씩 엉겨 붙었다.

이대로 탕비실에 아무도 들어오지 않았으면 좋겠다.

하지만 사랑방이나 다름없는 이곳이 오래도록 비워져 있을 리 없었다.

"강 대리님!"

찬희가 잔뜩 흥분한 얼굴로 탕비실에 들어왔다.

"여기 계셨네요!"

놀란 다현이 승준의 손을 놓으며 자리에서 일어났다. 절대로 그럴 일이 없겠지만 혹시라도 우리가 손을 잡고 있었다는 걸 들키기라도 했나 싶어 마음이 격하게 벌렁거렸다.

"저 찾았어요?"

"네, 저 대리님 찾았습니다. 저…… 붙었어요."

"네?"

"정규직 전환됐어요. 다 대리님 덕분입니다, 대리님!"

감동에 찬 얼굴로 찬희가 다현을 안았다. 기쁨에 찬 포옹에 승준의 눈빛이 날카롭게 번뜩였다.

저걸 죽일까?

딱, 그 표정이다.

문제는 얼마나 기뻤는지 찬희가 승준의 눈빛을 전혀 눈치채지 못했다는 것이었다.

"대리님이 잘 봐 주시고 저 응원도 해 주셔서…… 진짜 감사드려요."

"제가 도와준 것도 없는데요. 찬희 씨가 잘해서 전환된 거죠."

"저 진짜 열심히 할게요."

"일단 진정하고 떨어져서……."

"대리님이 저 필요하다고 하시면 제가 밤낮 가리지 않고 와서 돕겠습니다!"

여기서 승준이 화라도 내면 분위기가 이상해질 텐데.

'안 돼, 차승준. 참아.'

다현은 승준을 보며, 그를 진정시키기 위해 애썼다. 제 눈빛이 통하지 않았는지 승준이 기어코 자리에서 일어났다. 이렇게 일주일도 되지 않아서 승준과의 연애를 들키게 되는 걸까.

"번지수 잘못 찾았네."

차디찬 승준의 목소리에 찬희가 다현에게서 떨어졌다. 찬희는 여전히 촉촉하게 눈으로 승준을 쳐다봤다.

승준이 던진 말의 의미를 도무지 모르겠다는, 얼떨떨한 표정이다.

"잊었나 본데, 박찬희 씨 도와준 건 납니다. 여기 강 대리가 아니라."

"아……."

"그러니까 포옹하려면 나한테 해요. 그 기획안 보느라 내가 얼마나 고생했는데."

포옹을 갈구하는 승준의 모습에 하마터면 웃음이 터질 뻔했다. 제가 바라는 대로 비밀 연애는 지켜야겠고, 찬희의 행태를 가만히 지켜볼 수는 없으니 나름 머리를 굴린 듯했다.

"충성을 다하겠습니다, 본부장님!"

감동에 찬 찬희가 승준을 와락 안았다.

정말이지 눈물 없이는 볼 수 없는 광경이었다.

"충성까지는 그닥……."

"진짜 감사합니다."

막상 찬희가 진짜 포옹을 하자, 승준은 당황한 얼굴로 저를 봤다. 제발 이 녀석을 떼어 달라는 눈빛이었다. 그의 눈빛에 담긴 의미를 잘 알지만 다현은 찬희를 말리지 않았다.

두 남자가 부둥켜안고 있는 이 모습을 언제 다시 볼 수 있을지 모르지 않나.

"혹시 두 분 오늘 시간 되세요?"

승준의 품에서 떨어진 찬희가 두 사람을 보며 물었다.

"제가 맛있는 거 한 번 대접하고 싶어서요."

"안 그래도 돼요. 제가 딱히 한 것도 없고."

"무슨 소리세요. 대리님이 매번 응원도 해 주시고, 저 잘될 거라고 응원도 해 주셔서 얼마나 힘이 됐는데. 비싼 건 못 사 드려도 맛있는 건 꼭 사 드리고 싶습니다."

저를 바라보는 찬희의 눈빛이 애절했다. 이래서 거절을 할 수 있겠냐고.

"대리니임."

찬희가 재빨리 다현을 붙잡고 늘어졌다. 흔들림도 없는 승준보다는 자신을 공략하는 게 더욱 빠르다는 걸 눈치챈 듯했다. 찬희의 뒤로는 '어서 거절해'라는 승준의 눈빛이 쏟아졌다. 거절을 하는 게 맞기는 한데……. 그래도 축하하고 싶잖아.

"좋, 아요."

결국 다현은 승준의 눈치를 보며 대답했다.

"본부장님은요?"

이제 남아 있는 건 승준의 대답뿐이었다.

"바빠서 안 되시면 다른 날짜 잡아도 되고, 대리님께 대접하고 나중에 따로……."

"시간 됩니다."

"정말요?"

"박찬희 씨가 쏜다는데 마다할 이유가 있나."

제가 찬희와 단둘이 밥을 먹는 걸 지켜 보고만 있을 승준이 아니었다.

"그럼 제가 맛있는 곳으로 예약해 두겠습니다!"

찬희는 잔뜩 신난 걸음으로 탕비실을 나섰다.

"저도 이만……."

다현은 공연히 미안한 마음에 찬희를 따라 탕비실을 나서려고 했다. 하지만 금세 승준에게 앞을 가로막히고 말았다.

"나는 너하고 둘만 있고 싶었는데."

"……나도."

주변에 아무도 없다는 걸 확인한 다현이 승준의 말에 맞장구를 쳤다.

"아까 같이 먹을 시간 없다고 하지 그랬어."

"행복해 보이는데, 찬물 끼얹기가 좀 그렇더라고. 밥 한 번 같이 먹는 게 힘든 일도 아니고."

"이렇게 착해서 어떡하냐."

"내가 조금 인간적이긴 하지."

"나한테만 그랬으면 좋겠는데."

한마디씩을 던질 때마다 두 사람의 거리가 점점 가까워졌다.

"그럼 인간적으로 나 때문에 둘이 못 있게 된 거니까…… 대신 금요일에, 확실히 보상해 줄게."

"어떻게?"

"밥도 먹고 영화도 보고."

"그리고 또?"

"진짜 불금……."

대범하게 불타는 금요일을 약속하려던 순간.

"아, 퇴근하고 싶어 미치겠네."

"내 말이."

79

다른 팀 사람들이 탕비실로 들어서는 소리가 들렸다.

"죄송합니다, 본부장님!"

다현이 혼비백산해서는 대뜸 승준에게 사과부터 날렸다. 승준과 단둘이 탕비실에 있어도 이상해 보이지 않으려면 왠지 그에게 혼나고 있는 장면이 연출돼야 할 것 같았다.

"용……기, 네. 용기 문제를 제가 제대로 확인 못 해서…… 바로 가서 다시 체크하고 보고드릴게요."

"알았어요. 가 봐요."

"네."

"아, 강다현 대리."

승준이 탕비실을 나가려던 제 이름을 불렀다.

"기대하고 있을게요."

"제대로 준비해 오겠습니다!"

고개를 숙이며 인사를 마친 다현이 서둘러 탕비실을 나섰다.

❖ ❖ ❖

찬희가 자신의 단골 가게라면서 다현과 승준을 끌고 간 곳은 한식 술집이었다. 가게가 좁기는 했지만 내부 인테리어는 아기자기하고 깔끔했다.

"갈비구이하고 막걸리부터 시킬까요? 이 막걸리가 이 집 시그니처인데 사장님이 직접 만드셨대요."

단골답게 찬희가 추천 메뉴를 자신 있게 늘어놓았다. 메뉴에 있는 사진만으로도 다현의 입에 절로 군침이 돌았다.

"저는 좋아요."

"그럼 그렇게 시키겠습니다!"

찬희의 우렁찬 대답이 끝나고, 얼마 지나지 않아 테이블 위로 안주가 올라왔다. 뽀얀 막걸리 한 병도 같이 모습을 드러냈다.

목을 넘어가는 막걸리가 놀랄 만큼 부드럽고 달았다. 한 잔 두 잔 들이켜다가는 꼼짝없이 필름이 끊길 수도 있겠다. 적당히 먹는 게 좋은데, 손이 멈춰지지 않았다. 곁들인 음식들이 맛있어서 그런가, 아니면 승준이 같이 있어 마음이 들뜬 건지도 모르겠다.

"제가 이번에 꼭 붙고 싶었거든요. 그래서 정말 죽어라 했는데 과장님이 맨날 떨어질 거라고 하시니까 자신감도 없어지고……."

"자신감 가져도 돼요. 저번에 잠깐 말한 찹쌀 붕어빵도 완전 맛있겠던데."

"역시 제 자존감 지켜 주시는 분은 대리님뿐이라니까요."

"본부장님도 인상 깊게 보셨다고 저한테 그러셨는데?!"

다현이 어서 맞장구를 쳐 달라며 승준의 옆구리를 팔꿈치로 찔렀다.

"네, 뭐…… 볼만했습니다."

어설프기 그지없는 승준의 칭찬에도 찬희는 마냥 행복해했다. 어찌나 감동에 차올라 있던지 승준이 티 나게 다현의 앞 접시에 음식을 덜어 주고 있다는 것도 알지 못했다.

"어? 강 대…… 본부장님."

그때 다른 일행과 함께 가게로 들어선 추 대리가 다현에게 알은척을 하다가 멈칫했다. 그도 그럴 것이 생각지도 못한 조합이었을 거다.

거하게 취한 찬희는 추 대리와 같이 마시고 싶어 하는 눈치였지만 다현이 겨우 말린 덕에 다음을 기약하기로 했다.

"저는 일행이 있어서…… 먼저 가 볼게요."

추 대리가 꾸벅 인사를 하고는 일행에게 돌아갔다.

그렇게 한참 다현과 술잔을 주거니 받거니 하던 찬희가 화장실을 다녀오겠다며 자리에서 일어섰다.

"찬희 씨 괜찮을까?"

비틀거리는 찬희를 보며 다현이 걱정을 터뜨렸다.

"누굴 걱정해."

"저거 봐. 비틀거린다니까."

"너도 취했어. 그만 마셔."

"저 한 개도 안 취했는데요."

승준이 걱정하는 사람은 오직 다현뿐이었다. 쉴 새 없이 늘어나는 빈 병만큼 다현도 단단히 취해 있었다. 만약 그녀가 취하지 않았더라면 추 대리가 있다는 사실도 잊고, 자신에게 가까이 붙어 속삭이지도 않았을 거다.

한마디로 다현은 이미 위험 단계에 접어들어 있었다.

"그만 마시고 기다려."

승준은 자리에서 일어나서는 계산을 끝냈다. 찬희만 돌아오면 자리를 파할 생각이었다. 다현까지는 몰라도 찬희까지 케어할 여력이 없었다.

그 사실을 알 리 없는 찬희는 나풀거리듯 제자리로 돌아왔다.

"이만 일어납시다."

승준의 말에 두 사람이 믿을 수 없다는 얼굴로 동시에 자신을 쳐다봤다.

"왜요?"

"벌써요?"

나라라도 잃은 것처럼 절망에 빠진 얼굴들이다.

이 인간들, 확실히 취했다.

"내일 출근 안 합니까. 취했다 뭐다 해서 지각하는 거 못 봐요."

승준은 취해서 비틀거리는 두 사람을 끌고 밖으로 나왔다. 다행히 찬희를 태워 보낼 택시가 금방 잡혔다.

"내일 정직원으로 뵙겠습니다!"

마지막까지 정직원을 외쳐 대던 찬희가 택시에 올라탔다. 택시 차창까지 열고 손을 흔드는 찬희의 모습에 다현이 부지런히 화답을 해 주었다.

"어서 출발해 주시죠."

그 꼴을 더 이상 보지 못하겠다는 듯 승준이 택시 기사에게 말했다. 택시 값까지 찬희의 손에 쥐여 주었으니 알아서 집에 잘 돌아갈 거라 여겼다. 그렇게 다현을 데리고 한쪽으로 물러났다.

차디찬 바람을 맞고 있는 다현은 도로를 보면서 눈만 껌뻑거렸다. 금방이라도 잠들어 버릴 기세였다.

"왜 이렇게 덥지."

술기운이 오르는지 칼바람에도 아랑곳없이 코트를 벗으려 했다.

"입고 있어. 감기 걸려."

승준은 다현을 말리며 다시 코트를 입혀 주었다. 혹여 다현이 감기에라도 걸릴까 걱정돼 그녀를 제 품에 안았다. 그게 좋았는지 그녀는 제 허리를 안고는 가만히 얼굴을 기댔다. 눈까지 감고 있는 걸 보니 사내 연애를 숨긴다고 퍽 피곤하긴 했나 보다.

다현을 더욱 꽉 감싸 안으며 택시를 기다리던 승준의 표정이 굳었다.

"아……."

하필이면 자신들보다 먼저 술집을 나섰다가 돌아온 추 대리와 시선이 마주쳤다.

승준과 추 대리 중 누구도 먼저 말을 꺼내지 않았다. 인도에 박혀 있는 나무처럼 제자리에 우뚝 선 채, 서로를 쳐다보고 있을 뿐.

승준은 제 품 안에서 얼굴을 비비적거리고 있는 다현을 내려다봤다. 술이 깬 다현이 이 상황을 알면 제자리에서 펄쩍 뛸 게 분명했다.

"이제…… 가시나 봐요."

종일 이러고 있을 수는 없다고 판단했는지 추 대리가 먼저 입을 뗐다.

"추 대리는 간 줄 알았는데?"

"제가 무선 이어폰을 흘리고 가서요."

"먼저 가 봐요."

"네, 그러면 저는 이만 가 보겠습니다."

추 대리가 쭈뼛거리며 술집으로 발걸음을 옮겼다. 승준의 시선이 자연스럽게 추 대리를 좇았다.

이대로 아무 일도 없던 것처럼 추 대리를 보내는 게 나을 것 같았다. 추 대리의 성격을 생각해 봤을 때, 그녀는 결코 소문을 옮길 만한 위인이 아니었다.

하지만 무엇이든 확실히 하는 게 나쁘지 않을 거다. 만에 하나 제 판단이 틀렸다면 다현이 원하지 않는 일이 터질 테니까. 다른 건 몰라도 다현이 바라지 않는 건 되도록 어기고 싶지 않았다.

승준은 다현을 행복하게 해 주는 것 말고는 다른 것에는 아무 관심도 없었다.

"추민정 대리."

승준이 고개를 돌리고는 추 대리를 불렀다.

"오늘 뭘 봤건 잊어 줬으면 하는데."

"소문날까 봐요?"

"아무래도 아는 사람이 많으면 불안하니까."

"비밀 지킬게요. 강 대리한테 신세 진 것도 있고. 아무튼 저는 걱정 안 하셔도 돼요."

추 대리의 말에 승준이 고맙다며 미소로 화답했다.

"그럼 내일 뵙겠습니다."

"그래요."

추 대리가 목인사를 하고는 술집으로 향했다.

그녀는 다현이 승준을 부둥켜안고 있는 모습을 보고도 많이 놀라지는 않았다. 이미 두 사람이 단순한 직장 동료 사이가 아니라는 걸 알고 있었기 때문이다.

지난번 회식 자리에서 술에 취한 다현을 택시에 태워 보내던 날, 다현의 문자 메시지를 잘못 읽어 버리는 바람에 그 사실을 알게 됐다. 그때도, 지금도 추 대리는 비밀을 지켜 주기로 했다.

남에게 비밀을 떠드는 성격도 아니고, 다현은 이 과장의 지랄에서 자신을 구해 주지 않았나. 도움을 받았으면 보답을 해야 하는 것이 당연했다.

추 대리는 승준에게 한 약속을 꼭 지키겠다는 듯 술집으로 들어갈 때까지 뒤를 돌아보지 않았다. 두 사람이 택시를 탈 때까지도 술집에서 벗어나지 않았던 건 그녀가 할 수 있는 최대한의 배려였다.

❖ ❖ ❖

다현은 타는 갈증에 잠에서 깨어났다. 눈도 다 뜨지 못하고 비몽사몽해서는 냉장고로 향했다. 그런데 열린 냉장고 문 뒤로 부스럭거리는 소리가 들렸다.

"벌써 일어났어?"

익숙한 저음에 놀라 다현은 하마터면 마시고 있던 물을 그대로 뿜어낼 뻔했다. 커다란 물통을 든 채 냉장고 문을 닫자, 승준이 보였다. 다현은 벙찐 얼굴로 승준의 얼굴만 뚫어져라 쳐다봤다.

어제 무슨 일이 있었는지 다급히 기억을 더듬거렸다.

'너는 무슨 라면 먹고 간다는 말도 없어? 내가 라면을 얼마나 잘 끓이는데.'

'너 취해서…….'

'차승준아, 나하고 같이 자자.'

돼먹지도 않은 애교를 부려 대면서 집에 가려던 승준을 붙
잡았던 게 생각났다.

'내일 후회 안 하겠어?'

'상여자는 후회 안 해. 우리 승준이 좀 안고 자 보자. 아……
너는 얼굴도 잘생기고 몸도 좋고. 몸 좋아.'

변태처럼 승준을 끌어안고 난리를 피우던 모습도 선명하게
떠올랐다. 제가 너무 밝힌다거나 굶주려 있다고 생각하지는
않았을까. 엎질러진 물을 바라만 봐 봐야 무슨 소용이 있을
까. 주워 담을 수도 없는데.

"구, 굿모닝."

다현이 어색하게 한 손을 들어 보이며 안녕을 외쳤다.

그런데 어쩐지 승준이 이상했다. 등 뒤로 무언가를 숨기고
있는 게 수상했다. 여자 친구가 생각했던 것보다 훨씬 변태
라서 몸이라도 사리는 거야?

"더 안 자?"

"나 자야 되는 거야?"

"너 피곤할까 봐."

"잠 다 깼는데…… 뒤에 뭐야?"

승준의 뒤로 설핏 보이는 거뭇한 물체에 다현은 그에게 가
까이 다가갔다. 그는 어떻게든 자신을 막아 보려 애를 썼지

만 소용없었다.

"아무것도……."

승준의 간절한 저지선을 뚫고, 마침내 조리대에 선 다현은 입을 틀어막았다. 불을 대로 불어 버린 미역이 커다란 그릇 밖으로 흘러넘쳤다. 양이 어찌나 많던지 미역으로 동네 잔치를 벌여도 될 것 같았다.

눈앞에 펼쳐진 미역 참사에 다현의 말문이 막혔다. 저걸 어떻게 처리해야 할지 막막했다.

"미역이 갑자기 증식했어."

승준은 실험이라도 실패한 얼굴이다.

"미역은 갑자기 왜 불린 거야?"

"해장에 좋을 것 같길래."

"좋겠지. 좋았을 텐데……."

마을 잔치를 벌일 수 있을 만큼 어마무시한 미역의 양에 난감할 뿐이었다.

그래도 좋게 생각하기로 했다. 승준이 자신을 위해 뭘 해 주려다가 벌어진 대참사가 아닌가. 다음에는 이런 일이 벌어지지 않도록 잘 가르치면 되는 일이다.

게다가 뜨끈한 미역국을 생각하자, 시원한 국물이 당기기도 했다.

"먹자! 어떻게든 먹겠지."

다현은 미역 지옥 속에 빠지는 쪽을 택했다. 왠지 승준과 함께라면 그 지옥 속에서도 잘 살아남을 수 있을 것 같았다.

그릇에서 적당히 미역을 꺼낸 승준이 흐르는 물에 미역을 씻었다. 물기를 쫙 빼는 모습을 보는데 느낌이 이상했다. 아침을 같이 준비하는 신혼부부라도 된 것 같다. 바지락을 힘껏 씻어 대는 승준의 모습에서조차 멋있어 보이는 걸 보니, 콩깍지가 단단히 쓰이기는 했나 보다.

같이 밥 먹고 출근하는 건가?

하염없이 이어지던 다현의 생각이 멈칫했다. 그러고 보니 승준의 차림이 어제와 똑같았다.

"너 근데 집에 언제 가?"

"안 갈 건데."

"이대로 출근하게? 이 차림으로?"

"어."

"안 돼. 누가 집에 안 들어갔냐고 물어보면 어쩌게. 미역국 내가 끓여 먹을 테니까 출근 준비하고 와. 아니, 그냥 바로 출근해."

"내가 시작했으니 내가 끝내야지."

승준이 볶음 주걱을 꽉 쥐고는 임무 완수를 다짐했다. 중대한 미션이라도 받은 사람 같았다.

몇 번이고 승준을 집으로 돌려보내려던 다현은 도리어 식탁으로 쫓겨났다. 결국 다현은 자포자기한 얼굴로 턱을 괴고 그의 뒷모습을 바라봤다.

와이셔츠를 걷어붙인 승준에게 빛이 쏟아졌다. 좁다란 부엌 창으로 들이치는 빛이 이렇게 밝았었나. 자그마한 접시에 국물을 덜어 맛을 보고 있는 승준이 빛이란 빛은 모조리 흡수하고 있는 것 같았다.

아, 누구에게든 자신의 남자 친구를 자랑하고 싶었다. 제아무리 팔불출같이 보여도 말이다.

바글바글 끓는 미역국과 기름 위에서 투박하게 지져지는 계란후라이 소리가 주방을 요란하게 채웠다.

❖ ✛ ❖

역시나 다현의 예상은 적중했다.

"본부장님 어제하고 옷 똑같지 않아? 혹시 외박했나. 인턴, 뭐 아는 거 없어? 어제 강 대리하고 셋이서 한잔하러 갔잖아."

승준이 회의를 하러 사라지자마자 이 과장이 의자를 끌며 찬희에게 다가갔다. 다현을 대하기 어려우니 만만한 찬희를 택한 거다.

"저는 잘……."

"왜 몰라?"

"제가 너무 신나서 먼저 취해 가지고. 본부장님이 택시 잡아 주셔서 타고 갔거든요."

"흠……."

"그냥 비슷한 옷 여러 벌 있으신 거 아닐까요?"

잘한다, 찬희 씨.

"우리 인턴이 순수하네. 내 촉에는 여자 같단 말이지."

모니터만 뚫어져라 쳐다보는 제 얼굴이 따가웠다. 이 과장이 수상하다는 눈빛을 쏴 대고 있는 게 분명했다.

"여자 아닐걸요."

"추 대리가 그걸 어떻게 알아?"

"어제 술집 앞에서 본부장님 봤거든요."

생각지도 못한 구원 투수의 등장에 다현이 자신도 모르게 추 대리 쪽으로 고개를 돌렸다.

"찬희 씨하고 강 대리 택시에 태워서 보내고 회사로 가시던데요."

추 대리가 눈 하나 깜빡이지 않고 거짓말을 했다. 평온한 추 대리와는 달리 다현의 고개는 한없이 한쪽으로 기울어졌다. 왜 추 대리가 거짓말을 해 주는 건지 이해가 가지 않았다.

"회사, 확실해?"

"네. 못 믿겠으면 본부장님께 직접 물어보셔도 되고요."

"괴물이네. 월요일부터 어떻게…… 지금 철야하고도 저렇게 멀쩡하다는 거잖아?"

추 대리 덕에 이 과장의 의심에서 가뿐하게 벗어났다.

추 대리가 무언가 알고 있는 걸까. 혹시 어제 술집 앞에서 마주치기라도 했나. 승준에게 안겨 까무룩 졸았던 것 같기는 한데…….

위험을 무릅쓰면서까지 추 대리에게 물어볼 용기가 나지 않았다.

차라리 나중에 승준에게 따로 물어보는 게 나을 것 같았다.

"강다현 대리님."

회의를 끝낸 기획3팀 직원이 다현을 불렀다.

"본부장님이 회의실에서 보자고 하셔서요."

"저를요?"

텔레파시라도 통한 건가.

"용기 리스트업된 거하고 샘플 전부 다 가지고 오시라는 데. 혹시 혼자 들고 가기 힘드시면 제가 도와드릴게요."

　직원의 말을 들으니 승준이 밀회나 즐기자고 자신을 부른 게 아닌 듯했다.

　신상품을 진행하는 데 문제가 생긴 건지 몰랐다. 제품이 흔들리면 모양이 망가지게 되는데, 적당한 용기를 찾지 못하고 있으니 다른 제품을 기획하라는 말을 하려는 걸까.

　승준의 입장에서는 어쩔 수 없는 선택일 수도 있었다. 디저트는 워낙 트렌드가 빠르게 바뀌다 보니, 잘 만들어 내는 것도 중요했지만 빨리 만들어 내는 것도 중요하지 않나. 그게 아니면 추 대리한테 사내 연애를 들켜 버렸다는 소리를 하려고 부르는 건가? 용기는 그냥 핑계일지도.

　회의실로 향하는 다현의 마음이 왠지 모르게 쿵쾅거렸다.

　다현은 용기가 가득 든 박스를 들고 회의실 안으로 들어섰다. 빈 용기가 박스 안에서 달그락거렸다. 테이블 위에 용기를 내려놓은 다현이 승준의 근처에 자리를 잡고 앉았다.

　"이게 전부예요?"

　"모레 추가로 택배 받기로 했는데 그건 여기 이미지 확인하시면 됩니다."

　박스 위에 얹어져 있던 종이를 승준에게 건넸다. 종이에는 용기 모양이 보기 좋게 정리돼 있었다.

　"용기 때문에 내용물이 계속 흔들리는 것 같던데."

　"높이를 낮추자니 안에 든 필링이 눌려서……."

　"디자인을 바꿔 보는 건 어때?"

"어떻게요?"

"슈의 위쪽을 세우면 어떨까 해서."

승준이 종이 위에 그림을 그리며 설명했다.

"위쪽이 받치고 있으면 배송하면서도 필링이 눌릴 걱정이 없을 테니까."

승준의 의견도 나쁘지 않았다. 입을 벌린 바지락처럼 슈를 반으로 가르고, 그 안을 크림으로 채우면 기존의 용기로 써도 문제가 없을 거다.

고객들은 내용물을 눈으로 확인할 수 있을 테고, 오히려 전보다 훨씬 매력적일 수 있겠다 싶었다.

"디자인만 변경하면 강 대리가 처음에 찾았던 4구 짜리 바이오PP 용기로도 충분히 진행 가능해 보이는데."

"좋은 것 같아요. 그렇게 진행해 볼게요."

승준의 그림을 보던 다현이 고개를 들다가 멈칫했다. 어느새가 승준이 제 곁에 가까이 다가와 있었기 때문이다.

"근데 언제부터 디자인 변경 생각했어요?"

"네가 용기 찾기 시작했을 때부터."

박스 뒤에 앉아 있는 두 사람의 목소리가 점점 작아졌다. 어쩐지 금방이라도 테이블에 달라붙을 듯 허리마저 숙여졌다.

"용기 때문에 출시 못 하면 아까우니까."

"그렇긴 한데……."

"너 미역국 끓여 주다가 생각난 거니까 미안하다는 표정 안 지어도 돼."

"나 지금 너 혼내는 중이거든."

다현이 눈에 바득 힘을 주고는 따끔하게 말했다.

"나쁜 생각이든, 좋은 생각이든 다음에는 같이 생각해. 나 위하는 거라고 해도 나중에 네 생각 아는 거 싫어."

미국에 간다고 했을 때도 일방적으로 승준에게 통보를 받지 않았나. 그럴 리 없겠지만 다시는 그 끔찍한 악몽에 갇히기 싫었다.

"오케이?"

승준에게서 바로 대답이 나오지 않았다.

"어쭈? 바로 대답 안 한다 이거야? 다음번에도 이러면 한번까지는 봐 주려고 했는데 안 되겠네. 용서 절대 안 해 준다?"

"정말 용서 안 해 줄 거야?"

"당근이지. 너 보지도 않을⋯⋯."

얼굴도 보여 주지 않을 거라고 다현이 으름장을 놓으려던 순간, 승준이 제게 가볍게 입을 맞췄다.

다현이 화들짝 놀라 테이블에 납작 붙어 있던 몸을 일으켰다. 빈 회의실을 둘러 보는 그녀의 두 눈이 어느새 커다래져 있었다. 다행히 회의실을 지나는 사람은 아무도 없었다. 회의실 문은 불투명해서 안쪽이 보일 리도 없겠지만, 조심해서 나쁠 건 없었다.

"너 이러면⋯⋯."

"안 볼 거라고, 나?"

승준은 또다시 제게 입을 맞출 기세다.

"안 볼 수⋯⋯."

다시 한번 승준의 입술이 닿았다. 춉, 하고 떨어지는 소리에 다현은 자신의 아랫입술을 살짝 머금었다.

"나 안 본다는 말 하면 계속 벌 주려고."

거짓말이 아니라는 듯 승준의 입꼬리가 얄궂게 휘어졌다. 당황스러운 건 승준의 입맞춤이 전혀 벌로 느껴지지 않는다는 거였다.

이건 거의 상, 아니야?

"본부장님 여기 회사거든요."

"알아."

"알면 퇴근 때까지만 참아요. 아무한테도 들키면 안 되니까. 근데 혹시 추 대리…… 아니, 그건 나중에 얘기하는 걸로 하고. 저는 연구소에 변경된 내용 전하러 갈게요."

다현이 추 대리가 혹시 우리의 관계를 아느냐고 물어보려다가 실패했다. 회의실 앞으로 누군가가 지나가는 것 같았기 때문이다.

흠칫 놀란 다현이 승준의 그림이 그려진 종이와 박스를 얼른 들었다. 박스를 들어 주겠다는 승준의 호의도 한사코 거절했다. 사내 연애를 의심할 수 있는 모든 싹을 애초에 자르겠다는 결연한 의지였다.

하지만 제자리도 돌아와서도, 입술에 남아 있는 찌릿한 여운이 쉽게 사라지지 않았다. 이러다가 퇴근을 하자마자 승준에게 달려가 벌을 받고 싶다며, 달려들지도 몰랐다.

아니, 지금의 기세라면 분명히 달려들 거다.

제16장
반격

　연구소에 있던 다현은 정시 퇴근을 포기했다. 승준의 의견
말고도 수정할 부분들이 꽤 많아 시간이 조금 더 필요했다.
자신이 연구소에 있다고 갑자기 뾰족한 수가 나오지는 않겠
만, 그래도 끝없이 초코슈를 구워 내고 있는 준열을 두고 혼
자 퇴근하기가 미안했다.

　입이 한 개인 것보다는 두 개가 나을 수도 있고.

　문제는 끝없이 밀려드는 초코슈가 벌써 물리기 시작했다는
거였다.

　"물리죠?"

　제가 먹는 모양새만 봐도 어떤지 잘 알겠다는 듯 준열이
물었다.

　"매번 이렇게 먹어요?"

　"원하는 맛 나올 때까지는?"

"와아. 이렇게 먹고 나면 한동안 초코슈는 보고 싶지도 않겠는데요."

"지겨울 만하면 또 새 시제품 개발하니까 물린 것도 잊게 되더라고요. 막상 편의점에 잘 진열되면 뿌듯하기도 하고."

"아, 저도 얼른 보고 싶네요. 우리 초코슈 팔리는 거."

다현이 초코슈 하나를 집어 들고는 빙긋이 웃었다. 대의를 위한 인내라고 생각하기로 했다. 제 혀를 다 바쳐 대박 제품을 만들어 내면 뿌듯할 것도 같았다. 벌써부터 기대감이 다현의 마음을 들뜨게 만들었다.

한껏 진지한 얼굴로 맛을 평가하려던 다현의 핸드폰이 울렸다. 주머니에서 핸드폰을 살짝 꺼내자 승준의 이름이 보였다.

"저 잠깐만요."

다현이 손을 꽉 감싼 라텍스 장갑을 빼면서 한쪽으로 비켜났다.

– 아직 연구소야?

전화를 받자마자, 승준의 목소리가 들렸다.

"크림 배합을 바꿔 보려는데 시간이 조금 걸릴 것 같아서요."

– 거기서 야근이라도 하려고?

"그래야 할 것 같아요. 원하는 맛이 안 나와서. 본부장님 먼저 들어가세요."

– 너 거기 두고 내가 어떻게 들어가.

"버스 타고요."

조용한 연구소 안에 승준의 목소리가 들리기라도 할까, 다

98

현은 미어캣처럼 여기저기를 살폈다. 다행히 준열의 귀에 아무 소리도 들리지 않나 보다.

- 내 말은 그게 아니고…….

"내일까지 당연히 시제품 보여 드릴 수 있죠. 걱정 마시고 들어가세요. 본부장님, 그럼 내일 뵙겠습니다."

다현은 서둘러 전화를 끊고는 새 라텍스 장갑을 꺼내 꼈다.

다행히 승준에게서는 다시 전화가 오지 않았다. 제가 일에 집중할 수 있도록 놔두기로 한 것 같았다. 시제품이 빨리 나오는 게 승준에게도 좋을 테니까.

그렇게 전화가 끊기고 얼마나 지났을까. 보안이 해제되고 연구소 문이 열리는 소리가 났다.

초코슈를 오물거리며 맛에 집중하고 있던 다현이 그 소리에 뒤를 돌았다. 저벅거리는 발자국 소리만으로도 누군지 딱 알 수 있었다.

이건, 백퍼센트 차승준이다.

"두 사람밖에 없어요?"

연구실 안을 둘러보던 승준이 인사 대신 던진 첫마디였다.

"백 과장도 초코슈 개발 같이 진행하는 줄 알았는데."

"조리식품 쪽 시제품에 문제가 있어서 초코슈는 제가 맡기로 했습니다."

"남 주임 혼자?"

믿기지 않는다는 듯 승준이 준열의 말에 반문했다. 준열을 못미더워하고 있다는 걸 그는 온몸으로 표현하고 있었다. 이러다가 괜한 소란이라도 나겠다.

"저도 돕고 있고요."

다현이 냉큼 한 손을 들어 보이며 선수를 쳤다.

"제가 생각했던 맛이 나올 때까지 계속 트라이해 볼 생각이니까요. 너무 걱정 마시고 들어가서 쉬세요."

"이왕 여기까지 왔으니 나도 도울게요."

"본부장님 바쁘실 텐데……."

"시간 없어도 만들어야죠. 내가 강 대리 제품에 거는 기대가 얼만데."

다현의 말림은 씨알도 먹히지 않았다. 제가 준열과 연구실 안에 단둘이 있는 걸 절대 참을 수 없나 보다.

"당연히 백 과장도 있는 줄 알고 초밥 세트로 세 개 사 왔는데, 잘됐네. 우선 먹고 일합시다."

승준이 포장해 온 초밥을 들고는 양쪽 입꼬리를 말아 올렸다. 빙긋이 휘어지는 승준의 미소를 보고 있자니 애초부터 백 과장이 없다는 것을 알았을 수도 있겠다 싶었다. 잠깐 저녁만 주고 가려고 했다기에는 누가 봐도 작정하고 온 사람 같았으니까.

그랬다고 승준을 내칠 수는 없었다.

그를 내보낼 수 있는 명분이 없었다. 제품이 나올지 말지를 결정하는 최종 결정자가 돕겠다는데 거절하는 게 훨씬 이상해 보였다.

그리고 솔직히 승준이 찾아와서 조금 기쁘기도 했다. 오늘 밤에는 승준을 보지 못할 거라 생각했기 때문이다. 이렇게라도 얼굴을 볼 수 있어 좋았다.

"남 주임 바쁘면 시간 되는 나하고 강 대리 먼저 먹고 있어도 되고."

"저 시간 됩니다, 본부장님."

"굳이 무리할 필요 없는데."

"음식은 원래 다 같이 먹어야 맛있잖아요."

두 남자는 한마디도 지지 않고 팽팽한 줄다리기를 해 댔다.

잔말 말고 초밥이나 먹자며 그들을 끌고 연구실을 나설 때까지도 다현은 알지 못했다. 두 남자 사이에 어떤 일이 벌어지게 될지.

창밖은 칠흑처럼 캄캄했다.

다현은 자신이 들고 있는 초코슈와 창밖을 번갈아 쳐다봤다. 이럴 줄 알았으면 커스터드슈나 생크림슈를 개발할 걸 그랬다. 적어도 뭘 보든 새카만, 검은 늪에는 빠지지 않았을 테니까.

매콤한 음식이 간절하던 단계를 지나 이제는 마냥 졸음만 쏟아졌다.

아, 물론 배에 더 이상 초코슈가 들어갈 공간도 없었다.

"저 잠깐만 쉴게요."

라텍스 장갑도 벗지 못한 채 다현이 의자에 앉았다. 그녀의 한 손에는 먹다 만 초코슈가 들려 있었다. 뭘 들고 있다고는 생각도 하지 못했지만.

그저 잠시만 무거워지는 눈을 감고 있자고 생각했다. 잠깐 쉬고 나면 흐리멍덩한 정신도 맑아지리라 여겼다. 희망찬 미래를 떠올리며 다현은 테이블에 이마를 댔다. 한번 긴장이 풀리자, 순식간에 잠에 빠져들었다.

두 남자의 시선이 동시에 다현에게로 향했다. 얼마나 피곤했는지 다현은 그 눈빛을 느낄 새도 없었다.

준열이 쌕쌕거리며 잠든 다현에게 가려던 순간.

"선을 자주 넘네."

승준이 준열의 앞을 가로막았다.

"비켜 주시죠."

"못 비키겠는데."

서로를 보는 두 남자의 눈빛이 날카로워졌다. 누가 먼저랄 것도 없이 그들에게서는 차디찬 공기가 피어올랐다.

묵직한 침묵이 두 남자를 휘돌았다.

그 고요를 깨고 먼저 반응을 보인 건 준열이었다. 승준의 경고를 들을 마음도 없다는 듯 그는 다시금 다현에게 다가가려고 했다. 하지만 몇 걸음 움직이지 못하고 또다시 앞길을 가로막히고 말았다.

"선 넘지 말라고 했습니다."

"지금 선 넘는 건 제가 아니라 본부장님 아니신가요?"

"어째서?"

"예전에 사귄 게 아직도 유효하다고 생각하시는 것 같아서요. 근데 헤어지셨으면 헤어진 사람답게 굴어야 하는 거 아닙니까."

"관계없는 사람은 꺼져라?"

"예."

승준이 기가 막힌다는 듯 실소를 터뜨렸다.

"그럼 더더욱 남 주임이 빠져야겠네."

"……."

"강 대리 남자 친구로서 당신, 경계 1순위거든."

"지금 그게 무슨……?"

"우리 다시 만나고 있다는 소리예요. 앞으로 다현이한테 그 어떤 불순한 생각이라도 가지면 내가 가만히 안 두겠다는 경고기도 하고."

언제나 굴하지 않고 승준의 말을 맞받아치던 준열이 아무런 대꾸도 하지 못했다.

처음 초밥을 사 들고 승준이 연구실에 나타났을 때, 다현의 얼굴에 환한 미소가 번지던 게 어른거리는 탓이었다. 다현의 낯빛이 밝아졌던 건 단지 초밥 때문이라 여겼다. 지금 생각해 보면 그러기를 바란 건지도 모르겠다.

"시간도 늦었고, 이만 퇴근합시다. 여기서 밤새 자게 둘 수는 없으니까."

승준은 삽시간에 단잠에 빠진 다현을 보며 말했다.

"4번, 8번, 12번으로 의견 좁혀진 것 같으니, 내일 점심 전까지 기획팀으로 추가 시제품 보내요. 내부 테스트 진행하고 최종 결정하도록 하죠."

"……."

"이견 있습니까."

"아닙니다."

지시를 끝낸 승준이 다현에게로 걸음을 옮겼다. 다현에게 가까워질수록 차갑게 굳어 있던 그의 표정이 풀어졌다.

자면서도 초코슈를 꼭 쥐고 있는 다현이 안쓰러우면서도 사랑스러웠다. 이렇게 예쁜 여자 친구를 두고 어떻게 긴장을 늦출 수 있을까. 다현을 눈독 들이는 늑대 같은 놈들이 차고 넘치는데.

승준이 조심스럽게 다현이 쥐고 있던 초코슈를 빼냈다. 그러자 다현의 몸이 꿈지락거렸다.

"다현아."

"흐응……."

"집에 가자."

승준은 잠이 덜 깬 다현을 일으켜 세웠다. 그러고는 준열이 건네는 다현의 코트와 가방을 받아 들었다. 제가 다현을 만나는 걸 믿든지 믿지 못하든지 우선 그녀를 편히 재워야 하는 데는 동의한 듯했다.

코트를 두른 다현의 눈동자에는 초점이 없었다. 완전히 잠에서 깨어 나지는 못하고 몽롱한 상태였다.

"내일 뵙겠습니다."

그 와중에도 준열의 인사에 목인사로 화답한다.

멍한 얼굴로 승준과 함께 연구실을 나서는 다현의 머릿속에는 따뜻한 침대와 승준밖에 없었다.

한주리테일에 들어온 이래로 가장 홀가분한 금요일이었다. 마침내 초코슈 디자인이 최종 결정 났고, 배송 문제도 말끔히 해결됐다. 포장 용기에 들어갈 디자인이나 문구도 생각보다 빨리 확정난 덕에 예정보다 빨리 신상품을 출시할 수 있다는 기대감까지 피어올랐다.

그리고 이번 주 금요일은 어떤 날인가. 제가 승준에게 불타는 금요일을 만들어 주겠다고 신신당부한 날이었다.

'금요일에, 확실히 보상해 줄게.'

호기로운 약속을 지키기 위해 미지와 쇼핑몰에서 산 새 옷까지 꺼내 입었다. 그 바람에 데이트를 하는 거냐, 맞선을 보는 거냐…… 이 과장에게 쓸데없는 질문 폭격을 당했지만.

그 말을 피해 다현은 화장실로 피신했다 돌아왔다. 오늘만은 이 과장과 입씨름을 하며, 괜한 힘을 빼고 싶지 않았다. 다른 날도 아니고 불금이니까.

퇴근까지 5분.

시계를 힐끗거리던 다현이 슬그머니 핸드폰을 꺼냈다. 누군가에게 들키기라도 할세라 핸드폰 밝기를 가장 어둡게 낮췄다.

[너 먼저 퇴근하면 나는 10분 있다가 주차장으로 내려갈게.]

핸드폰을 두드리는 다현의 손놀림이 퍽 빨랐다. 용건을 끝내자마자 다현은 핸드폰을 책상 위에 뒤집어 놓고는 일을 마무리하는 척했다. 승준을 봤다가는 누군가 눈짓이라도 주고받고 있다는 걸 알아챌 것 같았기 때문이다.

불금의 위력은 가히 대단했다.

당장 코앞에 신상품 런칭을 앞두고 있는 사람을 빼고는 다들 부지런히 퇴근을 했다. 하지만 그중에서도 가장 먼저 사무실을 빠져나간 건 승준이었다.

"수고들 하셨습니다."

그 딱 한마디 인사만을 던진 채.

승준이 퇴근했으니 다현도 나갈 준비를 시작했다. 10분. 정확히 10분만 기다리면 승준과 맛있는 것도 먹고, 애정씬이 듬뿍 담겨 있는 멜로영화도 볼 거다. 그리고 이날을 위해 비장하게 준비한 속옷도 빛을 발할 것이다.

"대리님도 이제 퇴근하세요?"

노트북을 끄고 자리에서 일어나는데 찬희가 제게 다가왔다.

"저도 막 퇴근하려는 길인데."

어……? 이러면 안 되는데.

"버스 타고 가세요? 지하철?"

"저는 버스요."

"저도 버스 타는데."

이러다가 찬희와 꼼짝없이 버스정류장까지 걸어가게 생겼다. 이건 다현의 계획에 전혀 없던 일이었다.

어느새 찬희와 나란히 엘리베이터 앞에 선 다현의 머리가 바쁘게 굴러갔다.

"찬희 씨, 미안한데 제가 갑자기 처리할 일이 있어서요. 먼저 가요."

다현은 우선 사무실로 돌아가 이 고비를 넘길 생각이었다.

"제가 도와드릴까요?"

"아뇨. 괜찮아요."

"저 시간 괜찮아요."

내가 안 괜찮아.

우는 목소리가 목 끝까지 차올랐다. 차라리 버스를 타고 가까운 데서 내려야 이 슬픈 동행이 끝날 수도 있겠다 싶었다.

"갈 사람은 가지?"

그때 추 대리가 구세주처럼 나타났다.

"그치만……."

"상대가 도와 달라고 했을 때 돕는 게 진짜 돕는 거거든. 도움 필요 없는데 굳이 도와주는 건 오지랖. 오케이?"

"오케이이기는 한데……."

"엘리베이터 왔다. 강 대리님, 다음 주에 봐요. 찬희 씨, 우리는 얼른 타요."

찬희는 어떻게든 자리를 지키려고 했지만 추 대리의 손에 끌려갔다.

엘리베이터 문이 닫히기 직전, 추 대리가 제게 윙크를 날렸다. 정확히 윙크였다! 추 대리는 확실히 뭔가 알고 있었다. 만약 정말 제가 승준과 사귀고 있다는 사실을 아는 거라면…… 다른 사람은 몰라도 추 대리라면 괜찮을 것도 같았다.

그들을 태운 엘리베이터가 내려가자마자, 다현은 재빨리 다음 엘리베이터를 잡았다.

"팝콘은 내가 들게."

다현이 고소한 향기를 풍겨 내는 팝콘통을 들었다. 양손에 콜라를 든 승준이 팝콘까지 들 수 있을 리가 없었다. 다현은 상영관으로 가면서 팝콘을 하나씩 집어 먹었다. 달콤한 팝콘이 바사삭 소리를 내며 씹혔다.

"먹을래?"

팝콘 하나를 집어 들고는 승준에게 물었다. 거절할 수도 있겠다 싶었다.

생각해 보면 승준은 영화를 볼 때 팝콘을 먹지는 않았다. 바삭한 식감을 즐기지 않는 걸 수도 있고, 팝콘을 싫어할 수도 있겠다.

"입에 넣어 줘."

승준이 어서 팝콘을 넣어 달라는 듯 입을 벌렸다. 그 모습이 꼭 어미새가 먹이를 주기를 바라는 아기새 같았다. 팝콘한 알을 집어 입에 넣어 주자, 그가 맛있게 먹었다.

"아무 맛도 안 나겠다."

"아냐. 느끼고 있어."

"한 알 가지고?"

"그럼 누가 줬는데, 아껴 먹어야지."

"아껴 먹지 마. 많이 줄게."

다현이 팝콘을 한 움큼 쥐고는 승준의 입에 넣어 주었다. 제 손바닥에 닿는 말캉한 승준의 입술 감촉이 마냥 좋았다. 입가를 적시는 웃음을 겨우 참아 내며, 다현은 팝콘 하나를 제 입에 집어넣었다. 혀끝에서 녹아내리는 캐러멜이 유달리 달았다.

팝콘 하나에 이렇게 즐거울 수 있다는 게 신기했다.

"우리 몇 관이야?"

"잠깐. 핸드폰이…… 아, 3관이다."

"콜라도 먹어. 목 메어."

승준이 열심히 팝콘을 주워 먹던 제 입술에 빨대를 대 주었다. 목이 마를까 걱정됐던 모양이다.

"강, 다현?"

두 사람은 서로에게 집중한 나머지, 최범이 자신들을 발견했다는 걸 알지 못했다. 그가 혜승에게 '어…… 이것도 도움이 될지는 모르겠습니다만'이라고 시작되는 문자 메시지를 보냈다는 것도.

❖ ❖ ❖

혜승의 클러치백 안에서 핸드폰이 연달아 울었다. 새아버지의 생신을 축하하며 함께 저녁을 먹던 혜승이 조용히 메시지를 확인했다.

[어…… 이것도 도움이 될지는 모르겠습니다만 그래도 혹시 몰라 문자 보내 봅니다, 본부장님.]

[다현이를 봤어요. 그때 찾으셨던 그 남자분하고 같이 있던데.]

[여기 위치가 어디냐면…….]

망나니 의붓오빠의 칭찬에 열을 올리는 새아버지의 모습에 안 그래도 열이 받던 참이었는데, 최범에게서 날아든 메시지를 보니 화가 머리끝까지 치솟았다.

마침내 최범이 제게 두 사람이 함께 있는 사진을 보냈을 때, 혜승은 자리를 박차고 일어났다.

이 웃긴 년이!

서로를 보고 다정히 웃고 있는 사진에 눈이 뒤집혔다. 속에서 열불이 터졌다. 혜승은 테이블에 앉아 있던 가족들이 일제히 자신을 보고 있다는 것도 알지 못했다.

"권혜승."

혜승의 어머니가 다급히 그녀의 옷자락을 당겼다. 그제야 제자리에 선 혜승의 이성이 돌아왔다. 자신을 바라보는 시선들이 차가웠다.

"죄송합니다. 잠깐 화장실 좀 다녀올게요."

앉으라는 어머니의 눈짓에도 혜승은 자리에서 벗어나는 쪽을 택했다. 최범이 보낸 사진이 눈앞에 어른거려 도저히 아무렇지 않은 얼굴로 자리에 앉아 있을 수가 없었다.

2층 화장실로 들어선 혜승이 재빨리 문을 잠갔다. 최범이 보낸 사진을 다시 한번 확인했다. 역시, 잘못 본 게 아니었다. 승준의 곁에는 강다현이 있었다. 그것도 행복해 죽겠다는 웃음까지 터뜨리면서.

'네가 이렇게 다짜고짜 찾아와서 나한테 행패 부리는 거, 차승준도 알고 있어?'

둘이 정말 사귀고 있었어?

'분명히 싫어할 텐데. 그치?'

110

다현이 제게 승준의 곁에 남겠다고 했을 때부터 본때를 보여 줬어야 했다. 전 회사에서 왜 짤렸는지 진즉 소문을 냈다면 이런 사진을 받을 일은 없었을 거다.

사진을 보는 혜승의 눈동자에 핏발이 섰다.

승준의 곁에 다른 계집애가 있다는 소식이 돌면 저희 집이 한바탕 뒤집어질 게 뻔했다. 아니, 모두들 저를 비웃을 거다.

그녀는 승준의 집안을 등에 업어야 더 많은 것을 가질 수 있었다. 승준이 사라지면 자신은 지금처럼 멍청한 의붓오빠의 뒤처리나 해 주고 다녀야 할 게 뻔했다. 안 그래도 자신들을 객식구 취급하는 새아버지의 가족들도 자신을 더욱 짓밟아 뭉개겠지.

그게 싫어서 제가 얼마나 발버둥을 쳤는데. 무슨 짓까지 했는데!

'이번에는 안 도망갈 거야. 악착같이 나도 남아 있으려고.'

거지 같은 계집애에게 제 자리를 뺏길 수 없었다. 그렇다고 대표직까지 사임한 승준의 아버지에게 기댈 수도 없는 노릇이었다.

차라리 자신의 선에서 깔끔하게 끝내자 생각했다. 그러면 승준의 아버지도 저를 기특하게 여길 거다.

혜승이 최범에게 곧장 전화를 걸었다. 친절한 목소리로 위장해 자신이 원하는 것을 얻어 낼 참이었다.

"이렇게 도움 주셔서 감사드려요."

- 아닙니다. 아닙니다. 본부장님 덕분에 다른 명품 브랜드랑 콜라

보 진행할 수 있게 됐는걸요. 제가 더 감사하죠.

이 정도 인사면 이제 본론으로 들어갈 때.

"죄송하지만 제가 마 과장님한테 하나 더 부탁드리고 싶은 게 있는데……."

최범에게 부탁을 끝낸 혜승의 한쪽 입꼬리가 씨익 차갑게 말려 올라갔다.

❖ ❖ ❖

지난주에는 봄기운이 완연하더니 갑자기 또 찬바람이 몰아쳤다. 변덕스러운 환절기 날씨도 다현의 관심을 끌지 못했다.

몇 주간 다현의 머릿속에는 초코슈 출시밖에 없었다.

쉴 새 없이 쏟아지는 일에 정신없이 바빴던 것 빼고는 다현의 일상은 모든 게 평화로웠다. 추 대리가 센스 있게 도와준 덕분에 사내 연애도 무사히 진행 중이었다. 승준과의 애정 전선에도 아무 문제가 없었고, 회사 일도 놀라울 만큼 척척 진행됐다.

다현은 상품기획팀이 천직이 아니었을까 생각할 만큼 신상품 기획이 즐거웠다. 출근을 하든 야근을 하든, 회사에 나가고 싶어 안달이 날 정도였다.

승준과 함께라는 것도 그 즐거움에 한몫했을 거다.

그런데 오늘은 달랐다. 다현은 손톱을 잘근 깨물며 시계만 쉼 없이 힐끗거렸다. 심지어 다리를 가만히 있지 못하고 달달 떨기까지 했다.

"강 대리 왜 저래?"

"오늘 초코슈 나오는 날이잖아요."

"아아, 그거 때문이었어? 난 또 뭐라고."

"아무래도 자기 상품 나오는 날은 떨리니까……."

"나는 떨린 적 없는데. 겸허하게 다 받아들였지. 저렇게 호들갑 떨고 매출이 얼마나 나오는지 구경이나 해야겠네."

지난주까지만 해도 자신이 기획한 상품이 나온다며 호들갑을 떨던 이 과장은 다현을 보며 코웃음을 쳤다. 얼마나 잘 팔릴지 두고 보겠다는 눈빛까지 쏘아 댔다. 정작 신선 식품이 입고되는 2시를 기다리고 있는 다현에게는 이 과장의 말이 들리지 않았지만.

그렇게 2시.

이제 차례로 전국 편의점에 신선 식품들이 배달되고 있을 거다. 그 생각에 다현은 좀체 집중이 되지 않았다.

"강다현 대리."

승준이 부르는 소리에도 즉각 반응을 보이지 못했다.

"강 대리."

"네, 네? 본부장님."

"나하고 나갑시다."

"어디를요?"

"직접 신상품 진열되는 거 봐야 마음 편하지 않겠어요?"

그 한마디에 다현이 코트를 챙겨 들고 자리에서 일어났다. 승준을 쫓아 나간 다현이 엘리베이터 앞에 섰다.

신상품 하나 나왔을 뿐인데 왜 이렇게 떨리는지 모르겠다. 마음이 얼마나 뛰던지 이대로 심장이 가출해 버리는 건 아닐까 싶을 정도였다.

다현이 승준과 나란히 엘리베이터에 올라탔다. 가장 안쪽에 자리를 잡고 선 다현은 하나씩 내려가는 숫자를 멍하니 바라봤다. 어쩐지 입술이 바짝 타들어 갔다.

"떨려?"

"조금."

"나는 많이 떨리던데."

다현은 앞만 쳐다봤다. CCTV에라도 다정한 모습이 찍히면 곤란하니까.

"네가 만든 거, 내가 제일 처음 사고 싶어서."

오픈런이라도 하듯 의지를 태우는 승준의 말에 다현의 입꼬리가 씰룩댔다. 아랫입술을 꽉 깨물어도 웃음이 튀어나올 것만 같았다.

"다 쓸어와야지."

저기요, 본부장님.

결국 웃음을 참지 못한 다현이 승준을 올려다본 순간, 엘리베이터 문이 열렸다. 엘리베이터에 사람들이 올라타자, 다현이 다급하게 헛기침을 하며 웃음을 삼켜 댔다. 그 모습을 힐끔 보던 승준의 손가락이 다현에게 닿았다.

자신들의 손이 맞닿아 있는 걸 누가 알아채기라도 할까. 다현은 황급히 손을 말아 쥐려고 했으나 승준에게 붙잡히고 말았다.

살며시 붙잡고 있는 손에 심장이 터져 버릴 것만 같았다.

이래도 되나 싶었지만, 나중에는 아무도 모르면 되지 않을까 하는 안일한 생각이 피어올랐다. 간질거리는 감각에 굴복해 버린 거다.

– 로비층입니다.

안내음과 함께 사람들이 엘리베이터에서 내렸다. 그제야 엉겨 붙어 있던 두 사람의 손도 떨어졌다.

회사를 나선 다현은 사원증을 빼 주머니에 넣었다. 제가 초코슈를 기획했다는 티를 내고 싶지 않았다. 본사 사람인 걸 알면 편의점 알바생도 불편할 테고. 다현은 그냥 물건을 사러 온 손님처럼 조용히 초코슈만 구경하고 올 생각이었다.

그래서 구태여 회사 빌딩에서 멀찍이 떨어진 편의점까지 걸어갔다.

짤랑거리는 종소리와 함께 편의점 안으로 들어서자, 다현의 시선이 본능적으로 신선 식품 코너 쪽으로 향했다.

"헐, 헐!"

차분하던 다현의 목소리가 커졌다. 서둘러 입을 막아 봤지만 소용없었다.

예쁘게 진열된, 제 자식 같은 초코슈를 보자마자 이성이 하늘로 날아가 버렸다. 진열대를 전부 차지한 것도 아닌데 초코슈만 보였다. 편의점에 진열된 상품을 보면 힘든 것도 잊힌다는 준열의 말이 완벽히 이해됐다.

그렇게 질리게 먹었던 초코슈인데도 어딘가 모르게 다르게 느껴졌다.

"그렇게 좋아?"

"이거 봐. 안 망가졌어."

다현은 모양이 그대로 살아 있는 초코슈를 가리켰다. 몇 번 테스트를 해 보긴 했지만 그래도 안에 든 크림이 망가지지는 않을까 걱정했는데, 무사히 제 형태를 잘 유지하고 있었다.

좋아서 어쩔 줄 몰라 하며, 진열된 초코슈를 찍었다. 흥분을 감출 수가 없었다. 아무렇지 않은 척 구는 게 어렵기도 했고. 차라리 맘껏 즐기고 말지.

"사진 다 찍었어?"

"어어."

"그럼 이제 맛봐야지."

승준이 진열된 초코슈 두 봉지를 꺼내 계산했다. 다현은 소중하게 빵을 들고 창가로 걸어갔다.

긴장되는 마음을 안고 초코슈를 한 입 베어 물었다. 징글맞게 먹었던 시제품 생각은 나지도 않았다. 입안에 번지는 달달한 초콜릿 향기가 다현의 마음을 들뜨게 만들었다.

맛있다.

[깡따, 대박 맛있어!!!]

[강 대리님 축하드려요. 저도 편의점 뛰어가서 얼른 샀어요^^]

연이어 날아든 미지와 준열의 문자 메시지에 웃음꽃이 피어올랐다.

완판까지는 아니더라도 기획자로 첫발을 뗐다는 것에 의미를 두기로 했다. 물론 잘 팔리면 더할 나위 없이 기쁘겠지만.

"나 잠깐 전화 좀."

승준이 핸드폰을 들고는 말했다. 초코슈를 오물거리며 그를 향해 고개를 끄덕거렸다. 가만히 있어도 웃음이 터져 나오는 이 순간의 행복이 오래 이어지기를 바랐다.

언제나 맑은 날만 있을 수 없다는 사실을 망각해 버린 거다.

"남 비서, 너 그게 무슨 소리야?"

전화를 받고 있는 승준의 얼굴이 급격하게 굳어 갔다.

[상품기획1팀 강다현의 민낯을 공개합니다.]

사내 인트라넷에 올라온 내용은 가관이었다. 제가 전에 다니던 회사에서 왜 나올 수밖에 없었는지 일목요연하게 적혀 있었다. 거기에는 최범과 나눴던 문자 메시지와 사무실로 들어와 제 뺨을 때리던 여자의 영상도 담겨 있었다.

회사 내부 직원이 갑자기 자신을 고발할 리는 없겠고, 최범도 남의 회사 인트라넷에 글을 올려야겠다고 생각할 만큼 머리가 도는 사람이 아니었다.

'너 괴롭힐 방법이야 많아. 난 그럴 만한 시간도, 돈도 있으니까.'

이렇게 정성스럽게 자신을 괴롭힐 사람은 권혜승밖에 없었다.

혜승에게는 사내 인트라넷에 글을 올리는 건 일도 아니었을 거다. 돈만 쥐여 주면 혜승을 돕겠다는 사람이 차고 넘칠 테니까.

"강 대리 경력, 정말 장난 아니었네."

"결혼할 남자 건드리는 건 아니지 않아요?"

"조심들 하자."

다현의 예상대로 소문은 일파만파 번져 나갔다. 걷잡을 수조차 없었다. 제아무리 잘못된 사실이라고 말해도 들어 줄이가 없다는 것도 안다. 전 회사에서도 그랬으니까. 자신이 지나갈 때마다 경멸 섞인 시선을 던지는 것도 똑같았다.

하지만 그때와 다른 것은 제가 더 이상 그 소문에 움츠러들 사람이 아니라는 거였다.

당당해지기로 했다. 어깨를 펴고 고개를 쳐들고, 소문과는 전혀 무관한 사람처럼 일에 집중했다.

"강다현 대리, 따라와요."

승준이 다음 신상품을 기획 중이던 저를 불렀다. 왜 자신을 부르냐고 물어봐야 이목만 끌 것 같아 다현은 군말 없이 그의 뒤를 따랐다. 천국 같았던 회사가 한순간에 지옥으로 변해 있었다.

정말 버틸 수 있을까?

차디찬 시선과 무참히 찍혀 버린 낙인, 그리고 쉴 새 없이 부풀어지는 소문들.

그 모든 것을 무시해야만 해야 버틸 수 있었다. 그래야 도망치지 않고 이곳에서 살아남을 수 있다.

승준은 회의실 대신 본부장실로 자신을 데리고 올라갔다.

"징계위원회라도 여는 건가?"

"강 대리가 본부장님까지 홀리는 거 아니야?"

"에이, 그게 가당키나 하겠어?"

킬킬거리는 소리가 들렸지만 깡그리 무시했다. 반응을 보이면 더욱 재미있어서 날 뛸 사람들이다.

승준은 남 비서의 인사에 대꾸도 않고 승준이 집무실로 들어갔다. 다현만 남 비서의 인사에 미소로 화답했다. 그러고는 승준을 따라 집무실로 들어가서는 조심스럽게 문을 닫았다.

"최범, 그 새끼는 아닌 것 같지?"

승준이 거칠게 머리칼을 쓸어 올리며 물었다.

"누가 올린 건지는 확인 못 하는 거지?"

"외부에서 침입한 흔적이 있어서 내부 직원 짓은 아닐 것 같은데……."

"찾기 힘들 수도 있다는 소리네."

"아무래도."

"……."

"혹시 짐작 가는 사람 있어?"

승준의 물음에 바로 대답을 하지 못했다.

제가 헛다리를 짚었을 수도 있지 않나. 우선 제대로 확인하고 승준과 상의하는 것도 나쁘지 않을 것 같았다. 증거도 없이 혜승을 잡다가 사건을 엉뚱하게 커지기라도 하면 곤란하니까.

우선 최범에게 캐묻다 보면 답이 나올지 몰랐다.

"있구나?"

아니라는 대답을 하기도 전에 승준이 제게 눈을 맞췄다. 거짓말을 할 수 없게 만드는 눈빛이다.

"누구야?"

"……."

"혼자 생각 말고 같이 생각하자며."

승준에게 하지 말라던 짓을 제가 하고 있다. 다현은 자신의 모습이 한심하기 짝이 없게 느껴졌다.

"같이 생각해."

승준이 다현의 머리에 손을 얹고는 다정히 말했다.

"네 예쁜 머리 터지는 꼴, 난 못 봐."

진지하고도 기괴한 말에 다현은 바람 빠지듯 픽 웃고 말았다. 이렇게까지 사람 마음을 휘저어 놓는데, 어떻게 가만히 입을 다물고 있을 수 있겠어.

"지난번에 권혜승이 회사 찾아왔어."

"여기를? 그래서 만났어?"

"피하기 싫었거든. 그럴 이유도 없고."

"걔가 너한테 무슨 짓이라도 했어?"

질문을 던지는 승준의 눈빛이 매서웠다. 혜승이 제게 해코지라도 했다면 가만히 놔두지 않을 기세였다.

"회사 관두라고 그러더라. 자기 말대로 안 하면 어떻게든 괴롭힐 거고, 내가 전에 다니던 회사에서 어떤 일이 있었는지 다 알고 있다고."

"그래서 뭐라고 했어?"

"마음대로 하라고 했어. 나는 여기 계속 붙어 있을 거라고."

"……."

"그렇게 걱정스럽게 안 봐도 돼. 얼음, 시원하게 뿌려 줬거든."

심각하던 승준의 표정이 조금 풀어졌다.

"그건 잘했네."

승준의 칭찬에 다현이 뿌듯하다는 얼굴로 고개를 주억거렸다.

하지만 제아무리 혜승에게 얼음을 통째로 던졌다고 해도 지금 이 순간, 시원하게 한 방을 맞은 게 자신이란 걸 부정할 수는 없었다.

이 소란이 수그러들기까지 꽤 시간이 걸릴 거다. 아니, 제가 나갈 때까지 사라지지 않을지도.

"너는 아무것도 안 해도 돼. 나머지는 내가 처리할게."

"어쩌려고?"

"헛소문은 막아야지."

"소용없을 거야. 다들 해명해도 관심 없더라. 그냥 시간 좀 지나면 잊힐 거야. 그때까지 나, 충분히 버틸 수 있어."

"네 마음 다치는 건?"

승준에게 중요한 건 아무것도 없었다.

"다현아, 나는 그 꼴도 못 봐."

다현이 다치지 않는 것, 다현이 슬퍼하지 않는 것.

그리고 강다현이 힘들지 않는 것.

승준의 인생에서 중요한 것은 그것뿐이었다. 자신의 세상이 박살 난다고 하더라도 다현을 지킬 수만 있다면 상관없었다.

혜승도 큰 힘을 쓰지 못할 거다. 그녀를 뒷받침해 줄 제 아버지의 힘이야 어느 정도 잘라 냈지 않나.

승준은 어떻게든 이 일을 박살 내 버릴 생각이었다. 자신의 아버지나 쓸 법한 저열한 수를 써서라도.

"우리 새아버지도 참 불쌍해. 아들이라고 하나 있는 게 경영도 더럽게 못하잖아. 생활용품 사업부 매출 떨구기도 쉽지 않을 텐데. 그것도 재능 아니야?"

라운지 바에 앉아 있던 혜승이 귀 뒤로 머리카락을 넘기며 웃었다.

"하여튼 도우야, 네가 일찍 끝나서 다행이다. 너 아니었으면 나 혼자 처량하게 술 마실 뻔했는데."

"승준이는 어쩌고?"

"너 강다현 알지? 차승준한테 꼬리치던 여우 같은 년."

"너 취했다. 그만 마셔."

도우가 혜승의 앞에 놓인 술잔을 가져가려고 했지만 실패했다. 혜승은 도리어 기분 좋은 날이라며 신나게 술잔을 비우고는 칵테일 한 잔까지 더 추가했다.

"걔, 승준이한테 붙어먹고 있는 거 너도 몰랐지?"

커다란 얼음이 든 블랙 러시안이 혜승의 앞에 놓였다.

"그 거머리가 또 승준이 빨아 먹고 있다니까. 우리 결혼까지 방해……."

"나 빨아먹는 건 너, 아니야?"

승준이 혜승이 든 칵테일잔을 가져가며 뒷말을 이었다. 새카만 블랙 러시안을 머금고 있는 얼음이 잔에 부딪혀 달그락거렸다.

승준은 빈자리에 앉으며 잔을 내려놨다.

"네가 여기는 어떻게 알고 왔어?"

질문을 던지자마자 무언가를 깨달았는지 혜승이 도우에게
로 고개를 돌렸다.

"차승준이 부탁했니?"

"너 만난다길래 내가 온다고 했어."

"나 지금 너한테 물어본 거 아니거든?"

"엉뚱한 데다가 화풀이 중인 것 같아서."

"뭐?"

"그게 네 특기잖아. 상대 못 할 것 같은 인간들 만나면 나
오는 특기."

종일 승준의 전화를 피한 혜승의 얼굴이 붉게 달아올랐다.
승준이 자신의 새카만 속내를 꿰뚫고 있는 것 같았기 때문이
다.

보드카와 커피 리큐어가 섞인 뭉툭한 잔을 매만지는 승준
을 보며, 혜승은 굳어진 얼굴을 풀려고 노력했다. 비록 자신
이 다현의 스캔들을 터뜨리긴 했지만 증거가 없지 않나. 승
준이 자신을 찾아온 것도 결국 증거가 없기 때문일 거다.

심증이 아니라 진짜 증거가 있었다면 어떻게 해서든 제 목
을 졸랐을 승준이니까.

느릿하게 유리잔을 돌리던 승준의 손이 멈췄다. 순간 서슬
퍼런 공기가 혜승을 향해 손을 뻗었다.

"근데, 혜승아."

"……."

"다현이는 건드리지 마."

유리잔을 보던 승준이 고개를 들었다.

"내가 너까지 망가뜨리고 싶어지니까."

승준의 경고가 혜승의 숨통을 우악스럽게 조였다.

"두 번은 못 봐줘."

승준이 목 끝까지 올라오는 화를 겨우 참아 내려는 듯 술잔을 들이켰다. 쓸쓸한 알코올이 승준의 목을 타고 뜨겁게 내려갔다.

"나 지금 너, 무슨 말 하는지 모르겠어. 내가 뭘 건드렸는데?"

"그거야 네가 잘 알겠지."

"……."

"다음에 무슨 짓 할 때는 파트너가 어떤지 잘 확인해 보고 시작해. 쓰레기 같은 새끼들하고 손잡아 봐야 아무 효율도 없으니까. 아, 너도 똑같아서 구분 못 하려나."

"차승준!!!"

더 이상 참지 못하겠다는 듯 혜승이 버럭 소리를 질렀으나, 승준에게는 아무런 위협도 되지 못했다. 오히려 발끈하는 혜승의 모습에 이 질 나쁜 소문이 누구로부터 시작됐는지 더욱 확고해졌을 뿐.

"내가 있으면 술맛 떨어질 테니까, 이만 일어날게. 집에서 목 빠져라 나 기다리는 사람도 있고."

잔에서 손을 뗀 승준이 자리에서 일어났다.

"아, 그리고 기대해. 네가 앞으로 거지 같은 짓을 하면 어떻게 되는지 보여 줄 테니까."

"……."

"아주, 재미있을 거야."

승준은 빙긋이 미소를 지어 보이고는 미련 없이 자리를 떠났다.

❖ ❖ ❖

노란빛이 도는 조명이 선술집 테이블을 비추었다. 다현이
시원하게 하이볼 한 잔을 비웠다.

"와⋯⋯."

속이 뻥 뚫리는 것 같았다. 순식간에 빈 잔을 내려놓은 다
현이 구운 명란을 한 입 먹었다. 쌉쌀하게 돌던 술맛이 사라
지고 짭조름한 맛이 입안을 채웠다.

"대리님 너무 달리는 거 아니세요?"

"어느 대리?"

"강 대리님이요."

추 대리의 물음에 찬희가 고민할 것도 없다는 듯 바로 대
답했다.

"당연히 달려야지. 초코슈 첫날부터 반응이 이렇게 좋은
데. 블로거들 리뷰도 좋고 먹방, 그 누구지 유명한 사람⋯⋯."

"먹챙이요?"

"어. 그 사람도 어제 초코슈 리뷰 올렸잖아. 내가 보기에
는 이거 됐어. 무조건 대박이야."

"제가 들어 보니까 발주 장난 아니게 들어왔대요."

"근데 이렇게 좋은 날에 당연히 건배지. 안 그래, 남 주
임?"

다현의 앞에 얼음물을 놓아 주던 준열이 추 대리의 말에
고개를 끄덕였다. 그것 보라는 듯 추 대리가 눈썹을 들썩거

125

리고는 맥주잔을 집어 들었다. 다현이 아쉬운 대로 얼음물이 든 잔을 들고서 건배 행렬에 참여했다.

네 개의 잔이 시원한 소리를 내면서 부딪혔다.

처음 추 대리가 제게 술 한잔 같이하자고 했을 때는, 이 조합은 생각도 못 했다. 그런데 피리 부는 사나이처럼 찬희가 소식을 듣고는 붙더니, 그다음에는 로비에서 우연히 만난 준열이 붙었다.

생각해 보면 그리 나쁘지 않은 우연이었다.

혼자 있을 제가 걱정돼 승준이 추 대리와 준열에게 자신과 같이 있어 달라고 부탁했다는 걸 전혀 알지 못했다.

"키야!"

찬희가 맥주를 원샷하고는 손등으로 입술을 훔쳤다.

"근데 본부장님은 오늘 일찍 어디 가신 거예요?"

그러고는 눈치 없이 승준의 스케줄을 물었다.

"찬희 씨는 궁금한 게 너무 많다. 호기심 천국이야."

"네, 제가⋯⋯."

"그만 궁금해하고 튀김 먹어 봐."

추 대리가 새우 튀김을 찬희의 입에 넣어 주며 말을 막았다. 다현이 먼저 소문과 관련된 이야기를 하지 않는 한, 누구도 그 이야기를 꺼낼 생각이 없었다.

"강 대리의 기를 받아서 다음 주에 내 생크림 롤케이크도 잘돼야 될 텐데."

자연스럽게 업무 얘기가 시작됐다. 그러다가 꼬치 소스에 대한 토론으로까지 이어졌다.

"소스가 근데 너무 달지 않아요?"

"나는 이 정도면 괜찮은 것 같은데."

"달고 짜고. 그게 시너지 효과가 나야 되는데 단맛이 짠맛을 가린 것 같기는 해요."

닭꼬치가 얼마나 구워진 것 같은지, 밑간은 어떤지, 소스 맛이 얼마나 잘 배어들었는지……. 당장 꼬치를 신상품으로 출시하는 사람들처럼 쉴 새 없이 대화를 나눴다.

직업병의 폐해였다.

"아무튼 마지막 꼬치는 강 대리님 거예요."

준열이 마지막으로 남은 꼬치를 다현의 손에 쥐어 주었다. 준열의 호의를 굳이 거절하지 않았다.

빈 접시와 빈 잔이 부지런히 테이블에서 사라졌다. 하하 호호 터지는 웃음 속에서 다현은 최범 생각을 잠시나마 깔끔하게 잊었다.

맛있는 음식을 먹을 때마다 자꾸 승준 생각이 났다. 숙주를 열심히 씹으면서도, 폭신한 계란말이를 먹으면서도 승준이 보고 싶었다.

아무래도 술을 너무 많이 마셨나 보다. 이제 술에 취하면 승준을 찾는 버릇이라도 생긴 건가. 그러면 안 되는데. 승준을 보고 싶어 하는 게 습관이 되면 회식 자리에서 실수할 수도 있는데…….

그런데 보고 싶어 죽겠다.

"저어…… 화장실 좀 다녀올게요."

목소리라도 듣지 않으면 안 되겠다 싶어 다현이 핑계를 대며 자리에서 일어났다.

"대리님 못 가."

술에 취해 눈이 풀린 찬희가 제 다리를 붙잡았다.

왜 이래, 나 가야 돼.

"놔아."

술에 취한 다현의 혀도 꼬부라져 있었다.

"안 놔줄 거야. 대리님 맨날 나만 두고 어디 가."

"놔아아."

준열과 추 대리가 보기에는 그야말로 우습기 그지없는 현장이었다.

추 대리의 도움으로 간신히 찬희에게서 벗어난 다현은 홀가분하게 밖으로 나갔다. 온몸에 흐르는 알코올 기운에 밤공기가 찬 줄도 몰랐다. 다현은 몸을 웅크린 채로 승준에게 전화를 걸었다.

"여보……."

– 왜 나와 있어?

"나?"

– 어. 다현이 너.

"너한테 전화하려구."

– 나 보고 싶어서?

다현이 힘차게 고개를 끄덕거렸다.

"통했네. 나도 보고 싶었는데."

또렷이 소리가 들리는 쪽으로 고개를 돌리자 승준이 있었다. 다현의 얼굴을 보자마자 승준에게서 환한 미소가 터져 나왔다. 승준이 바로 제게 다가왔다.

"안에 있지. 추운데."

커다란 손으로 제 두 볼을 감싸 주었다. 양 볼이 금세 따뜻한 온기로 젖어 갔다.

"어? 차승준, 술 마셨어?"

"한 잔 뺏어 마셨어."

"남의 것도 뺏어 먹을 줄 알아?"

"내가 원하면."

승준의 대답이 뭐가 그리도 재미있는지 다현은 큭큭거리며, 웃음을 터뜨렸다. 그저 승준이 나타났다는 것만으로도 좋았나 보다.

"우선 안으로 들어가자."

승준이 다현을 데리고는 안으로 들어섰다. 비틀거리는 다현이 가장 문제일 거라 생각했는데 선술집 안에는 그녀보다 더한 난봉꾼이 있었다. 회사 사람들이 다현을 너무 괴롭히는 것 같다며 찬희가 질질 짜고 있었으니까.

"우리 대리님한텐 죄가 없다니까. 나쁜 사람이 아니라고요. 착한 사람이야."

더욱이 저 거침없는 반말은 뭘까. 그리고 결정적으로 왜, 다현이 '우리 대리님'인 건데?

찬희를 보는 승준의 표정이 썩어 들어갔다. 우뚝 선 그 모습이 마치 목표물을 찾은 포식자 같아 보이기도 했다.

"대리님!!"

찬희가 눈치 없이 다현을 향해 걸어왔다. 거의 달려왔다고 봐도 이상하지 않았다. 승준은 다현에게 접근하지 못하도록 그의 이마를 손으로 짚었다. 그 바람에 찬희는 다현에게 닿지 못하고 제자리에서만 버둥거렸다.

누가 보면 애절한 사랑이라도 방해받는 줄 알겠다.

"우리는 먼저 가죠."

"그냥 가시려고요?"

"방해꾼은 질색이라. 쉬고, 내일들 봅시다."

마음을 돌릴 생각이 없다는 듯 승준은 다현의 짐을 챙겨 들고는 선술집을 나섰다. 자신들의 연애를 알고 있는 사람들 앞이라 편했는지, 아니면 술에 취해서인지 다현은 승준에게서 떨어지지 않았다.

승준이 서둘러 택시를 잡았다. 혹여 다현이 차체에 머리라도 박을까, 손을 들어 다현의 머리를 보호해 주며 그녀를 뒷자리에 태웠다.

승준까지 차에 올라타자 택시가 출발했다. 의자에 등을 기댄 다현은 어느새 곤히 잠들어 있었다. 승준은 그녀가 편하게 잠들 수 있도록 자신의 어깨를 내어 주었다. 그게 제법 좋았는지 그녀가 얼굴을 부벼 대며 제 허리를 더욱 꽉 끌어안았다.

"나, 아니야…… 몰랐어. 나는 몰랐어."

악몽이라도 꾸는 듯 다현이 중얼거렸다.

"최범…… 몰랐어. 몰라…… ."

다현의 눈초리에 눈물이 맺히기까지 했다. 자신이 걱정이라도 할까 내색하지는 않았지만 내심 속앓이를 하고 있던 게 분명했다.

내부 보안이 제대로 됐더라면, 최범에게 본때를 제대로 보여 줬다면, 혜승이 다현을 만났다는 걸 조금이라도 빨리 알았더라면……. 상황이 이렇게 굴러가는 것만은 막을 수 있지 않았을까.

"그래, 몰랐어. 다현아."

승준이 조심스럽게 다현의 눈꼬리에 맺힌 눈물을 닦아 주었다.

"너는 아무 잘못 없어."

결국 승준이 택할 수 있는 건 둘 중에 하나였다. 역으로 먼저 공격을 하든지, 아니면 제 사람을 건드리면 어떻게 되는지 똑똑히 보여 주든지.

아침 일찍 출근한 최범이 커피를 마셨다. 새 남친을 등에 업고 제게 망신을 준 다현이 짜증 났는데, 또다시 소문으로 고생 중이라는 얘기를 듣고 기분이 통쾌했다. 얼마나 즐거운지 콧노래가 나올 지경이었다.

"애초에 담당자 전화번호만 넘겨줬어도 그렇게 드러운 꼴안 당했을 거 아냐."

모든 건 다현이 자초한 일이었다. 그 잘나신 남자 친구라는 새끼가 잠자는 사자의 코털을 건드리지 않게 단속을 잘 했어야지.

걔는 누구를 원망할 것도 없었다.

"다음 주에는 어디를 가 볼까나."

최범이 드라이브 코스를 신나게 검색했다. 제 예비 신부가 금요일부터 출장이 잡혀 있으니 자유를 즐길 참이었다. 누구를 만날지 스케줄을 살피던 최범의 얼굴에 음흉한 미소가 피어올랐다.

앞으로 폭풍이 불어닥칠지도 모르고.

딴짓에 열을 올리던 최범이 일을 시작하려고 막 메일을 켰을 때였다. 정확히는 '세일즈 마케팅 마최범의 민낯 고발'이라는 메일 제목을 본 순간.

"야, 마최범. 이 개XX!!"

최범의 예비 신부가 세일즈 마케팅팀으로 달려와 최범의 머리카락을 잡았다.

"너, 너 왜 이래? 여기 회사야."

"지금 회사가 문제야?"

"일단 머리는 놓고…… 아아악!"

"강 주임 말이 사실이었어? 솔로라고 하고 여자들을 만나?"

"그게 무슨 말……."

"발뺌하지 마. 네가 만난 여자들 문자 메시지 회사에 다 뿌려졌으니까."

최범이 믿을 수 없다는 얼굴로 컴퓨터를 향해 손을 뻗었다. 그러고는 고발이니, 민낯이니 하는 메일을 기어코 열었다.

거기에는 자신이 여러 여자들과 만났던 사진부터 주고받았던 메시지 내용까지 수두룩하게 담겨 있었다. 양다리를 한참 넘어선, 십다리의 현장이 고스란히 들킨 거다.

"여자에 환장했니? 어?! 우리 파혼해. 너같이 더러운 새끼하고는 결혼 못 해!"

예비 신부가 사정없이 최범을 후려쳤다. 그 손길이 사라지고 난 후에는 사람들의 웅성거림과 동영상을 찍어 대는 핸드폰 물결이 최범을 반겼다. 그 순간, 그는 확실히 깨달았다.

'아…… X됐네.'

자신의 인생이 완전히 좆났다는 걸.

제17장
말하지 못했던 진실

다현이 쓰린 속을 부여잡고는 책상 위에 올려진 텀블러를
들었다.

「뜨거우니까 천천히 마셔.」

텀블러 밑에 놓인 쪽지를 보니 승준이 준비한 커피인가 보
다. 다현이 쪽지를 소중히 지갑 속에 넣었다. 별것 아닌 쪽지
래도 다현은 전부 간직해 두고 싶었다.

승준이 남긴 거라면, 그게 무엇이든.

빙긋이 영근 미소를 숨기려고 애쓰며 다현이 텀블러를 기
울였다. 따뜻한 커피가…… 아니, 북엇국이 목을 타고 넘어
갔다.

"어?"

다현은 미각에 문제라도 생겼나 싶어 다시 한번 텀블러를
기울였다. 역시나 북엇국 맛이다.

텀블러에 북엇국을 담았다는 거야? 웃기지 않은 상황에 다현이 조심스럽게 텀블러를 열었다. 제 미각에는 아무 문제가 없었다. 북엇국이 담겨 있는 게 맞았으니까.

'여기에 어떻게 이걸 담을 생각을⋯⋯.'

그저 놀랍다는 얼굴로 승준을 봤다. 다현과 눈이 마주치자마자 승준이 살며시 엄지를 치켜들었다. 못 말리는 남자라니까.

승준의 메모대로 북엇국은 뜨거웠지만 시원했다.

다현은 뜨끈하게 속을 풀며 새로 기획 중인 딸기 까눌레에 집중했다. 겉은 바삭하고 속은 촉촉한 까눌레 안에 과일을 집어넣는 아이디어였는데, 다현은 여러 참고 자료들을 찾아보는 중이었다.

어찌나 집중을 했던지 사람들이 자신의 뒤에서 시선을 주고받고 있는 것도 알아채지 못했다.

"와⋯⋯ 강 대리, 쏘리."

모니터에 빨려 들어갈 듯 일을 하고 있는데 난데없이 이 과장이 나타나, 제 책상에 커피 한 잔을 내려놓으며 사과를 날렸다. 무슨 일인지 알 리 없는 다현은 그를 이상하다는 듯이 쳐다봤다.

그 눈빛이 이 과장에게는 '내 편도 안 들어 준 새끼가⋯⋯.'처럼 읽혔지만 말이다.

"내가 강 대리 오해했어. 인정. 근데 그 자식 완전 쓰레기더만."

"네?"

"강 대리 전에 만나던 자식 있잖아. 십다리래. 십다리. 와,

씨…… 누군 여자 한 명 만나기도 어려운데. 그렇게 매력 있어?"

"지금 무슨 소리를 하시는 건지……."

"메일 안 봤어?"

"메일요?"

그제야 다현은 주변 사람들의 시선이 확연히 달라졌다는 걸 느꼈다. 결혼할 남자를 건드린 철면피를 보는 눈은 아니었다. 더러는 자신과 눈이 마주치고 목인사하기까지 했다.

이 어색한 상황이 벌어진 건, 이 과장 말대로 메일 때문이었다.

스크롤을 내리는 다현의 눈이 분주하게 움직였다. 최범이 어떤 인간인지, 누구를 만나고 어떤 짓을 하고 돌아다녔는지가 낱낱이 적혀 있었다.

"하여간 파이팅이야, 강 대리. 나는 강 대리 편인 거 알지?"

다현은 이 과장의 태세 전환에 감탄을 쏟아 냈다.

'처음 볼 때부터 나는 강 대리 별로라고 했잖아.'

제일 앞장서서 자신의 뒷담화를 하던 이 과장이 아닌가. 그런데 이번에는 가장 먼저 와서는 제 편이라고 소리를 높이다니…….

과연 이 과장다웠다.

최범이 나쁜 새끼일 줄 알아도 이 정도일 줄은 몰랐다. 결혼을 약속한 사람도 있으면서 이 많은 여자들을 만나다니.

누구를 진실로 좋아해 본 적은 있는지 궁금할 정도였다.

"강 대리, 본부장실에서 봅시다."

"네?"

"새 기획안 좀 살펴보고 싶어서."

어서 따라오라는 듯 승준이 고갯짓을 했다. 다현은 대충 뽑아 둔 레퍼런스 자료를 집어 들고는 승준의 뒤를 쫓았다. 출입문 앞에 서서 자신을 기다리던 승준이 문을 열어 주었다.

"감사합니다, 본부장님."

누가 제 목소리를 듣겠냐 싶었지만 그래도 다현은 꿋꿋이 인사를 했다. 비밀 사내 연애를 지키려면 언제, 어디서나 긴장할 필요가 있었다.

비록 술에 굴복하는 바람에 승준을 안고 있는 걸 추 대리와 준열에게 들켰을 것 같지만. 그나마 그들에게 들킨 게 다행일지도 몰랐다. 그날의 목격자가 이 과장이었다면 벌써 회사 전체에 소문이 났을 테니까.

❖ ❖ ❖

본부장실이 조용했다. 남 비서의 자리마저 비어 있었다.

"남 비서님은?"

"아버지 비서 좀 만나러."

"왜?"

"그냥, 물어볼 게 있어서."

다현의 시선을 좇아 승준의 시선도 남 비서의 자리에 머물렀다.

다현의 아버지 일로 이 비서를 만나는 중이라는 말은 하지 않았다. 모든 사실이 확실해진 이후에 상황을 털어놓을 생각이었다.

어쩌면 승준은 두려웠던 것도 같다. 혹시 제 아버지가 저지른 일을 알게 되면…… 그러면 다현이 아무 말도 듣지 않고 사라져 버릴까 봐.

최악의 상황을 막기 위해서는 다현에게 확실한 답을 보여줄 수밖에 없었다. 자신의 아버지가 죗값을 치르게 할 거라는 걸 말이다.

"들어와."

승준이 집무실 문을 열고는 말했다.

"근데 왜 갑자기 불렀어?"

"쉬라고."

"어, 어?"

"다들 너만 쳐다봐서 거슬리기도 하고."

"그거야 네가 메일을 보내서……."

"그래도 거슬려. 너는 나만 볼 수 있는데."

승준은 눈 하나 깜빡하지 않고 닭살 돋는 말을 서슴없이 뱉었다. 그게 자신의 진심이라는 듯이.

"아니, 누가 보면 내가 무슨 네 사유재산인 줄 알겠네."

민망함은 아무래도 자신의 몫인 듯했다. 다현이 괜히 중얼거리며 들고 온 레퍼런스 자료만 바짝 끌어안았다.

"커피 줄까, 아니면 차?"

"무슨 차?"

"남 비서가 이것저것 사 놨던데. 직접 볼래?"

승준의 물음에 다현이 고개를 끄덕였다. 승준을 따라 남 비서 자리 뒤쪽에 있는 자그마한 탕비실로 들어섰다.

조그마한 공간이 말끔히 정리돼 있었다. 남 비서뿐만 아니라 승준도 이 공간을 잘 이용하는지 능숙하게 티백이 있는 서랍을 열었다. 루이보스부터 블랙티까지 여러 종류의 티백이 눈앞에 나타났다.

"종류 되게 많다."

"남 비서가 차를 좋아해서."

티백을 살피는 두 사람의 머리가 맞닿았다.

"나는 커피만 마셔서 차를 잘 몰라 가지고."

"그럼 가장 기본으로 마실래?"

"기본, 좋아."

다현이 승준에게 고개를 돌리며 환하게 웃었다. 만약 승준이 씁쓰름한 홍차를 마시자고 했어도 무조건 좋다고 외쳤을 거다.

뭘 마시는 것보다는 승준과 단둘이 있을 수 있다는 것만으로도 좋았다.

승준은 허리를 세우고는 찻장에 있던 찻잔을 꺼냈다. 혼자 마셨더라면 찻잔이 어떤지 신경도 쓰지 않았을 테지만, 다현과 같이 마시는 차라 찻잔을 고르는 데도 어지간히 마음을 쏟았다. 다현에게는 예쁘고 좋은 것만 주고 싶은 마음이었으니까.

그래서 남 비서가 '이거 진짜 비싼 거예요.'라고 말한 찻잔을 최대한 찾으려 했으나 도통 기억이 나지 않았다.

결국 승준은 제 눈으로 보기에 가장 단조로워 보이는 찻잔을 선택했다. 원래 가치 있는 건 화려함이 덜한 법이었다.

"다현아, 다음 주 주말에 시간 있어?"

승준이 티백에 뜨거운 물을 붓자, 티백에서 나온 갈색 빛깔이 물을 물들였다. 연했던 색이 진해지면서 찻물에 붉은 빛이 돌았다.

"다음 주 주말?"

"어."

"시간 되는데, 왜?"

"그날 할머니 생신이신데 네가 같이 가 주면 좋겠어서."

"할머님…… 어? 어디를 가자고?"

찻물을 바라보던 다현의 목소리가 커졌다.

"너하고 결혼 전제로 진지하게 만나고 있다고 말씀드리고 싶어서."

"겨, 겨, 결혼……?"

다현의 목소리가 삐끗했다.

"왜, 나하고 결혼까지는 생각 안 해 봤어?"

"그래도 혹시나…….."

다현은 바로 뒷말을 잇지 못하고 어물거렸다.

승준과의 결혼을 생각해 보지 않았던 건 아니다. 처음 승준과 사귀었을 때는 그와 꼭 결혼하고 싶다고 생각하기도 했다.

다만 그건 승준의 집이 어떤지 몰랐을 때의 이야기였다. 한주그룹 회장님의 손주라면…… 분명 집에서 기대하는 바가 클 거다. 미래의 손주며느리에게도 바라는 게 많을 테고.

왜, 드라마나 소설에서 보면 그러지 않나.

결혼 반대.

연애를 할 때라면 몰라도 결혼은 두 집안이 얽히는 문제였다. 어느 정도 집안이 맞아야 삐걱거림이 덜할 거라는 소리다. 그런데 지금은…… 자신이 없었다. 물론 부딪혀 봐야 어떻게 될지 알겠지만.

"왜, 누가 반대라도 할까 봐?"

다현이 놀란 눈으로 승준을 봤다. 어떻게 제 마음을 딱 알아챘느냐는 얼굴이다.

"누가 널 반대해?"

누가 봐도 잔뜩 걱정에 찬 다현의 표정을 보고 어떤 마음인지 모를 수 있을 리가.

승준은 커다란 한 손으로 다현의 얼굴을 감쌌다. 그 바람에 다현의 입술이 금붕어처럼 오므라들었다.

"이렇게 예쁘게 생겼는데."

승준의 말에 다현이 가볍게 그의 손을 밀어냈다.

"농담 그만하고……. 나 걱정된단 말이야."

"그럼 나하고 연애만 하려고 했어?"

"그건 아니지만……."

"잘됐네."

"뭐가?"

"내 목표는 너하고 결혼하는 거였거든."

"치이, 목표는."

능청스러운 승준의 말에 다현이 바람 빠지듯 웃었다.

"그리고 내 생각에 우리 할머니는 널 아주 좋아하실 것 같아."

"왜?"

"우리 할머니도 예쁜 거에는 꼼짝 못 하시거든."

승준은 확신에 차 있었다.

"그러니까, 가자. 어?"

"알았어."

뭐든 잘될 거라는 어조에 결국 승낙을 해 버리고 말았다.

마음 한편으로는 승준의 가족을 만나고 싶었던 것도 같다.

그러니 용기를 낼 수 있었던 건지도.

"갈게."

제 대답에 승준의 입가에 지그시 미소가 번졌다.

❖ ❖ ❖

"이것이 여태껏 날 깜찍하게 속여 놓고, 도와 달라고?"

승준과 사귄다는 사실을 알게 된 미지가 연신 툴툴거렸다. 하지만 누가 그랬던가. 죄인은 말이 없다고. 그 말이 너무도 딱 맞았다. 어떤 변명의 여지도 없었다.

제가 철면피라는 것도 안다. 그렇지만 승준과의 연애를 털어놓을 수 밖에 없을 만큼 미지의 도움이 절실했다. 내일이면 승준의 가족들을 보게 될 텐데, 어떻게 입고 가야 할지조차 고민스러웠다.

제 걱정을 알기라도 한 듯 남 비서가 집으로 옷을 보내오기는 했다. 문제는 옷이 너무 많다는 거였다.

수많은 선택지에 도움을 줄 수 있는 사람은 미지뿐이었다. 미지가 패션에 관해 아는 게 많기도 했고, 객관적으로 옷차림을 봐 줄 거기도 했다.

　승준이라면 다 예쁘다며 칭찬이나 쏟아 낼 게 뻔했다.

　"근데 차승준 통이 왜 이렇게 커? 매장을 다 쓸어 왔대?"

　미지가 방을 점령해 버린 쇼핑백을 돌아보며 감탄을 터뜨렸다.

　"내가 이래서 후회남을 좋아하는 거라니까. 후회만 하면 간이고 쓸개고 다…… 어? 이거 예쁘다."

　미지는 셔츠 롱 드레스를 들어 보이며 말했다.

　"정신 사나워 보이지 않을까."

　"이 정도로?"

　"어른들도 계시니까 조금 더 단정한 게 좋지 않을까 해서."

　열심히 쇼핑백을 뒤적거리던 다현이 새카만 슈트를 꺼내 보였다. 제 선택에 미지의 미간이 구겨졌다.

　"개성이 너무 없지 않아? 그래도 처음, 내가 바로 차승준의 여친이다! 이렇게 눈도장 찍어야 되는데 있는지 없는지도 모르겠어."

　"차라리 있는 듯 없는 듯이……."

　"왜 이렇게 자신이 없어? 네가 부족한 게 뭐 있다고?"

　"각자 원하는 신랑감이든 며느리감이든 있는 거니까."

　"그거 다 어떻게 맞추냐. 그냥 둘이 좋아하고, 잘 살면 되는 거지. 하여튼 어깨 딱 펴고 고개도 쫙 들어."

　자세만 바꿨을 뿐인데도 마음가짐이 조금 달라지는 것도 같았다.

　"패션의 팔할은 자신감이다. 오케이?"

　"오케이."

제 대답에 만족스러운 미소를 짓던 미지가 더욱 맹렬하게 쇼핑백을 열었다.

여러 브랜드의 옷뿐만 아니라 액세서리며 가방까지 금세 방 안을 가득 메웠다. 매장을 다 쓸어 왔을 거라는 미지의 말이 사실일지도 몰랐다.

"근데 시아버지도 오신대?"

"시, 아버지?"

"아, 왜 있잖아. 대가리 대표님."

대가리는 승준의 아버지에게 생긴 새 별명이었다. 음성 파일 중에 직원들에게 머리를 박으라고 몇 번이고 소리를 질렀기 때문이었다. 항간에는 얼차려 마니아가 아니냐는 우스갯소리까지 나돌았다.

심지어 한동안 승준의 아버지 얼굴과 목소리가 합성된 영상까지 돌면서 '대가리 대표님'이라는 꼬리표까지 붙게 됐다. 대표직에서 물러난 후에도 말이다.

"할머님 생신인데 오시지 않을까?"

"나라면 쪽팔려서라도 못 갈 것 같은데. 막말로 가족들 망신 다 시켰잖아."

"그러기는 한데……."

"다른 사람은 몰라도 예비 시아버지는 조심해. 사람 하나를 보면 열을 안다고. 왠지 느낌이 별로야. 우리 깡따한테는 다정한 시월드가 필요한데."

"누가 보면 나 당장 결혼하는 줄 알겠네. 그냥 인사만 드리는 거야, 인사."

"차승준의 큰 그림 아니야?"

145

이것저것 옷을 믹스 매치하던 미지의 눈매가 가늘어졌다.

"결혼을 위한 계략."

"이게 무슨 계략이야?"

"집안의 반대를 무릅쓰고 사랑하는 여자를 데려가서, 이 여자는 내 여자다, 우리 사랑을 갈라놓지 말라고 하는 거지. 캬아, 죽이지 않냐."

미지의 직업병이 발동했다. 문제는 미지가 쏟아 내는 내용이 전부 극적이고 스펙터클 하다는 거지만. 아니, 애초에 승준이 뜬금없이 할머니 생신을 축하하는 자리에서 화는 왜 내고, 격한 사랑 발표는 왜 하는데?

"역시 후회남, 계략남. 제일 좋아."

황당하다는 눈빛에도 미지는 자신이 만든 얘기에 폭 빠졌다.

그래도 미지가 승준을 싫어하지 않아 다행이었다. 만약 미지가 승준을 욕하기라도 했다면 그를 두둔하느라 입씨름을 벌였을지도 몰랐다.

미지도 제 편을 들어 줬더니, 승준의 편을 드는 거냐고 서운해했을지도 모르고.

"이거는 어때? 펀칭 들어간 거, 완전 예쁘지 않아? 아니면 롱 원피스도 괜찮겠다. 이거 내가 알기로 이번 시즌에 반응 가장 핫했던 거거든."

"일단 입어 볼까?"

"가방은 이거 들고!"

다현은 미지가 건넨 가방과 옷을 들고 침실로 들어갔다.

146

❖ ❖ ❖

승준의 차가 한적한 골목길로 들어섰다. 양옆으로 보이는 거대한 담벼락과 동네가 주는 위압감이 상당했다. 차창 밖을 보는 다현의 얼굴에는 긴장이 잔뜩 녹아 있었다. 괜찮다고 속으로 속살거려 봐도 마음이 떨리는 건 어쩔 수 없었다.

승준의 가족을 보는 건 이번이 처음인데다가, 저를 보고 다들 어떤 반응을 보일지 전혀 알 수 없어 더욱 미칠 것 같다.

지금 할 수 있는 일이라고는 부디 제가 사 온 꽃다발과 수제 양갱이 할머님 마음에 들기를 바라는 것뿐이었다.

플러스는 얻지 못해도 괜찮으니, 마이너스는 받지 말자.

다현은 지나가는 풍경을 바라보며 마음을 굳게 다잡았다.

"다 왔어?"

"어, 저쪽."

승준이 바로 코앞에 보이는 집을 가리켰다. 역시나 높다란 담벼락이 제일 먼저 다현을 반겼다. 고개를 들어 위쪽을 쳐다볼 새도 없이 다현은 미리 준비해 둔 우황청심환을 꺼내 먹었다.

"그렇게 긴장돼?"

그가 아랫입술을 머금고 있는 제 손을 잡아 주었다. 손바닥에서까지 땀이 뻘뻘 나고 있는 걸 들킬 것 같아 괜히 민망했다. 그래서 슬며시 승준의 손을 빼내려고 했지만 그의 손아귀에서 벗어나는 일만큼 어려운 일도 없었다.

"내가 붙어 있을 테니까 걱정 안 해도 돼."

"처음 뵙는 거니까…… 아무래도 걱정돼서."

"실수해도 내가 알아서 수습할게."

"수습 안 되면?"

"너 데리고 도망 나와야지."

승준의 농담에 다현이 바람 빠지듯 웃었다. 우황청심환보다 승준의 말이 긴장을 푸는 데 더 효과가 있는 것 같았다.

승준의 차가 차고 안으로 들어섰다. 안에는 차가 넉넉히 들어갈 수 있을 정도로 공간이 컸다. 차고 자동문이 닫히고 조수석에서 내리자, 다현은 비로소 높다란 담벼락 안으로 들어왔다는 게 실감이 났다.

옷매무시를 가다듬으며 승준과 함께 계단을 올랐다.

마침내 마지막 계단을 올라서자, 넓게 펼쳐진 잔디가 보였다. 푸릇한 나무가 집 주변을 에워싸고 있었는데, 정원사의 손을 거친 듯 반듯하게 정리돼 있었다. 승준과 나란히 돌길을 지나면서도 자꾸만 정원 쪽으로 시선이 갔다.

"정원, 마음에 들어?"

"예뻐서."

"나중에 결혼하면 정원 딸린 집으로 알아봐야겠네."

"어?"

"우리 애가 뛰어다니면서 놀 수도 있잖아."

그는 아무렇지 않게 결혼 다음까지 생각하고 있었다. 어쩌면 미지의 말이 맞는지도 몰랐다. 승준은 확실히, 큰 그림을 그리고 있는 중인 것 같다.

그리고 그가 그리는 그림이 나쁘지 않았다.

그 안에서 오래오래 살고 싶을 만큼.

다현이 무슨 대답을 하기도 전에 현관문이 열렸다. 그 별 것 아닌 움직임에도 화들짝 놀랐다.

"일찍 오셨네요."

승준에게 자연스럽게 인사를 하는 중년 여자의 시선이 제 게 닿았다. 자신이 누군지 물어보기라도 할까, 다현은 한껏 긴장했다. 하지만 자신들을 거실로 안내해 줄 때까지 여자는 아무것도 묻지 않았다.

간간이 승준의 안부를 묻기는 했지만, 누구나 물어볼 수 있는 지극히 평범한 질문들이었다.

"저는 남아 있는 일이 있어서 이만 먼저 가 보겠습니다."

여자가 고개를 숙여 인사를 끝내고는 어디론가 사라졌다.

"누구셔?"

그제야 다현이 승준에게 가까이 붙어서는 물었다.

"윤 여사님이라고, 할머니 집에서 일 봐 주시는 분."

"아……."

한 번 본 건 잊지 않겠다는 듯 다현은 머릿속에 윤 여사란 이름을 집어넣었다.

그렇게 몇 걸음 더 걷자, 커다란 거실이 두 사람을 반겼다. 커다란 통창으로 정원 풍경이 한 눈에 보였다. 널찍한 거실 이 유달리 커 보인다. 이 공간이 어쩐지 제 집보다 훨씬 큰 것 같았다.

"우리 손주 녀석 왔구나."

2층에서 내려오던 승준의 할머니가 그를 반갑게 맞았다. 곱게 차려입은 승준의 할머니는 뉴스에서 봤던 것과 똑같았 다.

실제로 뵈니, 오히려 훨씬 우아하고 밝으신 것 같기도 했다. 뉴스에서 봤을 때야 대국민 사과를 할 때였으니, 지금과 다른 게 당연한지도 몰랐다.

"옆에는?"

"제 여자 친구입니다, 할머니."

할머님의 물음에 승준이 자랑스럽게 대답했다.

"아, 안녕하십니까! 강다현이라고 합니다."

다현은 가방 손잡이를 붙잡은 채로 허리를 구부려 인사를 했다. 갑자기 훅 들어와 버린 인사 타이밍에 똑 부러진 느낌을 주지 못한 것 같아 약간 아쉬웠다.

지금부터라도 잘하자.

"어머? 강다현 씨가 여기는 무슨 일이에요?"

휘청거리는 마음을 다잡기도 전에 혜승이, 제 앞에 나타났다.

다현의 고개가 승준에게로 돌아갔다. 승준 역시 혜승이 여기 올 줄 몰랐던 것 같았다. 방금 전까지도 다정했던 승준의 눈빛이 어느새 차가워졌다.

"여기는 어쩐 일이야?"

"할머님 생신이라 축하드리러 왔지."

"축하는 다 한 것 같은데, 그만 가지?"

"할머님이 저녁 먹고 가라고 하셨단 말이야. 아버님도 봬야 하고. 그죠, 할머님?"

혜승은 승준의 할머니의 팔짱을 끼면서 한껏 애교를 부려 댔다. 승준의 아버지까지 오신다니. 정말이지 산 넘어 산이었다.

다현은 얼마나 초조했던지 자신도 승준의 할머니의 반대편 팔을 붙잡고 애교를 부려야 하는 건 아닌지 잠깐 고민했다. 하지만 손주의 여자 친구라고 나타난 애가 과하게 살가운 척 구는 건 딱히 좋지 않을 것 같았다.

"우선 저녁부터 먹으면서 얘기할까요?"

두 사람의 으르렁거림에도 승준의 할머니의 관심은 오직 다현에게 향해 있었다.

"아, 네네."

다현은 할머니를 따라 주방으로 들어섰다. 널찍한 테이블 에는 맛있는 음식이 잔뜩 올라와 있었다.

문제는 어디에 앉아야 하냐는 것이었는데, 다현은 되도록 상석에서 멀리 떨어져 앉기로 했다. 가장 끝자리가 왠지 제 자리일 것 같았기 때문이었다.

그런데 생각보다 승준의 입지가 단단한 모양이었다. 그게 아니면 승준이 누구를 데리고 온 게 처음이라 할머니가 호기 심에 가득 차셨든가.

"이쪽으로 앉아요."

승준의 할머니가 손수 제가 앉을 자리를 지정해 주었다.

상석의 바로 옆자리.

"제가 여기 앉아도 괜찮을지……."

"당연히 앉아도 되죠. 내가 벌써부터 물어보고 싶은 게 산 더미인데."

할머님의 입가에 온화한 미소가 번져 나갔다. 입술을 바짝 말리는 긴장마저 사뿐히 풀어지게 만드는 미소였다.

슬그머니 눈치를 보던 혜승도 다현의 반대편에 자리를 잡고 앉았다.

"죄송하지만 이 자리는 사모님의 큰아드님 내외분께서 앉으실 자리라. 이쪽으로 안내드려도 될까요?"

하지만 혜승은 윤 여사의 말에 쫓겨나듯 자리에서 일어났다. 그녀는 어느새 테이블 끝으로 밀려나 있었다.

"아, 이거…… 간소하지만 생신 축하드립니다."

다현이 내내 품 안에 안고 있던 꽃다발과 양갱 세트를 내밀었다.

"어머나, 고와라."

승준의 할머니 목소리가 한 톤 높게 올라갔다.

"꽃 선물은 간만이네. 이건 뭐예요?"

"수제 양갱인데 어떤 맛을 가장 좋아하실지 몰라서 이것저것 담아 봤어요. 심심하실 때 하나씩 드시면 좋을 것 같아서."

"내 마음에 딱 드네."

할머니의 칭찬에 다현의 볼이 발그레 붉어졌다. 선물을 내놓을 때만 해도 혹시 제가 준비한 선물을 좋아하시지 않을까 얼마나 걱정했는지 모른다. 환하게 번진 할머니의 미소를 보자 한결 마음이 놓였다.

"강다현 씨라고 했나."

"네, 할머님."

"앞으로 잘 부탁해요. 종종 우리 집에도 놀러 오고."

"그래도 될까요?"

"나야 그래 주면 고맙지요. 이 늙은이 말벗 해 줄 사람이 저기 윤 여사밖에 없어."

"자주 놀러 올게요."

다현이 대답을 끝내자마자, 승준은 자신도 같이 오겠다며 몇 번이고 강조했다. 할머니가 제게 어찌할까 걱정이 됐다기보다는 자신과 한시도 떨어지고 싶지 않은 것 같았다.

다정하게 오가는 대화를 지켜보던 혜승의 표정이 심히 일그러졌다.

'저 자리는 내 자리인데…….'

자신이 앉아 있어야 할 자리를 뺏겼다는 생각만이 혜승의 머릿속을 가득 채웠다.

최범을 이용할 때까지만 해도 혜승은 다현을 멀리 내쫓을 수 있을 줄 알았다. 그런데 다현이 가족 행사까지 당당하게 나타날 줄이야. 이대로 가다가는 승준의 곁을 뺏길 거라는 불안함이 혜승의 목을 졸랐다.

다시 승준의 옆자리를 되찾으려면, 할 수 있는 건 무엇이든 해야만 했다. 설령 그게 입에 담기 힘든 저급한 짓이라고 해도.

행복하게 웃고 있는 다현을 보는 혜승이 아랫입술을 세게 짓씹었다.

가장 늦게 도착한 승준의 아버지는 다현에게서 눈을 떼지 못했다. 하마터면 네가 왜 여기 있냐며 다현을 알은척해 버릴 뻔하기까지 했다.

승준의 아버지가 혜승을 쳐다봤지만 그녀도 어쩔 수 없었다는 듯 고개를 내저었다.

"식사부터 하자꾸나."

할머니의 말에 평화로운 식사가 시작됐다. 할머니의 말에 대답하느라, 다현은 승준의 아버지와 혜승이 눈짓을 주고받고 있다는 것조차 알지 못했다.

"이번에 그 편의점, 뭐냐. 빵인가…… 그거 대박 났다며."

맞은편에 앉아 있던 승준의 큰아버지가 사업 이야기를 시작했다.

"우리 하준이도 편의점사업부 정도 맡게 해 줬으면 한 건했을 텐데."

"준비 없이 무작정 뛰어든다고 다 되는 시장이 아니라서요."

"에이, 당연히 잘 준비하겠지. 안 그러냐, 아들?"

사업에는 영 관심이 없는 하준은 고개를 끄덕이는 둥 마는 둥 했다. 그 모습을 보던 승준은 미소만 지어 보였다.

가끔은 평범한, 또 가끔은 평범하지 않은 대화를 나누는 그들 사이에는 묘한 줄다리기가 이어졌다. 테이블 위에 조금씩 자라나는 긴장감에 미어캣처럼 주변을 살피는 건 다현뿐이었다.

이런 날에는 편하게 밥을 먹으면 좋을 텐데…… 괜히 제가 아쉬웠다.

그나마 다행인 건 팽팽한 공격과 방어 속에서도 그들 모두 적당한 선을 지키고 있다는 것이었다.

식사를 마치고 다과를 즐기자며 승준의 할머니가 가족들을 데리고 거실로 나갔다.

"잠깐 나 좀 보자."

밥을 먹는 내내 조용히 앉아 있던 승준의 아버지가 승준을 불렀다. 승준이 잠시 붙잡힌 사이, 할머니는 다현을 데리고 먼저 거실로 나갔다.

승준은 할머니가 계시니 별일이 없을 거라 생각했다.

아버지를 따라 정원으로 나갔다. 누가 주변에 있나 없나 다급히 확인하는 모습을 보니 무언가 심한 소리라도 하려는 모양이다.

"저, 저 애는 어떻게 된 거야?"

"그건 제가 묻고 싶은 말인데요."

"뭐?"

"권혜승, 아버지가 부르셨어요?"

"그래. 내가 불렀다. 너하고 결혼할 앤데 당연히 가족 행사에 와야지. 그런데 저건 뭐야?! 웬 수준도 안 맞는 애를 데리고 와서는……."

"결혼할 사람이라 데려왔습니다."

승준은 아버지의 말허리를 주저 없이 잘라 냈다.

"방금 결혼이라고 했냐?"

"예."

"저 계집애가 완전히 망가지는 꼴이라도 보고 싶은 게야?"

"아뇨."

"그런데……!"

"아버지가 그러셨죠. 누구를 지키고 싶어도 힘이 있어야 되는 거라고."

아버지를 보는 승준의 눈빛에는 아무런 감정도 들어 있지 않았다. 아버지를 향한 사랑 따위가 여태껏 남아 있을 리 만무했다. 그간 보였던 아버지에 대한 존경과 충성조차 모두 거짓이었다.

"할머니께서 결정 끝내셨습니다."

승준의 말에 아버지의 눈빛이 반짝였다.

"너한테 회장 자리를 물려주시겠다고 하신 거야?"

"예."

"승준아, 잘했다. 잘했어."

아버지는 세상을 다 가진 듯한 얼굴이었다. 그동안 자신을 무시해 왔던 사람들에게 한 방을 날려 줄 생각만으로도 신이 난 듯 보였다.

"우선 이 애비부터 다시 복귀시키고, 그다음엔 RD그룹하고…….'

하지만 아버지는 틀렸다. 제 성공은 결코 아버지의 성공이 될 수 없었다. 도리어 아버지를 나락으로 빠뜨리는 시작점이 된다면 모를까.

"저는 다현이하고 결혼할 겁니다."

"무슨 소리 하는 거야?"

"저 막으시려거든 힘이라도 키우세요. 어설프게 괴롭히시다가는 아버지가 역으로 공격당하실 겁니다."

"네가 누구 덕분에 거기까지 갔는데! 이 배은망덕한 새끼."

"벌써부터 이렇게 화내시면 안 되는데."

"뭐?"

"다현이 아버지 사고, 아직 죗값 안 받으셨잖아요."

아버지의 낯빛이 파리하게 변했다. 만약 그것마저 밝혀진

다면 영원히 다시 일어설 수 없다는 걸 잘 알고 있는 까닭일 것이다.

피는 물보다 진하다느니, 그래도 아버지라느니……. 그런 말을 들이대도 별수 없었다. 잘못한 일이 있으면 반드시 벌을 받아야 했다. 그게 맞는 일이니까.

"네가 뭐, 뭘 안다고!"

"아버지가 이 비서님한테 사고 현장 뒷수습하라고 오더 내리신 거 압니다. 블랙박스 영상 수거하라고 하신 것도."

"그래서? 그게 내가 사고 냈다는 증거라도 되냐?"

증거가 될 수 없다는 걸 승준도 안다.

이 비서도 직접적인 증언은 하지 않겠다고 할 확률이 높았다. 결국 자신도 얽혀 있는 일이 아닌가.

이 비서는 자신이 살 구멍을 만들기 위해 다현의 아버지 차에 있던 블랙박스를 복사해 뒀는데, 다현의 아버지의 무죄를 입증할 증거는 될 수 있어도 제 아버지를 붙잡을 증거는 못 됐다.

그나마도 겨우 얻어 낸 블랙박스 영상에 소리가 없어 복구하려면 얼마간 시간이 필요했다.

"글쎄요. 꼬리가 길면 잡히는 법이니까. 곧, 잡히겠죠. 그게 뭐든."

아버지의 평정심을 무너뜨리기 위해 승준은 모든 걸 다 알고 있다는 듯 굴었다. 아버지의 민낯을 밝히는 건 마치 시간 문제라는 것처럼.

"그럼."

먼저 집 안으로 들어가는 승준은 제 방법이 통했는지 아닌지 알 수 없었다. 그건 아버지가 이제 누구를 만날 것인가에 달려 있을 것이었다.

찬바람을 털어 내며 집 안으로 들어설 때까지 승준이 알지 못했던 게 있었다.

다현의 아버지 사고에 대해 아는 사람이 한 사람 더 있다는 것.

"승준이하고 결혼 얘기는⋯⋯."

다현을 보는 승준의 할머니 눈이 반짝 빛났다. 승준의 결혼을 그 누구보다 간절히 바라는 눈치셨다.

다행인 건 승준의 할머니가 자신을 마음에 들어 하신다는 것이었다. 반대로 걱정인 건 승준과 할머니가 바라는 것만큼 자신이 결혼을 구체적으로 생각해 본 적이 없다는 것이었고.

생각해 보면 최범과 무난히 연애를 할 수 있었던 것도 그가 결혼의 '결' 자도 꺼내지 않았기 때문인지도 몰랐다. 물론 최범에게는 그럴 수밖에 없는 이유가 있었지만.

어쨌든 다현은 끝없이 나가는 병원비며 생활비를 감당하느라 바빴고, 자연스럽게 결혼이라는 생각과도 멀어졌다. 그런데 막상 멀찍이 놓았던 결혼이라는 말이 너무도 코앞에 가까이 다가온 바람에 어쩔 줄 몰랐다.

"우선 조금 더 만나 보고⋯⋯."

다현이 할머님에게 자신의 생각을 말하려던 찰나, 혜승이 테이블 위에 있던 마카롱을 부러 다현의 치마에 떨어뜨렸다.

괜스레 값비싼 카펫마저 버릴까 다현은 차마 일어서지도 못하고 치마에 폭 안착한 마카롱을 집어 들었다.

"잠깐만 실례하겠습니다."

다현은 테이블 한쪽에 혜승이 흘린 마카롱을 두고는 자리에 일어났다. 치마에 묻어 있는 크림치즈를 살짝이라도 닦아 내야 할 것 같았다.

"거실이나 2층 화장실 쓰면 되니까 윤 여사가 좀 안내해 줘."

승준의 할머니는 예비 손주며느리가 화장실을 찾지 못할까 걱정돼 윤 여사에게 직접 길을 알려 주라고 이르기까지 했다.

"괜찮아요. 제가……."

"화장실 찾기 힘들 텐데. 저하고 같이 가요, 다현 씨."

"괜찮습니다."

"내가 미안해서 그래요. 그거 계속 놔두면 얼룩지니까 얼른 가요."

할머니의 앞에서 싸울 수는 없는 노릇이었으니 다현은 웃는 얼굴로 혜승의 호의를 받아들일 수밖에 없었다.

"이쪽으로."

2층으로 올라가는 혜승의 입가에서 미소가 싹 사라졌다. 혜승에게서 풍겨나는 분위기가 달라졌다는 걸 다현도 똑똑히 느낄 수 있었다. 그녀가 자신을 화장실까지 바래다주겠다고 한 것도 분명 다른 의도가 있을 것이다.

화장실 문을 열고 다현이 안으로 들어서자, 혜승이 기다렸다는 듯 문을 잠갔다. 아무도 들어올 수 없도록.

그걸 알면서도 다현은 휴지로 치마를 닦아 낼 뿐 아무런 반응도 보이지 않았다.

"너 내 충고가 우스웠나 보구나?"

혜승이 팔짱을 끼고는 첫마디를 뗐다. 이 집에서 자신을 만난 이후, 이 순간만을 간절히 기다리고 있었을 거다.

"회사 관두라고 했더니, 이제는 승준이 집까지 찾아와?"

"네가 상관할 바 아닌 것 같은데."

"내가 왜 상관할 게 아니야? 네가 갑자기 나타나지만 않았으면 내가 승준이하고 결혼 얘기 했을 텐데."

"너도 알잖아. 승준이는 너하고 결혼할 마음 전혀 없다는 거."

"왜 없어!"

무덤덤한 제 모습에 더 화가 났는지 혜승이 발끈하며 눈을 부릅떴다. 혜승의 눈에 붉은 핏발이 섰지만 아무래도 관심 없다는 듯 눈 하나 깜빡하지 않았다.

"너만 아니었으면, 네가 없었으면……."

"내가 없었어도 똑같았을걸. 걔는 너하고 절대 결혼 안 할 테니까."

감정을 추스르지 못한 혜승이 다현을 향해 손을 번쩍 들었다. 당장이라도 뺨을 후려칠 기세였다. 하지만 그마저도 뜻대로 되지 않았다. 혜승이 바라는 대로 해 주지 않겠다는 듯 그녀의 손목을 잡아 버렸으니까.

"그러니까 쓸데없이 싸움 걸지 말고 너나 꺼져."

분기에 찬 혜승이 씩씩거리며 코를 벌름거렸다.

"내가 그 자리 때문에 무슨 짓까지 했는데. 아무것도 안 한 주제에…… 가만히 남이 차려 놓은 밥상이나 처먹는 년 주제에. 어디서, 누가 누굴 가르쳐!"

제 손을 뿌리친 혜승의 목소리는 절규에 가까웠다. 도대체 뭐가 그렇게도 분하고 속상한 건지 알 수 없었다. 멋대로 제 뺨을 때리고 승준과 잤다고 거짓말을 하고, 결국 승준과 미국까지 같이 갔으면서.

"너도 그 결혼 할 수 있을 것 같아?"

"네가 상관할 바 아니야. 나 그만 나가 봐야겠다."

"내 얘기 듣고 가."

"아니, 들을 필요…….."

"네 아버지, 왜 그렇게 됐는지 안 궁금해?"

혜승의 말이 다현의 발목을 움켜잡았다.

승준과 헤어지게 만들기 위해 이미 5년 전에 제게 거짓말을 했던 혜승이다. 그런 거짓말쟁이의 말을 들을 필요는 없었다. 아니, 듣지 말아야 하는 게 맞았다.

그런데 그럴 수가 없었다.

"너도 석연치 않다고 생각했을 거 아냐? 그 CCTV도 없는 곳에 가서 사고를 냈다? 사람 하나를 쳤어? 그런데 블랙박스도 망가지고 사건은 초스피드로 마무리되고."

혜승이 쏟아 내는 말이 아무도 없는 도로에 선 듯 막막했던 지난날의 제 마음을 너무도 똑똑히 설명해 냈기 때문이다.

너무 깔끔해서 이상하다고 생각했다. 모든 증거들이 아버지가 사고를 냈다고 말하고 있었으니까. 더 돌아볼 여유는 없었다. 먹고살기 바빴고 살아 내느라 힘들었다.

그런데 이제 와서 그 일이 왜…… 뭘 어쩌라고?

"그거 승준이 아버지가 그런 거야."

혜승의 말에 다현의 모든 생각이 일순간 정지됐다.

161

지금 제가 뭘 들은 걸까. 뭐라고?

"너 지금 무슨 말 하는지 알고 있기는 해?"

"네가 믿기 싫은 건 아니고? 승준이가 아무 말 안 했니? 승준이도 다 알고 있었는데."

"거짓말."

조금의 흔들림도 없던 다현의 눈동자가 떨렸다. 혜승의 말을 믿지 말아야 했다. 지금도 거짓말을 하고 있는 게 분명했다. 자신과 승준을 떨어뜨려 놓으려고 어떤 짓이든 할 수 있는 애니까.

그러니까, 지금 하는 말도…… 거짓말일 거야.

"한주그룹에서 너한테 왜 위로금하고 장학금을 줬을 것 같은데?"

혜승의 질문을 받는 것만으로도 다현의 몸이 사시나무처럼 바르르 떨렸다. 눈이 화끈거리고 숨이 목 끝까지 차올랐다.

이러다가 제자리에서 쓰러진다고 해도 조금도 이상하지 않을 것 같았다.

"그건 우리 아버지가 거기 다니셨으니까……."

"그딴 게 있을 리가 없지. 그거 다 차승준이 부탁하고 간 거니까. 너하고 안 헤어지겠다고 버티다가 네 아버지가 그렇게 됐으니까! 그게 미안하니까. 너 위로하려고. 네 가족 박살 낸 거 미안해서……."

다현이 더는 견디지 못하고 혜승의 뺨을 세게 후려쳤다. 마치 신나는 무용담이라도 늘어놓는 듯 떠들어 대는 혜승의 미소가 미치도록 소름 끼쳤다.

그리고 괴로웠다.

아버지가 병상에서 일어나지 못하고 누워 있는 게 모두 제 탓이라니.

제가 승준과 헤어질 수 없다고 붙잡는 바람에 모든 게 망가져 버렸다. 자신만 아니었다면 아버지가 다칠 일은 없었을 거다. 사고도 없었을 거야.

뜨듯한 눈물 한 줄기가 다현의 뺨을 타고 흘러내렸다.

'나 때문에. 내가, 문제라…… 나 때문에.'

다현이 비틀거리며 화장실을 나섰다. 정신을 차릴 수가 없었다. 숨을 제대로 쉬지 못해선지 머리가 어질거리기까지 했다.

다현은 얼마 가지 못하고 벽에 손을 대고는 제자리에 멈춰 섰다. 방금 들었던 말을 어떻게든 머릿속에서 내몰고 싶었다. 그저 권혜승이 꾸며 낸 거짓말일 뿐이라고, 그렇게 치부해 버리자 생각했다.

'승준이도 다 알고 있었는데.'

그런데 계단을 내려갈 때마다 권혜승의 목소리가 자꾸만 또렷해진다.

'그거 다 차승준이 부탁하고 간 거니까.'

권혜승의 말이 거짓말이라면, 혜승이 제가 한주그룹에서 위로금과 장학금을 받는지는 어떻게 알았을까. 아버지의 차에서 블랙박스가 망가진 건? 그걸 걔가 어떻게 다 알고 있는 건데?

그렇게 마지막 계단을 내려선 순간.

"어디 갔다 와?"

제 앞에 승준이 나타났다.

"얼굴은 왜 이렇게 창백해?"

승준이 제 얼굴을 향해 손을 뻗었다. 그런데 '차승준은 다 알고 있다'는 생각에, 다현은 자신도 모르게 승준의 손을 차갑게 쳐 냈다.

"다현아, 너 무슨 일 있었어?"

"……나중에."

걱정스럽게 자신을 바라보는 승준의 눈빛조차 똑바로 바라볼 수가 없었다.

"몸 안 좋은 거면, 집에 갈까?"

"가족들도 계시는데……."

"내가 알아서 적당히 둘러댈게."

"그렇게 해 줄래?"

승준이 다시 한번 제 손을 잡으려 했지만 다현은 뒤로 한 걸음 물러났다.

무서웠다. 혜승의 말이 전부 사실일까 봐. 정말 승준이 진실을 다 알면서, 태연하게 다시 제 앞에 나타난 걸까 봐.

머릿속이 정리가 되지 않았다. 전부 엉망진창이다. 혜승이 제 곁을 지나며, 계단에서 내려갔다. 승준은 그런 혜승을 뚫어져라 쳐다보기만 했다.

다현은 그저 집으로 돌아가야겠다는 생각밖에 없었다. 핏기 하나 없는 얼굴로 선 다현은 금방이라도 자리에 주저앉을 것 같았다.

❖ ❖ ❖

승준의 차가 서서히 속도를 줄였다. 다현의 집 앞에 다다를 때까지 승준과 다현 사이에는 아무 말도 오가지 않았다. 짙은 침묵만이 두 사람을 짓누르고 있었다.

다현은 입을 꾹 다물고 있었지만 승준이 말없이 저희 집 주변을 한 바퀴 더 돌고 있다는 걸 알아차렸다. 이 차가 다시금 멈추면 혜승이 제게 했던 말이 사실인지 아닌지 꼭 확인을 해야만 했다.

그래선지 영원히 차바퀴가 멈추지 않으면 했다. 그러면, 두려움에 찬 얼굴로 승준에게 아무것도 물어보지 않아도 되니까.

하지만 애석하게도 차가 또다시 멈췄다.

"승준아."

"어."

"나 궁금한 게 있는데, 솔직하게 말해 줄 수 있어?"

승준이 자신을 보고 있다는 걸 알면서도 쉽게 고개를 돌릴 수가 없었다. 승준의 얼굴을 보면 물어볼 자신이 없어질 것 같았다.

"우리 아빠……."

잠깐의 침묵.

"우리 아빠 말이야……."

왜 그 말만 했을 뿐인데 마음이 울컥거릴까.

"정말 너희 아버지가 그러신 거야?"

"……."

"고작, 겨우…… 내가 너하고 만나서?"

"……미안해."

그게, 떨리는 물음에 대한 승준의 답이었다.

세상에서 가장 무시무시하고 잔인한 말을 들었는데. 승준은 아무런 변명도 하지 않았다. 그저 미안하다는 말이 끝이었다.

"너…… 차승준, 너…… 다 알고 있었구나? 정말 다 알고 있었어. 알고 있는데! 어떻게 나한테 이따위 계약을 하자고 말할 수 있어?"

"……."

"어떻게 결혼까지 얘기할 수가 있냐고. 너희 아버지가 우리 아빠한테 무슨 짓을 했는지 뻔히 알면서."

똑 부러지게 말하고 끝내고 싶은데 자꾸만 눈물이 차올랐다. 어디서부터 북받쳐 오는 감정인지 알 수 없었다.

차승준에게 속은 게 화가 나서? 아니면 모두 제 탓이라서?

죄책감과 화가 한꺼번에 뒤섞여 터져 버린 건지도 모르겠다. 하나로 정의 내릴 수 없는 감정이 제 마음을 짓이겼다. 다현은 마음을 눌러 보려고 아랫입술을 살짝 깨물어 봤지만 아무 소용이 없었다.

"다시 돌이켜 생각해 보니까 내가 너무 불쌍했어? 그래서 구제해 줘야겠다고 생각한 거야? 그게 아니면 우리 아빠 망가뜨린 걸로는 만족이 안 됐니?"

"아니."

"그럼 왜! 왜…… 네가 무슨 낯으로 내 앞에 나타나."

"이제는 지킬 수 있을 거라고 생각했어."

"누구를?"

"강다현, 너."

"이게 지키는 거야? 나 망치려는 거 아니고?"

서슬 퍼런 말이 쉬지 않고 입 밖으로 뛰쳐나왔다. 막을 수 없었고, 막을 생각도 없었다. 다현은 자신이 아픈 만큼 승준도 아팠으면 했다. 제 고통의 100만 분의 1이라도 승준이 같이 느끼기를 바랐다. 그래서 제가 지금 얼마나 바닥에 처박히는 것 같은지 승준도 고스란히 느낄 수 있도록.

"너도…… 너도, 우리 아빠 저렇게 만든 거야."

누구든 원망할 사람이 필요했던 건지도 몰랐다. 모두 자신의 탓이라고만 생각해 버리면 그대로 무너져 버릴까 봐.

"차승준, 너 진짜 구역질 나."

"……미안해."

"미안해? 미……안? 하아…… 너는 그 말도 참 쉽다."

다현이 얼굴 위로 흘러내리는 머리카락을 쓸어 넘기며 헛웃음을 흘렸다. 몸이 너무 떨려 제어할 수가 없었다. 이대로 차에 내려서 똑바로 걸을 수 있을지나 모르겠다. 그렇다고 승준과 종일 말다툼을 하면서 이곳에 앉아 있을 수 없었다.

"아무래도 너한테 어울리는 여자는 내가 아니라, 권혜승이 맞았나 보다. 둘이 죽이 너무 잘 맞아."

"……."

"둘 다 다 알고 있으면서, 어쩌면 그렇게……."

"권혜승도 알고 있었다고?"

그럴 리가 없다는 듯 승준의 미간이 구겨졌다.

"그래, 다 알고 있더라. 그거 알고 다 숨겨 주고 열녀가 따로 없던데? 그냥 둘이 연애를 하든 결혼을 하든 행복하게 지내 봐. 나는 너희들이 무슨 짓 했는지 꼭 밝혀 낼 테니까."

다현이 벌게진 눈을 하고서는 입술을 꾹 깨물었다. 승준의 앞에서 눈물을 왈칵 쏟아 내고 싶지는 않았다. 한 번 약한 모습을 보이면 주체할 수 없이 무너질지도 몰랐다.

"갈게."

"나하고 얘기해."

"너하고 할 얘기 없어."

"네가 아는 거 맞아. 그런데 나도……."

"누가 네 변명 듣고 싶대?"

"우선 쉬고, 마음 진정될 때까지 기다릴게. 그때 다시 얘기해."

그런 일은 없을 거라는 듯 다현은 아무 대꾸도 없이 차에서 내렸다. 뒤이어 승준이 저를 따라 차에서 내렸다.

"네가 보내 준 옷이며 가방이며, 내일 전부 돌려줄게."

"그럴 필요 없어."

"아니, 다 가져가. 나하고 맞지 않는 거야. 내 분수에 맞게 살아야지."

"다현아."

"그렇게 부르지도 마. 계약 기간은 잘 채우고 꺼질 테니까."

다현은 제 손목을 붙잡은 승준의 손을 차갑게 쳐 냈다. 승준에게 내어 줄 마음 따위는 눈곱만큼도 없다는 것처럼.

"너희 아버지 일, 너는 아무것도 안 해도 돼."

"내가 왜 그래야 되는데?"

"잘못하면 네가 다치니까."

"웃긴다, 정말. 그건 내가 알아서 할 일이고. 너는 네 아버지 일 숨기든 뭐든……!"

"내가 밝힐게."

"……."

"우리 아버지가 뭘 하셨는지, 전부 밝혀서 죗값 받게 할게. 그리고 나도 벌 받을게. 그러니까 그때까지만 기다려 줘. 조금만 기다리면 돼."

웃기지 않게도 승준의 말이 제 마음을 세차게 뒤흔들었다.

모두 진심인 것 같았다. 절대로 믿어서는 안 될 녀석인데. 믿을 가치도 없는 사람인데…… 뭐가 진심 같다는 거야? 뭘 기대하게 되는 거야?

"갈게."

다현은 핸드백 손잡이를 꽉 붙잡고는 집으로 몸을 돌렸다.

그제야 겨우 유지하고 있던 얼굴이 고통에 일그러졌다. 입술을 딱 붙이며 입안으로 말아 넣어 봐도 소용이 없었다. 울음소리가 자꾸 목구멍을 타고 밖으로 새어 나올 것만 같았다. 다현은 황급히 손등으로 입술을 막아 보지만, 언제 꺽꺽거리며 세찬 울음소리가 터질지 알 수 없었다.

눈물에 얼룩져 다현의 얼굴이 엉망이 되어 갔다. 제 어깨가 바들바들 떨리고 있다는 것도 모른 채, 계단을 올라섰다. 다리에 힘이 풀려 금방이라도 주저앉을 것 같았지만 꾸역꾸역 집까지 올라갔다.

고개를 돌리면 안 된다는 걸 다현도 알고 있었다. 미련을 가질 필요도 없다는 것도.

'우리 아버지가 뭘 하셨는지, 전부 밝혀서 죗값 받게 할게.'

그런데 귓가에 맴도는 승준의 말에 자꾸 마음이 녹아내리려 한다.

'나도 벌 받을게.'

죽도록 미워하고 싶어도 그게 잘 안 됐다. 왜 너를 미워하지 못하는 걸까. 다 알고 있었으면서…… 모든 걸 숨긴 너를. 그런 나쁜 자식을 왜, 마음에서 쉽게 파내지 못하고 있는 걸까.

'조금만 기다리면 돼.'

왜 말도 안 되는 네 얘기를 믿고 싶은 걸까.
왜, 왜……
다현은 집에 들어가지 못하고 현관문 앞에 그만 주저앉고 말았다. 문고리를 붙잡은 채로 꺽꺽 울어 댔다. 눈물이 멈추지가 않았다.

제18장
우리의 끝

주말 이후, 다현은 정신없이 몸을 움직였다. 생각을 비우기 위해서는 그 방법밖에 없었다. 다현은 반나절 동안 아버지 병원에 있다가 나머지 반나절은 미지의 가게에서 일을 도왔다. 할 수만 있다면 밤새 일을 하겠다고 자처했을지도 몰랐다.

밤이 이렇게나 긴지 오랜만에 깨달았다. 회사에 출근을 해야 되니 잠을 자야겠다고 눈을 감았지만 쉽사리 잠이 오지 않았다.

'승준이가 아무 말 안 했니? 승준이도 다 알고 있었는데.'
'나도 벌 받을게.'

권혜승과 승준의 목소리가 연달아 귓전을 때렸다. 그 목소리가 영원히 제 머릿속에서 빠져나가지 않을 것만 같았다.

그건 회사에 출근해서도 달라지지 않았다. 오히려 승준과 한 사무실에 있다 보니 그의 생각을 떨쳐 내기가 더욱 어려웠다. 정작 승준은 아무 일도 없었던 것처럼 태연한 얼굴로 일을 하고 있는데, 자신만 신경 쓰고 속앓이를 하는 기분이다.

"강 대리."

되도록 모니터만 바라보고 있는데 승준이 자신을 불렀다.

"네, 본부장님."

"나 좀 봅시다."

"급한 일일까요? 제가 처리해야 할 일이 있어서."

"급한 일입니다."

다현이 어쩔 수 없이 자리에서 일어났다. 상사의 명령이니 어쩔 수가 없었다. 어쨌든 자신의 일은 잘 마무리 짓겠다고 약속했지 않나.

"본부장실 가는 거면⋯⋯."

"물어볼 게 있어서 그래."

"사무실에서 물어봐도 충분하셨을 것 같은데요."

"아버님 관련된 일이야."

"그거라면 본부장님이 잘 아시지 않나요?"

"이해가 안 되는 부분이 있어서."

먼저 엘리베이터에 올라탄 승준을 보는 다현의 고개가 살짝 기울어졌다. 누구보다 사건을 잘 알고 있을 거면서 뭐가 궁금하다는 건지 도리어 제가 이해가 되지 않았다. 그저 자신을 혼란스럽게 만들기 위한 수작일까.

아무 사심 없는 눈동자를 보고 있자니, 그건 아닌 것 같았다. 정말로 궁금한 게 있을 수도.

"너도 빨리 관련된 사람들 벌 받게 하고 싶잖아."

승준이 어서 타라는 듯 고개를 까딱거렸다.

다현의 입장에서는 나쁘지 않은 선택이었다. 어차피 아버지에게 무슨 일이 있었는지 알아내려면 힘이 필요했다. 진실을 파헤치는 것조차 돈과 시간과 힘이 드는 일이니까.

그 모든 걸 가진 게 애석하게도 승준이었다.

스스로도 말하지 않았나. 받아야 할 죗값이 있으면 모두 치르게 하겠노라고. 설령 그게 거짓이라고 해도 상관없었다. 승준에게 필요한 정보만 가져가면 될 일이었다.

본부장실 안으로 들어서자 남 비서가 두 사람을 반겼다.

"차라도 내올까요?"

"차……."

승준이 살짝 뒤로 고개를 돌려 다현에게 물었다. 다현은 아무것도 마실 마음이 없다는 듯 고개를 저었다.

"됐어."

"다른 필요한 건 없으세요?"

"아무도 못 들어오게만 해 줘."

"그러겠습니다."

다현을 먼저 집무실 안쪽으로 들여보낸 승준이 문을 꽉 닫았다.

"앉아."

"용건만 말해. 뭘 물어보고 싶다는 건데?"

"권혜승이 너한테 정확히 뭐라고 했는지."

"네가 직접 물어보면 되지 않아?"

"흥분해서 한 말만큼 진실도 없을 테니까."

다현이 쿵쾅거리는 마음을 애써 누르며 승준에게 한 발자국 다가갔다.

"내가 말해 주면 너도 말해 줘."

"뭘?"

"네가 우리 아버지 사고에 대해서 아는 것, 전부."

이 협상이 체결되기 전까지는 다현은 아무 말도 꺼내지 않을 참이었다. 제가 아낌없이 주는 나무도 아니고 승준이 궁금해하는 것만 퍼다 나를 이유는 없었다.

제 말에 승준은 바로 대답이 없었다. 무엇을 고민하는 걸까. 적당히 아는 정보만 뜯어서 이 사건을 다시 덮으려고 했는데, 제가 너무 깊숙이 관여하는 것 같아서? 아니면 어떻게 하면 제 관심을 끊어 낼 수 있을까 머리를 굴리고 있는 중인 걸까.

세상 나쁜 짓을 해도 자신의 아버지니까.

"앉아."

"됐고, 아는 것만……."

"말해 줄게. 네가 알고 싶어 하는 거 전부."

승준이 소파를 가리키며 대답했다.

경멸 섞인 다현의 눈빛에 승준은 어디서부터 말을 시작해야 할지 감이 잡히지 않았다. 다현의 마음이 얼마나 황폐하고 괴로운지 조금이나마 알 것 같기에, 사과도 할 수 없었다.

결국 이 모든 상황을 만든 사람은 자신의 아버지가 아니던가. 그리고 그 피는 자신에게 흐르고 있었고.

제 욕심이 빚어낸 처참한 결말이었는지 몰랐다. 여기서 다현이 자신을 밀어내고 욕한대도 당연한 일이었다.

승준이 다현의 앞에 따뜻한 차를 내려놓았다. 찻잎이 우러나며 투명하던 물이 붉게 물드는 게 꼭 제 마음 같았다. 숨구멍이 당장 막힐 듯 가슴이 저미는 것 같았지만 승준은 아무 내색도 하지 않았다. 제게는 힘든 티를 낼 수 있는 권리조차 없었다.

그건 오직 다현만 가능한 것이다.

"그날 사고 최초 신고자는 우리 아버지 비서였어."

다현의 맞은편에 앉아 있던 승준이 입을 뗐다.

"블랙박스의 메모리 카드를 처리한 것도 이 비서였고. 너한테 위로금 명목으로 나간 돈도 이 비서가 아버지 개인 계좌로 처리했고."

"하……."

"그 위로금은 내가 부탁했어. 너하고 헤어질 테니까, 미국이든 어디든 갈 테니까 너까지 망치지 말아 달라고."

비겁한 핑계인지도 몰랐다.

그렇지만 승준은 만약 다시 그날로 돌아간다고 해도 똑같은 선택을 했을 거다. 제가 아무리 경찰서로 달려가 제 아버지가 꾸민 일이라고 말해도 들어 주는 이가 아무도 없었을 테니까.

증거가 필요하다고 했다. 아버지가 빠져나가지 못할 빼도 박도 못할 증거.

하나 승준에게 그런 게 있을 리가 만무했다. 조금이라도 자신이 움직이면 이 비서가 나타나 모든 걸 저지했다. 그런 제가 선택할 수 있는 유일한 방법은 여기서 더 일이 번져 나가는 걸 막아 달라 아버지에게 부탁하는 것뿐이었다.

"메모리 카드도 처리했다면서 어떻게 밝혀? 이대로 묻어 달라는 건……."

"복사본 복구했어."

승준이 다현에게 메모리 카드를 내밀었다.

"소리가 날아가서 소리까지 복구하느라 조금 걸렸고."

메모리 카드는 이 비서의 생명줄이나 다름없었다. '나머지는 알아서 처리해 줄 사람이 있다'는 아버지의 말에, 잘못하면 이 사고를 뒤집어쓸 수도 있다는 이 비서의 불안함이 빚어낸 증거이기도 했다.

다현은 메모리 카드에서 눈을 떼지 못했다. 제가 준 걸 받아야 하나 말아야 하나 고민하는 눈치였다.

"받아 둬."

"……나한테 이걸 왜 순순히 주는데?"

"피해자가 작정하고 네 아버지 차로 뛰어들었다는 증거 자료니까."

승준의 말에 다현의 눈빛이 휘청거렸다.

"나머지는 나도 알아보는 중이야. 유가족들도 내일 보기로 했고."

블랙박스 영상이 아니었다면 유족들도 승준을 만나겠다고 하지 않았을 터다. 5년이나 지난 일을 끄집어내는 건 그들의 입장에서도 딱히 달가운 일이 아니었을 테니까.

하지만 승준이 블랙박스 영상을 얘기했을 테니 거절할 수 없었을 거다.

연구소로 향하던 다현의 아버지 차에 뛰어들었다가 실패한 피해자가, 연구소를 떠나던 그의 차에 다시 한번 더 뛰어든 게 결코 정상적으로 보이지는 않았으므로.

"더 알아내는 거 생기면 말해 줄게."

다현이 메모리 카드를 들고는 자리에서 일어났다.

"다음에는 이렇게 따로 부르지 않으면 좋겠다. 어차피 지금 하는 말이야 남 비서님 통해서도 할 수 있는 거고, 메시지로 보낼 수도 있잖아."

"……."

"너랑 얼굴 보면서 얘기하기 껄끄럽거든."

"그래, 너 편한 대로 하자."

승준은 뒤도 돌아보지 않고 떠나가는 다현을 붙잡을 핑계를 찾지 못했다.

그런데도 붙잡고 싶어 죽을 것 같았다. 당장 다현의 앞에 무릎이라도 꿇고 너무 늦어서 말해서 미안하다고, 그때 그녀의 곁을 떠난 것부터가 잘못이었다고, 내 곁에서 멀어지겠다는 소리만 하지 말아 달라며 애원하고 싶었다.

억지로 붙들려고 해 봐야 붙들 수 있는 마음이 아니라는 걸 잘 알고 있으면서도.

승준은 자신이 혼자 결정해 버려서 벌을 받는 중인지도 모른다는 생각이 들었다. 아무리 자신을 위한 거라고 해도 다현은 싫다고 하지 않나.

'용서 절대 안 해 준다?'

'정말 용서 안 해 줄 거야?'

'당근이지. 너 보지도 않을⋯⋯.'

그때 털어놔야 했을지도 몰랐다. 다시는 보지 않겠다고 했을 때. 사실은 너에게 꼭 말하고 싶은 게 있다고, 혜승이 아니라 자신에게 모든 사실을 듣도록 했어야만 했다.

그런데 용기가 나지 않았다.

이 행복이 깨질까 봐 불안불안해하다가 결국 모든 관계를 망쳐 버린 건 자신이었다.

조금이라도 용기를 냈더라면 무언가 달라졌을까. 다현의 눈물조차 닦아 주지 못하는 관계에서 벗어날 수 있었을까. 우리가, 이대로 끝나지 않을 수 있었을까.

숱한 질문이 승준의 머릿속에 휘몰아쳤다.

안개에 휩싸인 것처럼 머릿속이 희뿌옇게 변해 갔다. 그속에서 승준이 할 수 있는 거라고는 이 사고의 시작점을 찾는 것뿐이었다.

❖ ✢ ❖

퇴근을 하고 집으로 돌아와서도 다현은 메모리 카드를 만지작거리기만 했다. 그날 무엇이 찍혔는지 궁금하면서도 다른 한편으로는 무서웠다. 메모리 카드 안에 무엇이 들었는지 알 수 없었으니까.

"후우⋯⋯."

밥을 먹을 생각도 나지 않았다. 그냥 복잡해지는 머리를 벅벅 긁어 대기만 했다.

178

다현은 운동복으로 갈아입고는 밖으로 나갔다. 공원을 뛰면서 생각을 덜어낼 참이었다. 운 좋게 생각이 잘 정리될 수도 있지 않을까. 가뿐하게 뛰기 시작한 다현이 점차 속도를 높였다.

시원한 바람이 뺨을 스치며 지나갔다. 덩달아 숨도 조금씩 차올랐다. 헉헉거리며 호흡이 불안정해지고, 심장이 세차게 뛰기 시작했다. 온몸에 피를 돌게 하기 위함일 것이다.

"대리님."

앞만 보고 달리던 다현은 누군가가 자신을 부르는지도 몰랐다. 그저 생기 없는 눈빛으로 달리기만 했을 뿐.

"강 대리님."

"……."

"대리님."

갑자기 제 눈앞에 나타난 준열의 모습에 힘차게 달리던 다현이 급 브레이크를 잡았다.

"어? 어어!"

힘껏 달리고 있던 바람에 몸이 바로 멈추지 못하고 앞으로 기우뚱했다. 준열이 자신을 잡아 주지 않았더라면 그대로 앞으로 고꾸라졌을지도 몰랐다.

"미안해요. 제가 딴생각을 하다가……."

"제가 더 죄송하죠. 대리님 반갑다고 앞길 막아서 다치실 뻔했잖아요."

"덕분에 안 넘어졌잖아요. 그럼 됐죠, 뭐."

다현이 양쪽 입꼬리를 끌어 올리며 빙긋이 웃어 보였다.

"근데 무슨 일이라도 있으세요?"

"왜요? 제 얼굴 별로예요?"

"얼굴이야 항상 예쁘신데, 안색이 안 좋아 보여서."

"칭찬 고마워요."

"사실만 말하는 건데요."

준열과 나란히 걷던 다현이 능청스러운 그의 말에 픽 하고 웃음을 흘렸다. 달리기를 멈추고 걷자, 불안정했던 호흡이 조금씩 정상으로 돌아오고 있었다. 힘차게 뛰었던 심장마저 고요해져 갔다.

"뭐라도 마시고 가실래요?"

준열이 운동 코스 한쪽에 있던 자판기를 가리키며 물었다.

"좋아요."

어떤 이유를 대서든 집에 늦게 들어가고 싶었다. 집에 들어가면 또다시 메모리 카드를 들고, 이걸 열어 봐야 하나 말아야 하나로 고민할 것 같았으니까.

"저는 물 마실게요."

"대리님, 저하고 취향 똑같으시네요."

엉뚱한 곳에서 공통점 타령을 하며 준열이 자판기에서 물을 뽑았다. 그렇게 물을 한 병씩 들고는 준열과 나란히 벤치에 앉았다.

뛸 때는 몰랐던 풍경이 조금씩 다현의 눈에 들어왔다.

사방을 감싸고 있는 나무에서 청량한 향기가 풍겨 오는 것 같았다. 폐부 깊숙이 젖어 드는 시원한 바람을 삼키며 다현은 물병을 만지작거렸다. 유유히 하늘을 날고 있는 새와 도란도란 이야기를 나누며 지나가는 사람들이 모두 행복해 보였다. 그 행복한 하루 속에서 자신만 따돌림을 당하고 있는 기분이었다.

'너까지 망치지 말아 달라고.'

승준의 목소리가 귓가에 메아리쳤다.

끈질긴 녀석이다. 눈앞에 보이지 않아도 자꾸만 제 마음을 세차게 흔드는 사람.

"무슨 일 있는지 마지막으로 물어봐도 돼요? 말하기 싫으시면 아무 말이나 하셔도 돼요. 제가 다 받을게요."

준열이 어떻게든 자신의 이야기를 들어 주려는 걸 보니, 제가 퍽 죽을상이었나 보다. 다현은 물 한 모금을 들이켜고는 아랫입술을 지그시 머금었다.

"예전에 선생님이 제 얘기 들어 줬으니까, 이번에는 제가 들어 드리고 싶어서요."

보답이라도 하겠다는 듯 구는 준열의 말이 유달리 편안하게 느껴졌다.

"중요한 뭔가를 봐야 하는데 볼 용기가 안 나서요."

어쩌면 누구에게든 제 마음을 털어놓고 싶은데, 준열의 말이 너무도 반가웠는지도 모르겠다. 자신의 삶에 너무 깊게 들어온 사람도 아니고, 그렇다고 너무 멀찍이 떨어져 있는 사람도 아니니 비밀을 털어놓기에 최적의 상대였다.

"무서우세요?"

"조금요."

"왜요?"

준열의 질문에 가장 먼저 떠오른 건 웃기지 않게도 승준의 얼굴이었다.

아니다. 그럴 리 없다. 승준이 다치지 않을까 걱정이라니…… 말도 안 되는 소리다. 아버지가 누구 때문에 깨지 못하고 누워 있는데. 누구 때문인데.

"글쎄…… 잘 모르겠어요."

그냥, 영상이 너무 무서울까 봐. 그날의 일이 생각보다 끔찍할까 봐. 진실을 아는 게 무서우니까. 그러니까, 주춤거리고 있는 것뿐일 거다.

승준하고 한 번 헤어져 봤으니, 두려울 것도 없었다. 5년 동안이나 승준을 만나지 않고도 잘 먹고 잘 살지 않았나.

이번에도 그렇게 아무렇지 않게 살아가면 그만이다.

"가장 먼저 떠오른 게 있지 않아요?"

"그건……."

"보통 그게 진심이라던데."

준열의 말에 형체도 없이 짓이겨진 제 마음이 눈에 보이는 듯 훤했다. 승준이 자신을 속인 이 순간에도, 자신은 왜 그를 놓지 못하고 있는 걸까.

왜, 나는 여전히…… 너를 사랑하고 있는 걸까.

❖ ✛ ❖

아침부터 회사가 떠들썩했다. 승준이 한주그룹 총수 자리에 앉을 거라는 소문이 파다하게 번진 탓이었다.

이미 승준의 할머니께 그 이야기를 전해 들었던 다현의 입장에서는 놀랄 것이 없는 소식이었다. 그런데도 막상 회사에 그 소문이 퍼지자 마음이 이상했다. 승준이 더욱 가닿을 수 없는 곳으로 멀리 사라져 버리는 것 같은 느낌이랄까.

"본부장님 오신 지도 얼마 안 됐는데……."

"인턴, 너 라인 잘못 탔어. 원래 라인 타려면 직속 상사한테 타야 된다니까. 윗선은 언제 어디로 갈지를 몰라요."

이 과장이 찬희를 보며 혀를 끌끌 찼다. 그러다가 이내 고개를 돌려 다현을 봤다.

하지만 다현은 이 과장의 동정 섞인 눈빛을 알아챌 여유조차 없었다. 어젯밤 확인한 메모리 카드 속 영상이 마음에 걸렸기 때문이었다.

승준의 말처럼 영상 속에는 아버지 차에 뛰어드는 듯한 피해자의 모습이 담겨 있었다. 한 번은 아버지가 제지했지만 그다음에는 그러지 못했다. 궂은 날씨에, 어두운 거리에서 갑자기 뛰어나왔으니 피하기 어려웠을 거다.

'비켜요, 비켜!!'

아버지의 목소리와 함께 이내 쾅 하고 커다란 굉음이 여러 번 울려 퍼졌다. 차로 뛰어든 사람을 치고 그대로 가드레일을 들이박은 듯했다.

그리고 얼마나 지났을까. 차 문이 열리는 소리가 들렸다.

'……죽었어?'

그때 조그맣게 누군가의 목소리가 들렸다. 소리까지 높여 몇 번이고 집중해서 들어 봤지만 여자라는 것밖에 알 수가 없었다.

다현은 승준의 빈자리만 뚫어져라 쳐다봤다. 오늘 회사에 다시 들어오는지 궁금했지만 승준에게 연락을 할 수 없었다.

회사의 소식통인 이 과장을 떠봤지만 결과는 마찬가지였다.

승준의 스케줄을 제대로 아는 사람은 남 비서밖에 없을 듯했다.

제자리에서 안절부절못하던 다현은 결국 주변의 눈치를 보고는 슬쩍 본부장실로 향했다. 사무실에 도는 소문 때문에 그가 본부장실에서 업무를 보고 있는 중인지도 모르니까.

본부장실이 있는 복도는 늘 그랬듯 조용했다. 사람을 묘하게 압박하는 분위기가 있었다. 그래선지 본부장실 문 앞에 서자 다시 돌아갈까 하는 마음이 들었다.

'……죽었어?'

하지만 승준도 그 목소리를 들었는지 물어봐야겠다는 생각에 다현은 결국 노크를 했다.

"강 대리님?"

조심스럽게 문을 열자, 남 비서가 책상에서 일어나 다현을 반겼다.

"안녕하세요."

"여기는 무슨 일로…… 본부장님하고 연락하셨어요?"

"아뇨. 본부장님 만나 뵈러 왔는데. 안에 없으세요?"

다현이 집무실을 보면서 물었다.

"지금 안에 안 계세요."

"언제쯤 오시는지 알 수 있을까요?"

"오늘 안 들어오실 것 같아요."

"어디 가셨는데요?"

"그게……."

남 비서가 곤란하다는 얼굴로 머리를 긁적거렸다. 평소라면 남 비서에게 더는 묻지 않고 사무실로 돌아왔겠지만, 왜제게 바로 말을 하지 못하는지 궁금해졌다.

"RD리테일 가셨습니다."

"아……."

다현은 왜 제가 탄식을 쏟아 냈는지 알 수 없었다. 둘이 만나든 말든 무슨 상관이라고.

"알려 주셔서 감사해요."

더이상 그 어떤 것도 묻지 않고 본부장실을 나서려 했다.

"대리님, 대리님?"

제가 본부장실을 나가려고 하자, 남 비서가 다급히 자신의앞을 막아섰다. 남 비서의 얼굴에는 난감한 기색이 역력했다.

"본부장님 데이트하러 가신 거 아닙니다."

"아……."

"혼담 때문도 아닙니다."

"아, 네."

"본부장님이 다른 분한테 마음 주실 분도 아니시고요."

남 비서는 아마 제가 단단히 오해라도 하고 있다고 생각하

185

는 모양이었다.

"네."

적당히 대답을 던진 다현은 본부장실을 나서려고 했으나 그는 앞길을 내어 줄 마음이 없어 보였다.

"피해자분들 만나시고 확인해 볼 게 있다면서 가신 겁니다."

"무슨 확인이요?"

"거기까지는……."

"왜 같이 안 가셨어요?"

"본부장님이 직접 가고 싶다고 하셔서요. 본부장님 모시는 내내, 이 사건하고 관련된 건 본부장님이 모두 직접 확인하셨습니다. 확실히 하고 싶으시다고요."

"미국에 있었을 때도…… 그랬다고요?"

"지금도 대리님께 무슨 일 생기실까, 매일 걱정하시고 계시고요."

남 비서의 말에 다현의 마음이 휘청거렸다.

미국에서 마음 편히 지내고 있었다고 생각했다. 모든 불행을 감당한 건 자신뿐이라고 여겼다. 내 코가 석 자니까. 나 말고 다른 사람은 모두 행복해 보였으니까.

그런데 남 비서에게 듣는 승준의 미국 생활은 그다지 행복해 보이지 않았다.

승준의 아버지가 그에게 관심을 버린 건, 그가 미국으로 떠난 지 1년이 지났을 때였다고 했다. 아버지의 말에 온순히 복종하며 승준은 증거를 얻기 위해 안간힘을 썼다고 했다. 종종 좋아하지 않았던 파티까지 참석하는 일이 있었는데 그건 온전히 인맥을 늘리기 위한 방법이었다고 덧붙였다.

차라리 그렇게 가 버렸으면 즐겁게 살아 버리지. 제가, 저희 가족이 다칠까, 전전긍긍해하지나 말지.

그래야 마음껏 미워할 수 있지 않나.

그런데 녀석은 그마저도 어렵게 만들어 버린다. 미워할 수 없게, 그를 미워하는 제 자신이 싫어지게 만든다.

"말해 줘서 고마워요."

본부장실에 들어온 내내 뾰족하던 다현의 목소리가 한결 뭉툭해졌다.

"그리고 이거……."

다현은 주머니에 넣어둔 메모리 카드를 꺼내 남 비서에게 건넸다.

"본부장님 오면 잘 봤다고 전해 주세요. 다른 건 모르겠는데, 뒤쪽에 여자 목소리가 작게 들려서요. 그건 따로 알아봐 줬으면 좋겠다고도요."

"전달드리겠습니다."

단정히 인사를 끝내자, 남 비서가 내내 막고 있던 길을 비켜 주었다. 다현은 문을 열고는 본부장실을 나섰다.

불같이 화나던 제 마음에 누군가 소화기라도 잔뜩 뿌려 버린 것 같았다.

❖ ❖ ❖

RD리테일 본부장실에 앉아 있는 승준과 혜승 사이에는 차가운 침묵이 돌았다. 커피 잔을 든 승준이 어떤 생각을 하고 있는지 혜승은 눈곱만큼도 알아챌 수가 없었다.

"커피 마실 만해? 산토스 원두인데."

"내 입맛에는 별로."

"딴 원두로 바꿔서 가져오라고 할까?"

"됐어. 어차피 커피 마시려고 여기 온 것도 아니고."

소파에 기대앉은 승준이 커피 잔을 내려놨다. 아마 혜승이 어떤 최고급 원두를 가져왔어도 승준의 입맛에는 맞지 않았을 거다. 그런 걸 느낄 수 있는 상태도 아니었고.

"너도 알고 있었다며."

"뭘?"

"우리 아버지가 다현이 아버지한테 어떤 짓을 했는지."

"강다현이 그래?"

"어."

싸늘한 저음이 본부장실에 울려 퍼졌다.

"나는 어쩌다가……."

"아버지가 뭘 주신다고 하셨어?"

혜승이 변명을 늘어놓기도 전에 승준이 그녀의 말허리를 날카롭게 잘라 냈다.

"이 자리? 아니면 내가 지금 있는 한주리테일? 그것도 아니면 뭐?"

"그, 게 무슨 말이야?"

"고생 좀 했을 거 아냐?"

"……."

"차에 뛰어들 사람도 찾고 그럴듯하게 사고처럼 보이게 할까 궁리하는 거, 쉽지 않았을 텐데."

에두르지 않고 정곡을 찌르는 승준의 말에 혜승의 눈동자가 떨렸다. 태연한 척 굴려도 해도 상대가 뭘 가지고 있는지 알지 못하니 포커페이스를 유지하기 힘들 거다.

더욱이 혜승은 한번 평정심이 무너지면 감정을 제대로 제어하지 못하는 타입이지 않나.

"지, 지금 네, 가 무슨 소리를 하는지 모르겠다."

"다현이 아버지 때문에 죽은 피해자 장례식장에는 왜 갔어? 그것도 한도우 이름으로 부조까지 했던데."

"누가 그래? 내가 갔다고?"

"부조금 명단에 남겨진 글씨가 네 글씨더라고."

"그건……."

"마땅히 떠오른 이름이 없었던 거면 안타깝네. 한도우 이름이 흔한 이름은 아니잖아?"

혜승의 얼굴에서 핏기가 가셨다. 혜승은 창백한 낯빛으로 화제를 돌리고 싶어 하는 눈치였으나 승준에게는 그럴 마음이 전혀 없었다. 그녀를 제대로 잡아야 아버지를 잡을 수 있었다.

아버지를 잡을 증거는 혜승이 전부 가지고 있을 테니까.

"피해자가 마지막으로 통화한 사람도 권혜승 너던데."

"말도 안 돼. 내가 그 사람을 어떻게……."

"그 사람은 돈이 절실했고 너한테는 그 돈이 있었으니까. 근데 너는 멍청해서 그 인간이 혹시 몰라서 통화를 녹음하고 있었을 줄 몰랐겠고."

"아……니야."

"죽으면 끝이라고 생각했을 테니까."

"내가, 급하게 처리할 일이 있었는데 깜빡했다. 이만……
나가 줄래?"

자리에서 일어나는 혜승의 몸이 떨렸다. 괜찮은 척하려고
했으나 누가 봐도 그녀는 당장 무너져 내릴 듯 보였다.

혜승이 억지로 지어 보이는 웃음에서는 썩은 냄새마저 진
동하는 듯했다.

"우리 아버지한테 연락이라도 하게?"

"아니라고, 했잖아."

"근데 우리 아버지가 널 거두실까. 블랙박스며, 녹음 파일
이며…… 모든 증거가 다 너만 가리키는데?"

바들바들 떨어 대는 혜승의 모습에도 승준은 쉴 새 없이
그녀를 몰아쳤다. 여기서 물러서면 제 아버지의 옷자락이라
도 붙잡고 살려 달라고 외칠 애다. 그곳에 달려가기 전에 증
거를 얻어 내야만 했다.

승준이 자리에서 일어나 혜승에게 가까이 다가섰다. 혜승
은 당장이라도 숨이 넘어갈 듯 호흡이 불안정했다. 제가 가
지고 있던 본부장이라는 직함마저 놓치게 될까 두려운 듯했
다.

"우리 아버지는 너, 버릴 거야."

"…….."

"쓸모없는 건 늘 가차 없이 버리시는 분이시니까. 자기 아
내도 버린 인간인데, 너라고 다를까."

절대 혜승에게서 꼬리가 잘려서는 안 됐다.

"이대로면 너 혼자 죽는 거야. 네가 다 덮어쓰고."

"나는, 나는……"

"네 인생 여기서 끝나도 되겠어?"

혜승의 입술이 바르르 떨렸다. 여태껏 승준이 본 혜승의 얼굴 중에 가장 볼품없고 두려움에 찬 모습이었다.

지금의 결정이 자신의 인생을 결정하리란 걸 알기 때문일 거다. 또한 자신이 가지고 있는 돈과 명예, 그동안 쌓아 왔던 모든 걸 잃는 것만큼 혜승에게 가장 무서운 것도 없을 테고.

'어서, 말해.'

그런 혜승을 승준은 차갑게 내려다봤다.

"나…… 나는…….."

그리고 마침내 굳게 다물려 있던 혜승의 입술이 떨어졌다.

"너희 아버지가 시킨 대로 한 것뿐이야. 내 잘못이 아니야, 승준아. 나도! 나도 피해자야."

혜승이 다급히 승준의 옷깃을 붙잡았다. 잘못 엮이다가 모든 걸 잃을 거라는 불안함만이 혜승의 눈동자 위에서 넘실거렸다. 이 사건이 터지면 RD그룹에서 완전히 쫓겨날 테니까.

"아버님이 직접 처리하면 너한테 들킬 거라고, 내가 해 줬으면 좋겠다고 하신 거야. 그 피해자 목숨값 일부도 아버님이 주신 거라니까?"

"……."

"승준아, 너는 나 알잖아. 내가 그런 짓 꾸밀 사람 아닌 거. 그리고 그 죽은 사람도 동의했어. 자기는, 자긴…… 어차피 이판사판이랬어. 더 떨어질 곳도 없다고. 자기 가족들만 잘 먹고 잘 살면 된다고."

혼잣말이라도 중얼거리듯 혜승은 쉴 새 없이 핑계를 늘어놓았다. 어떻게든 다현의 아버지 사고에 대한 책임을 피하고 싶어 하는 마음이 간절히 느껴졌다.

"다현이 아버님은……."

"뭐?"

"아버님은 이 사고에 전혀 동의하지 않으셨잖아. 일어날 줄 아예 모르셨잖아. 근데 네가 한 일이 어떻게 정당화될 수 있다고 생각해?"

"그러게…… 그러니까, 딸 교육을 잘 지키셔야지."

"뭐라고?"

"너하고 못 헤어지겠다고 설치지만 않았어도 걔네 아버지는 그렇게 안 됐을 거니까."

혜승은 고개를 빳빳이 들고는 승준을 쳐다보고만 있었다. 어떤 대답이든 해 달라는 간절한 눈빛이었다. 지금 그녀가 할 수 있는 말이라고는 아무 잘못이 없다며 발뺌하는 것밖에 없을 테니까.

"그게 내 죄겠네."

"……."

"다현이하고 헤어지지 않겠다고 고집부린 건 나니까."

"아버님은 너 걱정돼서 그런 거야. 뭣도 없는 애보단 네 앞길에 도움이 될 수 있는 여자가 필요하다고 생각하셨으니까. 걔가 네 옆에 계속 있었으면 너, 승계니 회사니 관심도 없었을 거 아냐."

"자식 걱정이 아니고, 본인 걱정이셨겠지."

승준이 쓴웃음을 흘리며 혜승에게서 멀어졌다. 원하는 대답이 나왔으니 더 이상 녹음을 진행할 연유도 없었다. 아니, 지독하게 역겨운 말들을 제 핸드폰에 더는 남기고 싶지도 않았다.

고작 돈 때문에, 자리 하나 때문에 다현의 가정을 풍비박산 낸 아버지의 욕심에 욕지기가 일었다.

"그래서 우리 아버지가 연관돼 있다는 증거는?"

승준은 목 끝까지 차오른 화를 누르며 물었다.

"증거?"

"네가 보험도 없이 움직이지는 않았을 것 같은데?"

승준의 말에 혜승이 아랫입술을 잘근 깨물었다. 무엇이 자신에게 이득일지 마지막으로 머리를 굴리는 중인 듯했다.

하지만 고민할 필요도 없는 문제였다. 제 아버지는 혜승과 같이 물에 빠지면 그녀를 짓밟고 서서라도 살려고 발버둥을 치실 분이었다. 자신만큼이나 혜승도 그 사실을 잘 알고 있고.

"끝까지 우리 아버지 지킬래?"

승준이 혜승의 책상에 걸터앉고는 팔짱을 꼈다.

"문, 자 메시지가 있어."

우물거리던 혜승이 결국 선택을 끝냈다.

"너희 아버지가 보내 주신 입금 내역도 있고. 그 정도면 나 살 수 있는 거지? 나 여기서 끝장나는 거 아니지?"

"그거야 법이 결정하겠지."

"승준아, 너는 알잖아. 내가 여기까지 얼마나 힘들게 올라왔는지. 나는 그냥 너희 아버지한테 내 능력을 발휘할 투자만 받은 거야. 내 사업 키워서 이 자리까지 온 건 내 힘이었어. 다…… 내 거야. 절대 못 줘."

혜승은 이 방에 있는 것 중 어느 것도 뺏길 수 없다는 듯

상패를 하나씩 자신의 품에 품었다. 모든 걸 잃을 수 있다는 생각에 혜승의 이성이 무참히 무너져 내린 듯했다.

"난 여기서 못 멈춰. 멈추면 끝이야. 우리 그냥 없던 걸로 하면 안 돼? 너도…… 후계자 자리 놓치고 싶지 않을 거 아니야?"

"…….."

"우리만 입 다물면 돼. 내가 잘할게. 네가 시키는 건 다 할게."

"아버지가 보낸 문자 메시지 나한테 보내."

"승준아. 승준아, 제발……."

혜승이 상패를 와르르 바닥에 떨어뜨리고는 승준에게 달려왔다. 그러고는 단 한 번의 주저도 없이 승준의 앞에 무릎을 꿇었다. 자신만 설득하면 평온하던 삶으로 돌아갈 수 있으리라 여겼던 것 같다.

세상에 영원한 게 없을 줄 알았다면 시작하지 말았어야지. 아무리 욕심 나는 일이래도 남을 짓밟으면서까지 올라서지 말았어야지.

제 발밑에서 고개를 조아리며 사과하는 혜승의 모습을 보면서도 승준은 눈 하나 깜짝하지 않았다. 진즉에 받았어야 할 죗값을 이제야 받는 것뿐이다. 후계자 자리든, 본부장 자리든. 그게 무엇이든 내어놓아야 한다면 응당 그래야 했다.

그런다고 죽은 사람을 살리지도, 의식 불명인 다현의 아버지가 깨어나지 않는다고 해도…… 그래도, 잘못한 사람이 벌을 받아야 하는 건 당연한 거니까.

"나한테 애원할 시간에 앞으로 어떻게 할지 고민해. 이러나저러나 다치는 거면 네가 덜 다치는 쪽을 택하는 게 나을 테니까."

승준은 결국 혜승이 아버지와의 대화 내용을 제게 건넬 거라 확신했다. 제아무리 혜승이 머리를 굴려 봐야 나올 답이라고는 그것밖에 없을 것이다.

"사과는 나 말고 진짜 받아야 할 사람들한테 해."

승준이 혜승의 사무실을 나섰다.

5년이나 이어진 이 지독한 사고의 끝이 조금씩 다가오고 있었다. 가쁘게 한주그룹의 꼭대기까지 기어올라 가던 제 움직임도 곧 멈출 거다. 그리고 그 끝이 결코 자신에게는 해피엔딩이 아니라는 것도 승준은 잘 알고 있었다.

한동안 기분 좋은 꿈을 꿨다고 생각하기로 했다. 다현과 아무 생각 없이 웃고 떠들고, 즐겁게 지내는 꿈.

그 꿈만 영원히 붙잡을 수 있다면 좋았을 텐데.

RD리테일 주차장으로 향하던 승준의 핸드폰이 울렸다. 당연히 남 비서일 거라고 생각했다.

[본부장님, 저 박찬희입니다!]

[저희 팀 오늘 회식 있는데…… 혹시 늦게라도 오실 수 있지 않으실까 해서 문자 드려봅니다. 장소는 제가 바로 보내 드릴게요. 호옥시 시간 되시면 와 주세요. 안주 많이 남겨 놓겠습니다앗!]

찬희의 문자 메시지에 승준은 차에 올라타는 것도 잊고, 핸드폰만 빤히 쳐다봤다. 다현이 자신을 반기지 않을 거다. 그래서 꼭 참석하겠다는 답장을 보낼 수가 없었다. 제가 가면 다현이 술맛이나 제대로 느낄 수 있겠나.

승준은 '가겠습……'까지만 메시지를 치다가 이내, 글자를 모두 지웠다. 그러고는 코트 깊숙한 곳에 핸드폰을 쑤셔 넣으며 차에 올라탔다.

❖ ✛ ❖

승준은 집에 앉아 혜승에게서 날아온 아버지와의 대화 내용을 살폈다. 그간 모아 둔 증거들까지 합치면 아버지도 쉽게 빠져나오지 못할 거다. 대한민국에 있는 유명한 로펌의 변호사들을 총출동시키더라도 말이다.

씁쓸하게 피어오르는 마음을 누르며 의자에 등을 기댄 승준의 핸드폰이 울렸다.

[강 대리가 술을 너무 많이 마셔서요.]

추 대리가 보내온 메시지는 그렇게 시작됐다.

안 그래도 시간이 늦어 잘들 들어갔냐고 찬희에게 문자 메시지라도 보내려고 했는데, 아직 다들 집에 들어가지 않은 모양이었다. 뭘 얼마나 마시는 건지.

이 과장과 찬희의 술버릇을 익히 알고 있는 승준은 가만히 자리에 앉아 있을 수가 없었다.

직원의 안전 귀가를 위해 움직이는 거라고 생각하기로 했다. 부하 직원을 집으로 잘 돌려보내는 것도 상사의 미덕이 아닌가.

[지금 바로 가겠습니다.]

승준은 결국 자리를 박차고 일어섰다. 다른 건 생각할 겨를도 없었다. 다현을 데리고 집으로 가야겠다는 생각뿐이었다.

회식 자리가 무척이나 혼란스러울 거라는 추 대리의 말처럼, 정말 개판이었다.

찬희는 테이블과 한 몸이 돼서 일어날 생각이 없었고, 이 과장은 다현에게 끝없이 술을 권하고 있었다. 추 대리가 열심히 말려 보지만 다현은 마시고 죽기로 작정이라도 한 사람처럼 이 과장이 주는 술을 넙죽넙죽 받아 마시고 있었다. 딱 봐도 한계에 다다른 것 같은데도.

"본부장님 오셨어요?"

구세주라도 발견한 것처럼 추 대리의 낯빛이 환해졌다.

"언제부터 마셨습니까."

"7시부터, 계속이요."

여기서 내린 게 자정이 거의 다 된 시간이니까 적어도 4시간 동안 다현이 줄창 술을 마셔 댔다는 소리였다.

"이 과장 먼저 보내는 게 좋겠네요."

술을 권하는 사람을 우선 처치하는 게 맞았다. 그나마 추 대리를 빼고 취한 세 사람 중에 가장 멀쩡한 인간이기도 하고.

계속 달리겠다고 어깨를 들썩거리는 이 과장을 가까스로 술집에서 내보냈다. 이 과장 한 명을 택시에 태워 보내는 것조차 퍽 힘이 들었다.

"박찬희 씨는……."

"이쪽은 제가 처리할게요. 본부장님은 강 대리만 부탁드려요."

"그럼 나머지 부탁하죠."

승준은 다현을 데리고 차에 올라탔다.

"차승준……."

다행히도 다현은 가느다랗게 눈을 뜨고 자신을 노려보기만 할 뿐, 차에 타지 않겠다며 고집을 부리지는 않았다. 승준은 다현을 조수석에 태우고는 안전벨트를 매 주었다. 푸우 하고 한숨을 쉬던 다현이 자신을 뚫어져라 쳐다봤다.

"나 너 미워하는 거 알지?"

"알아."

"가만히 잘 살던 사람, 네가 꼬신 것도 알아?"

"……미안해."

"뭐, 맨날 미안하대. 미안하다는 말 어디 녹음이라도 한 거 아냐?"

취기가 올랐는지 다현의 얼굴이 벌겋게 달아올라 있었다.

"집에 가자."

승준은 허리를 곧추세우며 다현에게서 물러나려고 했다. 그 순간, 다현이 운전석으로 돌아가려던 자신의 옷자락을 세게 움켜잡았다. 강한 손길에 운전석으로 돌아가지 못하고 그대로 자리에 멈춰 섰다.

다현에게 안전벨트를 채워 주던 그 자세, 그대로.

"근데 차승준, 나 책임도 안 지고 어디 도망가려고……?"

승준의 얼굴을 빤히 바라보던 다현의 입술이 떨어졌다. 여전히 승준을 놓치지 않은 채였다.

"또 나 버리고 어디 갈 거 아니지?"

"다현아."

"나 계속 좋아해 주면 안 되는 거야? 나, 너 못 미워하겠다고 했잖아, 승준아. 근데 네가 나 먼저 버리면 어떡해."

승준을 보는 다현의 눈에 눈물이 차올랐다. 세차게 몰아치는 바람에 바르르 떨리는 이파리처럼 다현의 몸이 떨렸다.

"네가, 가면 어떡해."

결국 다현은 왈칵 울음을 터뜨렸다. 어린아이처럼 엉엉 울어 대는 모습에 승준의 마음이 무너졌다. 다현이 얼마나 힘든지 또렷이 느껴진 탓이었다. 그리고 마음 한편으로는 다현을 붙잡고 싶다는 욕심까지 피어올랐다.

떠나고 싶지 않았다. 영원히 너의 곁에 있고 싶다.

제 모든 것을 걸고 시간을 되돌릴 수 있다면 그렇게 했을 터다. 다현을 처음 만났던 그때로 돌아가 다현을 몰랐던 것처럼, 사랑해 본 적 없던 척할 수 있었다. 그래야 다현이 이 모든 고통을 떠안지 않아도 될 테니까.

하지만 그건 불가능한 일이었고, 다현을 잡는 것조차 가능하지 않았다.

이 밤이 지나고 나면, 다현은 자신이 했던 말을 분명 후회할 거다. 자신의 인생을 엉망으로 만든 사람을 누가 사랑할 수 있겠나. 이 모든 순간을 나쁜 기억이라며 삭제해 버릴 게 확실했다.

차라리 그게 나았다. 술기운에 다현이 실수를 했다고 그녀의 발목을 잡을 수 없었다.

"다현아, 우선 집에 가자."

승준은 다현의 눈물을 닦아 주며 다정하게 말했다.

"가서 자자."

하지만 그 말은 다현에게 어떤 위로도 되지 못했던 것 같다. 다현의 눈물은 멈출 기색이 없었다. 이렇게 펑펑 울어 대다가 지쳐 버리면 어쩌려고.

"이렇게 울면 어떡해."

"네가 간다니까, 흐읍, 가니까……."

"예쁜 얼굴 다 망가지겠네."

진심이 담긴 우스갯소리에도 다현의 눈물은 한동안 멈추지 않았다. 승준은 그 눈물이 잦아들 때까지 다현에게서 멀어지지 못했다. 이렇게 마음껏 다현을 볼 수 있는 기회가 언제 돌아올지도 모르니까. 잠시라도 이 순간을 마음 속에 싣기도 했다.

아버지 일이 터지고 나면 한주그룹 총수 자리는 물론이거니와 본부장까지 내려놓아야 할 거다.

자리에서 물러나는 것쯤은 어려울 것도 없었다. 다만 힘들어하는 다현을 바라보는 건 쉽지 않았다. 마음이 무너져 내리다 못해 수십 번의 발길질에 짓뭉개지는 것만 같았다.

하지만 다현을 보며 슬퍼하는 것조차 제게 허용된 일이 아니었다.

"금방 다 괜찮아질 거야."

승준은 어느새 울다 지쳐 코를 훌쩍이는 다현을 보며 말했다.

"다 제자리로 돌아갈 거야, 다현아."

다현을 향해 빙긋이 미소를 짓는 승준의 두 눈이 새빨갛게 붉어졌다. 승준은 모든 게 좋아질 거라고 다현을 다독이고는 그녀에게서 한 발자국 물러났다. 그러고는 조용히 조수석의 문을 닫았다.

❖ ❖ ❖

다현은 회식이 있던 날, 승준을 붙잡고 무슨 얘기를 했는지 선명히 기억했다. 어떻게 잊을 수 있을까. 제 머릿속을 거치지도 않고 생각나는 대로 말을 쏟아 낸 날이었는데.

'나 계속 좋아해 주면 안 되는 거야?'

절대로 떨어지기 싫다고 징징거리는 아이처럼 승준을 붙잡고 늘어졌었다. 그러면 안 된다는 걸 알면서도 다른 생각이 일절 들지 않았다. 제 본능이 너무도 간절히 승준을 원했다.

그 끈질긴 행태에도 승준은 짜증 한 번 내지 않았다. 그저 다 괜찮아질 거라며 자신을 몇 번이고 다독여 주기만 했다.

어디론가 멀리 떠나 버리기라도 할 사람처럼.

"본부장님은 아예 본부장실로 올라가 버린 거야?"

이 과장의 물음에 아무도 대답하는 사람이 없었다. 다현조차 승준이 무슨 생각인지 알지 못했다.

승준은 며칠째 사무실에는 얼굴을 비추지 않았다. 본부장실에서 모든 일을 처리했다. 과장급 이상이 대표로 각 팀의 진행 상황을 보고했고, 간단한 피드백들은 메일이나 메신저로 날아왔기 때문에 승준이 사무실에 없어도 무리 없이 일이 진행됐다.

도리어 승준이 본래의 자리로 돌아간 걸 좋아하는 직원들이 많았다. 어찌 보면 당연했다. 눈치를 볼 사람이 한 명 줄어든 거니까.

"새 팀장 구하는 중이라는 소리도 있던데. 아예 한주그룹 본사로 가는 건가."

이 과장의 말에 다현의 시선이 승준의 자리로 돌아갔다.

다현의 입장에서는 반겨야 할 일이었다. 어쨌든 승준의 얼굴을 보지 않아도 되지 않나. 더욱이 회식이 끝나고 돌아가는 차 안에서 자신이 왜 울었는지 해명하지 않아도 되니, 기뻐해야 하는 게 맞았다.

그런데 왜 눈치 없게 승준의 자리에 꽂힌 시선이 움직이지 않았다. 뭘 그렇게 아쉬울 일이라고.

"내가 맡아도 잘할 텐데. 본부장님한테 한번 어필해 볼까."

"헛소문 아닐까요."

"추 대리도 귀를 좀 열고 다닐 필요가 있어. 인사팀에서 공고 올릴 준비 중이라던데."

"그치만……."

"이왕이면 내가 승진하는 게 좋을 텐데. 그래야 강 대리나 추 대리 중에 누가 또 과장 자리 올라오지. 추 대리가 연차가 좀 더 됐으니까 추 대리가 가능성이 더 크긴 하겠네."

승준에게 어떤 변화가 있든 이 과장의 관심사는 오직 승진에만 꽂혀 있었다. 이 과장이야 직접 인사팀까지 찾아가 정보를 캐물을 정도로 열정적인 사람이니, 새 팀장을 구하는 중이라는 소식이 헛소문은 아닐 수도 있었다.

정말 이대로 차승준은 제 앞에서 사라지려는 걸까. 흔적도 없이 미국으로 떠났던 그때처럼?

"강 대리는 아는 거 없어요?"

이 과장의 말이 틀렸다는 걸 어서 증명해 달라는 듯 추 대리가 물었다.

"저는 잘······ 모르겠어요."

그래 봐야 다현에게서 나올 수 있는 대답은 뻔했다. 애써 아무렇지 않은 척 다현은 양쪽 입꼬리를 말아 올리며 웃었다. 하지만 조금이라도 긴장을 늦추면 입꼬리가 축 아래로 내려갔다.

시무룩한 표정을 숨기려 자리에서 일어나 탕비실로 향했다. 자신을 반갑게 맞는 준열의 인사에도 꾸벅 인사를 하고는 앞만 보고 걸었다.

승준이 없는 사무실이 어딘가 모르게 텅 빈 것만 같았다. 지금 자신이 꾀병을 부리는 중인지도 몰랐다. 승준이 없어도 잘 살 수 있으면서. 5년 동안, 그렇게 악착같이 즐겁게 살아냈으면서 뭐가 무섭다고.

탕비실로 들어선 다현은 정신을 차리려는 듯 찬물을 벌컥벌컥 들이켰다. 그런데도 이상하게 속이 풀리지 않았다.

도리어 점점 속이 꽉 막히는 기분이었다.

다현이 핸드폰을 꺼내 들고는 승준과의 대화창을 열었다. 뭐라고 메시지를 보내야 할지 좋은 생각이 나지 않았다.

[하이······.]

웃기지도 않는 인사말이었다.

"하이 같은 소리 하고 있네."

다현은 자리에 앉을 생각도 없이 문자를 지우는 데 여념이 없었다.

[아버지 일, 잘 진행되고 있나 궁금해서.]

이번 메시지도 마음에 들지 않았다. 안 그래도 정신없을 텐데 어서 결과를 내놓으라고 닦달하는 것만 같았기 때문이다.

기껏 쓴 글자를 다시 모조리 지웠다.

'차라리 실수한 척할까.'

아랫입술을 감쳐문 다현의 눈이 가늘어졌다. 정작 승준이 잘 지내는지가 궁금한 거면서 다른 핑곗거리를 찾으려고 하니 죽을 맛이었다. 승준의 말대로 자신은 거짓말에 영 소질이 없나 보다.

그냥 대놓고 물어보는 게 나을까. 사람들이 궁금해서 물어본다고 하면 되는 거잖아. 승준의 소식을 궁금해하는 사람이야 팀에 차고 넘치니까.

그때 기다렸다는 듯 다현의 핸드폰이 울렸다.

[차승준 본부장님]

오래도록 제게 전화 한 통 없던 승준의 전화였다. 고작 전화 한 통인데 왜 이리 마음이 펄떡거리는지 알 수 없었다. 종일 그를 생각했던 걸 들켜 버린 것 같은 기분 때문일까.

다현이 큼큼거리며 목을 가다듬고는 전화를 받았다. 최대한 아무렇지 않게 전화를 받는 게 다현의 목표였다.

"네, 강다현입니다."

— 나야.

"무슨 일이야?"

너무 퉁명스러운가.

— 저녁에 시간 괜찮나 해서.

"저녁에는 왜?"

— 할 말이 있어서.

"전화로 하기는 곤란하고?"

– 만나서 했으면 해.

승준의 목소리가 어딘지 모르게 축축하게 느껴졌다. 단순히 기분 탓이었을지도 몰랐다. 우리가 밝게 통화할 사이는 아니지 않나. 그래서 목소리를 낮게 깐 건데 제가 거기에 많은 의미를 부여하고 있는 중인지도.

"어디서?"

– 한주호텔에서.

"……."

– 시간 되겠어?

알겠다는 말이 다현의 입에서 쉽게 떨어지지 않았다. 결코 반갑지 않은 말이 나올 것만 같았다.

– 시간 된다고 해 줬으면 하는데.

"나는…… 난……."

그 이상한 느낌에 창밖을 보는 다현의 눈빛이 흔들렸다. 유달리도 흐린 하늘이 마음에 걸렸다. 금방이라도 비가 올 것 같았다. 이런 날에는 왠지 약속을 잡기 싫다는 웃기지도 않는 생각까지 들었다.

– 다현아.

승준이 자신을 불렀다.

– 내가 잘못한 일, 내가 끝낼 수 있게 해 줘.

왜 그게 네 잘못이야?

– 널 봐야 진짜 끝낼 수 있을 것 같아.

창밖을 보는 다현의 눈시울이 붉어졌다.

이거다. 제가 가장 두려워했던 말. 끝이라는 말. 이제는 완전히 끝내야 한다는 말. 그 말이 결국 나와 버렸다.

─ 그러니까 마지막으로 만나 줘, 나.

손등으로 입술을 꾹 눌러 봤지만, 떨리는 입술을 주체할 수 없었다. 마음이 녹아내리는 것만 같았다. 누군가 만나고 헤어지는 게 뭘 별일이라고. 세상이 무너지는 것도 아닌데, 마음이 무너지는 것 같은 것도 그저 기분일 뿐인데…….

그런데도 너무 아팠다.

─ 그렇게 해 줄래, 다현아?

온몸이 찢기는 듯한 고통에 다현은 침을 삼키는 것조차 힘들었다. 하지만 이 상황 속에서 제가 뭘 선택해야 하는지 잘 알고 있었다.

"……그, 래."

다현의 대답이 텅 빈 탕비실 안에 번져 나갔다.

❖ ❖ ❖

남 비서의 차를 타고 한주호텔까지 가는 길은 너무도 가까웠다. 할 수만 있다면 다시 회사로 돌아가고 싶을 지경이었다. 차체를 때리는 빗소리가 꼭 제 마음을 차갑게 내려치는 것만 같았다.

"가장 끝 층으로 가시면 됩니다."

다현은 두근거리는 마음을 붙잡고 로비로 들어섰다. 끝 층으로 올라가는 내내, 승준과 다시 만나 밥을 먹던 생각이 났다. 알바하는 곳까지 찾아온, 승준이 자신과 같이 일하자고 제안할 때 왔던 곳이었다.

그때나 지금이나 최고급 식당답게 우아한 분위기가 가득했다. 여전히 제게는 범접하기 힘든 곳이었다.

"차승준 본부장님 성함으로 예약돼 있을 것 같은데……."

쭈뼛거리는 다현의 말에 서버가 기다렸다는 듯 그녀를 안쪽으로 안내했다. 떨리는 마음을 붙잡고 프라이빗룸으로 들어서자, 엄마가 보였다.

"엄마……?"

"오느라 힘들었을 텐데 와서 앉아."

승준이 엄마의 옆자리를 가리키며 말했다. 난데없는 엄마와의 저녁 식사에 다현은 어안이 벙벙한 얼굴로 자리에 앉았다.

"주문은 미리 했는데 괜찮아?"

"어? 어어……."

엄마는 웬만한 상황을 알게 됐다는 듯 어깨를 으쓱거렸다. 아마도 그간 간병인을 도와줬다는 사람이, 자신에게 마음을 써 준 사람이 승준이라는 걸 안 듯했다. 어쩌면 우리들이 다시 만나 잘되고 있다고 생각하고 있는지도 모르겠다.

아버지의 일에 대해서는 하나도 알지 못하겠지. 만약 알았더라면 엄마는 미소조차 짓지 못했을 게 분명했다.

"둘이 같이 일했다며. 승준이가 너 야무지다고 엄청 칭찬하더라."

다현이 어떤 대답을 늘어놓아야 할지 몰라 우물거리는 사이, 테이블 위에 음식이 하나씩 올라왔다. 따뜻한 전복구이부터 저온숙성한 한우가 코스로 하나씩 올라올 때까지 테이블에는 평범한 대화만 오갔다.

"다현이가 기획한 게 반응이 좋아서 생산 라인도 배로 늘렸습니다."

"어머, 그래?"

"이번에 기획 중인 것도 살펴보니까 반응 좋을 것 같더라고요."

"승준이 너도 알겠지만 얘가 옛날부터 먹고 만드는 거 좋아했잖아. 그게 도움이 많이 되나 보다."

"확실히 다현이가 기획에 재능 있더라고요. 덕분에 저도 도움 많이 얻었어요."

대화 내내 제 시선을 피하던 승준이 처음으로 자신과 눈을 맞췄다.

며칠 새에 승준은 많이 야윈 듯했다. 얼굴살이 눈에 띄게 빠져 있었다. 원래도 잘 챙겨 먹지 않는 사람인데, 아예 끼니를 거르고 있는 건지도 몰랐다. 테이블에 올라오는 코스 요리에조차 거의 손을 안 대고 있지 않나.

아무 맛을 느끼지 못하기 때문일까. 아니면 어디가 아픈가?

"저 잠깐 전화 좀 받고 오겠습니다."

핸드폰을 확인하던 승준의 낯빛이 어두워졌다.

"네, 아버지."

프라이빗룸을 나가며 전화를 받는 승준의 목소리가 들렸다.

"승준이하고 다시 만나는 줄 몰랐네."

"그게…… 말할 타이밍을 못 잡았어."

"엄마가 왜 또 그런 놈 만나냐고 화낼까 봐 그런 건 아니고?"

"우리 그런 사이 아니야."

"우리?"

"그건⋯⋯."

변명을 찾지 못하는 다현의 앞에 디저트가 올라왔다. 시원한 차와 맛깔스러운 전통 다과가 앞에 놓였다. 간단한 설명과 함께 서버가 물러나자 승준이 룸 안으로 들어왔다. 그는 꼭 이 타이밍만을 기다린 사람 같았다.

"죄송합니다."

승준이 고개를 숙여 사과를 했다.

"전화 받고 올 수도 있는 거지. 그러지 말고 앉아. 디저트 맛있다."

"제가 이만 가 봐야 할 것 같아서요."

"지금?"

"아버지께서 집에 오셨다고 하셔서."

"그래도 디저트라도 다 먹고 가면 좋은데."

아버지라는 소리에 다현의 눈빛에 걱정이 서렸다. 승준의 아버지가 어떤 사람인지 너무도 잘 알고 있기 때문이다.

"그러게요. 다 먹고 가면 좋았을 텐데."

고개를 든 승준의 얼굴에는 미소 한 줌 없었다.

"오늘 꼭 드려야 할 말씀이 있어서 염치 불고하고 이렇게 처음 인사드리게 됐습니다. 죄송합니다, 어머님."

"별말을. 근데 무슨 할 말이 있어?"

긴장한 승준과는 달리 엄마는 기대 가득한 얼굴로 다현의 얼굴을 봤다. 연애나 결혼 발표라도 하는 줄 알았던 것 같다.

"아버님 사고, 진짜 범인이 누군지 곧 밝혀질 겁니다."

"그……게 무슨 소리니?"

"저희 아버지가 그 사고에 관여한 게 확인돼서 내일부터 검찰에서 다시 조사 진행할 겁니다."

엄마의 얼굴에서 순식간에 미소가 사라졌다. 설마하니 승준의 아버지가 사고와 연관돼 있을 줄 꿈에서도 몰랐을 거다. 이건 아버지의 실수로 종결된 일이었으니까.

"사고와 관련된 사람들, 모두 벌 받게 하겠습니다."

승준을 바라보는 엄마의 표정에는 아무런 변화도 없었다.

"죄송합니다."

"……."

"제가 잘못했습니다."

도리어 지금 이 자리에서 휘청이고 있는 건 다현뿐인 것 같았다. 죄인이라도 된 듯 고개를 숙인 승준의 모습에 다현의 몸이 자꾸만 들썩거렸다. 승준에게 사과를 하지 말라고, 네가 잘못한 게 없지 않냐고 달려가고 싶은 마음이 고개를 쳐드는 탓이었다.

가까스로 들썩이는 마음을 참아 내며, 테이블로 고개를 돌렸다.

승준을 볼 자신이 없었다. 또다시 왈칵 눈물을 쏟아 버릴 것 같아서. 당장 승준의 곁에 서서 그의 편을 들어 버릴 것 같아서.

"평생 속죄하면서 살겠습니다. 어머님과 다현이가 힘들었을 만큼, 아니, 그보다 훨씬 더…… 고통 속에 살겠습니다. 단 한 순간도 행복하지 않을게요."

승준은 몇 번이고 고개를 조아렸다.

"죄송합니다, 정말······ 죄송합니다."

불행에 빠지겠다고 했다. 손톱만 한 행복도 느끼지 못하게 자신을 지옥 속에 파묻겠다고 약속한 거다.

승준의 눈동자가 붉어졌다. 모든 것을 잃은 듯한 공허함과 괴로움, 미안함이 뒤범벅된 그 모습을 보자마자, 다현의 눈시울이 붉어졌다. 다현은 제 아랫입술을 세게 감처물었다. 온몸을 망가뜨리는 고통을 참아 내기 위한 마지막 발버둥이었다. 그런데도 마음이 차분히 가라앉지 않았다.

승준의 곁에는 이제 아무도 남아 있지 않을 거다.

자신의 아버지를 신고한 아들을 반길 가족도, 그와 함께 웃고 떠들던 동료도, 승준을 사랑했던 자신조차 모두 사라질 테니까.

'다 제자리로 돌아갈 거야, 다현아.'

그게 정말 다 괜찮아지는 게 맞는 걸까. 정말 제대로 돌아가는 게 맞는 거야, 승준아?

제19장
그리고, 시작

겨울바람이 봄바람에 맥없이 지고 말았다. 노란 개나리가 곳곳에 피어나고 벚꽃도 흐드러지게 피어날 준비를 하고 있었다. 포근해진 날씨만큼 다현의 회사에도 많은 변화가 있었다.

이 과장이 물고 온 소문대로 기획1팀 새 팀장을 뽑는다는 공고가 올라왔다. 그리고 얼마 있지 않아 승준의 짐이 자리에서 모조리 빠졌다. 그렇다고 승준이 본부장실로 들어가거나 한주그룹 본사로 이동한 건 아니었다.

"차승준 본부장은 아예 나가리 된 거야?"

"아버지가 1심서 무기징역 받았는데 얼굴 제대로 들고 다닐 수 있겠어? 후계자 자리도 다른 사람한테 넘어갔대."

살인 교사부터 50억 대의 비자금 조성까지. 승준의 아버지의 만행이 하나씩 세상에 드러나면서 승준은 자연스럽게 경영 일선에서 물러났다.

"대가리 대표가 자기 아들 인생 말아먹었네."

"일 하나는 끝내주게 잘하기는 했는데. 매출 많이 올랐잖아요."

"나 같으면 억울해 죽었다. 솔직히 본부장이 한 건 아니잖아."

탕비실에서 뻗어 나오는 소문에 의하면 그가 자리에서 쫓겨났다는 표현이 더욱 적절한지도 모르겠다.

승준의 배려 아래에 보안이 철저한 VVIP 병동으로 아버지가 이동했다는 것 말고는 다현에게는 큰 변화가 없었다. 여전히 기획1팀에 출근해 일을 했고, 사람들과 대화를 하고 퇴근을 했다. 그렇게 분명 자신의 세상이 하염없이 돌아가고 있는데 어딘가 모르게 잘못됐다는 생각을 감출 수가 없었다.

승준의 불행을 밟고 지내는 기분이었다.

그래서일까. 사람들과 한바탕 웃고 나서 제자리로 돌아가면 씁쓸한 끝맛이 났다. 가끔 우두커니 본부장실 앞에 서 있을 때도 있었고, 퇴근길에 자꾸만 뒤를 돌아보게 됐다.

'다 제자리로 돌아갈 거야, 다현아.'

이게 정말 맞는 걸까. 매일같이 의구심이 피어올랐으나 늘 거기까지였다.

그다음 걸음은 무서웠다. 그런 게 가능할 리가 없었다.

"강 대리, 여기 있었구나. 남 비서님이 찾던데."

추 대리가 탕비실을 나서던 다현을 붙잡고는 조용히 말했다.

"왜요?"

"전할 게 있는데 강 대리가 전화를 안 받는다고 해서."

"감사해요."

다현이 꾸벅 인사를 하고는 곧장 본부장실로 달려갔다. 승준을 만날 수도 있다는 생각에 조금 기대했던 것도 같다. 중요한 이야기를 하는데, 남 비서만 덜렁 보낼 사람이 아니다. 분명히 제가 마음에 걸려 왔을 거다.

하지만 본부장실을 벌컥 연 다현의 얼굴에 실망이 번졌다.

"오랜만입니다, 대리님."

인사를 건네는 사람은 남 비서뿐이었다. 혹시나 하는 마음에 주위를 둘러 봤지만 승준의 모습은 보이지 않았다.

"본부장님은 안 오셨습니다."

제 얼굴에 너무 기대한 빛이 묻어났는지 남 비서가 말했다.

"본부장님은…… 잘 지내죠?"

"네."

밥은 잘 챙겨 먹고요? 잠은? 많이 힘들어하지는 않고요?

수없는 질문이 다현의 혀끝에 피어올랐지만 아무것도 묻지 못했다. 그 어떤 관심도 보이지 않는 게 맞았다.

"근데 저를 찾으셨다고……."

"부속 계약서를 처리하지 못하셨다고 하셔서요."

"그건 아직 끝나려면 날짜가 남았는데."

"부득이한 사정이니 서둘러 끝을 맺는 게 나을 것 같다고 하셔서요. 부서 이동은 원하시면 바로 처리하겠습니다. 아버님 병원비는 한주그룹에서 부담하기로 했으니 걱정 안 하셔도 되고요."

"그럼 저는 뭘 하면 되는 건데요?"

"계약 해지 동의서에 사인만 해 주시면 됩니다."

남 비서가 다현의 앞에 '부속 계약 해지 동의서'를 내밀었다. 벌써 승준의 서명과 사인이 남겨져 있었다.

계약 해지 동의서에 제가 서명만 하면 그나마 이어져 있던 승준과의 끈이 완전히 끊어지게 되는 것이다.

다현은 아무 말도 하지 못하고 동의서만 뚫어져라 쳐다봤다. 입술을 잘근잘근 씹는 그녀의 눈동자가 맥없이 흔들렸다.

"다른 말은 없었어요?"

마지막 기대감이었다.

"없었습니다."

남 비서의 대답에 동의서를 들고 있는 다현의 손이 미세하게 떨렸다.

"부서 이동부터 처리⋯⋯."

"아, 아뇨. 조금 더 생각해 봐도 될까요?"

"일주일 안으로 결정해 주실 수 있으십니까."

"왜요?"

묘하게 불안한 마음에 다현이 남 비서를 붙잡고 물었다. 그의 얼굴에는 난감한 기색이 떠올랐다.

"아무 이유 없습니다."

"본부장님한테 무슨 일이라도 있는 거예요?"

"아무 일 없습니다."

"제대로 알기 전까지는 동의서에 사인 못 할 것 같아서요. 왜 일주일 안으로 결정해야 하는지만 알려 주세요."

"그게······."

분명 무슨 일이 있었다.

다현은 남 비서를 붙잡고 졸라 댔다. 동의서에 사인을 하든 말든 승준이 별 탈 없다는 것을 확실히 확인받고 싶었다. 그러면 조금이나마 마음이 놓일 것 같았다. 조금 더 편하게 제 일상을 지낼 수 있을지도.

"본부장님께서 다음 주에 미국으로 돌아가시기로 하셨습니다."

그런데 남 비서의 말을 듣는 순간, 다현의 세계는 완전히 무너져 버렸다.

"저, 아가씨······ 여기가 종점인데?"

퇴근 후, 아버지 병원을 가던 다현이 버스 운전사의 말에 퍼뜩 정신을 차렸다.

"네?"

"여기 종점이야."

얼마나 얼이 빠져 있었던지 병원을 한참 전에 지났다는 것도 알지 못했다. 다현은 죄송하다며 연신 고개를 꾸벅이고는 버스에서 내렸다. 가까스로 택시를 타고 병원으로 가는 동안에도 남 비서의 목소리가 떠나지 않았다.

차승준이 떠난단다.

혼자만 미국으로 날아가 버리면 그만인가. 이대로 가 버리면 남아 있는 사람은 어떡하라고.

아버지 병실로 올라간 다현은 승준에 대한 생각을 떨치기 위해 애를 썼다. 부모님을 생각하면 승준을 생각하는 것 자체가 해서는 안 될 일이었다. 어쨌든 아버지가 병상에 누워 있는 건 자신 때문이 아닌가.

"오늘 안 와도 된다니까. 힘들 텐데 왜 왔어."

"신제품 나오는 날이라서 엄마한테 자랑하러. 같이 저녁도 먹으면 좋잖아."

다현이 초밥이 든 쇼핑백을 흔들어 보이며 대답했다. 병상에 누워 있는 아버지를 두고 식탁 쪽으로 향했다. 그러고는 테이블 위에 초밥을 부려 놓았다.

"이건 뭐야?"

엄마의 관심은 온통 제가 기획한 디저트에 꽂혀 있었다.

"딸기 까눌레라고 내가 이번에 기획한 거. 프랑스 과자인데 커피하고 먹으면 맛있어서 엄마도 반할걸."

"딸기가 없는데?"

"딸기는 안에 있는데, 그거 듣자마자 차승준이……."

곱게 눈을 접으며 웃던 다현이 순간 멈칫했다. 입 밖에 꺼내지 말아야 할 말을 한 것처럼 입술을 오므리기까지 했다.

"승준이도 좋아했니?"

다현은 자리에 앉지도 못하고 엄마를 쳐다보기만 했다. 당연히 다른 화제로 넘어갈 거라 생각했기 때문이었다.

그런데 엄마가 먼저 승준의 이름을 말하다니…… 예상치도 못한 물음이었다.

"미안해, 엄마. 하도 같이 일하다 보니까 습관이 됐나 봐."

"정말 그게 다야?"

"당연하지. 이제 새 팀장님도 오시면 빨리 적응해야겠다. 나 또 실수하면 큰일이잖아."

다현이 괜히 너스레를 떨며 자리에 앉았다. 나무젓가락을 까는 손이 미세하게 떨렸다.

"어차피 안 그래도 걔 다음 주에……."

"미국에 간다고?"

"엄마가…… 그걸 어떻게 알았어?"

승준이 이곳에 다녀간 걸까. 제 얼굴도 한 번 봐 줬으면 좋았을 텐데. 우습게도 그 생각이 제일 먼저 들었다.

"지난번에 승준이 할머님이 다녀가셨어."

"왜?"

"사과하러 오셨더라. 아들 때문에 마음고생하게 해서 정말 미안하다고. 끝까지 죗값 확실히 받을 테니까 걱정 안 해도 된다고."

"……."

"그러다가 승준이 얘기가 나와서 들었어."

다현이 얼마나 입술 안쪽을 세게 물었던지 입안에 피비린 내가 살짝 돌았다.

"할머님 얘기를 들으니까 내가 엉뚱한 곳에 화풀이를 하고 있던 건 아닌지 생각하게 되더라. 그래도 내가 어른인데. 그런데, 어떻게든 살고 싶어 하는 애를 벼랑 끝으로 몰아 버린 것 같아서."

자리에서 일어난 엄마가 제가 들고 있던 나무젓가락을 가지고 갔다. 그러고는 허리를 살짝 구부리고는 다현의 손을 잡았다.

"우리 딸, 애쓰지 않아도 돼."

"⋯⋯."

"네가 가장 행복할 수 있는 게 뭔지만 생각해. 아무것도 생각할 필요 없어."

"그치만⋯⋯."

"여태껏 아빠랑 엄마만 생각해 주느라 힘들었잖아. 그러니까 이제는 다현아, 네가 행복해질 차례야."

목구멍 뒤로 넘기지 못한 울음이 결국 터져 버리고 말았다. 세상 서럽게 터져 버린 눈물이 멈출지 모르고 하염없이 다현의 두 뺨을 적셨다.

"안 갔으면 좋겠어. 승준이가, 사라지지 않았으면 좋겠어. 엄마. 그 애가 행복했으면 좋겠어. 미안해. 미안해요, 엄마."

속에 가득 담고 있던 말들이 한꺼번에 터져 나왔다. 막아 보려고 해도 소용이 없었다. 자신을 포근히 안아 주는 엄마를 끌어안고 쉴 새 없이 눈물을 쏟아 냈다. 제 등을 다독이는 엄마의 손길이, 괜찮다는 엄마의 말이 눈물샘을 더욱 자극한 건지도 모르겠다.

'금방 다 괜찮아질 거야.'

귓가를 적시는 엄마의 목소리 끝에서 승준의 목소리가 들리는 듯했다. 그제야 다현은 확실히 깨달았다. 제가 정말로 괜찮아지려면, 꼭 필요한 게 있다는 걸.

차승준, 네가 있어야 돼.

❖ ❖ ❖

　다현은 주말부터 부지런히 움직였다. 오후에 남 비서를 만나기로 했기 때문이었다. 정확히는 남 비서가 승준이 있는 곳으로 데려다주겠다고 약속했다. 부속 계약서 해지 동의서를 본인에게 직접 가져다줘야겠다는 게 다현의 핑계였지만 사실은 그를 보기 위해서였다.

　비록 승준은 남 비서가 자신을 데리고 가는지 전혀 알지 못하겠지만 말이다.

　'근데 대리님, 정말 본부장님께 말씀 안 드려도 괜찮을까요?'

　'네. 비밀로 부탁드릴게요.'

　'그래도 혹시 말씀드리는 쪽이 더 좋지 않겠나 싶어서.'

　'말 안 하는 게 좋을 거예요. 나머지는 제가 책임질게요.'

　'우선 2시쯤에 대리님 모시러 가겠습니다.'

　제가 간다는 걸 알면 승준은 분명히 거절할 거다. 그나마도 더 먼 곳으로 사라져 버릴지도 몰랐다. 자신을 보지 않는 게 가장 좋을 거라고 생각하는 사람이니까. 그러니까 그날, 마지막 저녁 식사를 끝으로 제 앞에서 완벽히 사라지지 않았겠나.

　그런 승준을 다시 놓아줄 수 없었다.

　다현은 혹시 승준이 밥도 제대로 먹지 않았나 싶어 부족한 요리 솜씨까지 발휘해 도시락을 완성했다. 메뉴야 김밥과 과일이 전부였지만 그가 마음에 들어 했으면 좋겠다.

혹여 예전처럼 쉰 김밥을 승준에게 먹이기라도 할까. 다현
은 보냉백에 김밥을 담았다.

그렇게 바리바리 음식을 싸 들고 승준에게 가는 길이 몹시
도 떨렸다. 너무 오랜만에 보는 얼굴이 아닌가. 남 비서에게
제가 다 책임지겠다고 자신 있게 말했으나 승준이 어떤 반응
을 보일지 모르기도 했고.

"별장이 엄청 안쪽에 있네요."

도심을 벗어난 남 비서의 차가 하염없이 산길로 들어갔다.

"사모님께서 별장은 아주 조용한 곳에 있었으면 좋겠다고
하셔서, 최대한 안쪽에 별장을 지었다고 하더라고요."

"승준이 어머니께서요?"

"네. 생전에 가끔 본부장님도 데리고 와서 쉬다 가셨다고
저도 관리인한테 들었습니다."

산으로 둘러싸여 있는 커다란 별장은 쥐 죽은 듯 고요했
다. 따뜻한 바람에 이파리가 부딪히는 소리나 새소리가 아니
었다면 시간이 가고 있는지조차 모를 것 같은 곳이었다. 한
쪽 벽이 통유리로 된 덕에 말끔하게 꾸며진 별장 내부가 보였
다.

저곳 어딘가에 승준이 있을 거라는 생각만으로도 다현의
마음이 세차게 뛰었다.

"승준이 밥은 잘 먹어요?"

"아뇨."

"잠은요?"

"잘 자지도 못하신다고 들었습니다."

"이렇게 솔직히 얘기해 주셔도 돼요?"

"어차피 대리님께는 제 거짓말이 안 통할 것 같아서요. 이 앞에서 내려 드려도 될까요? 본부장님은 저기 연못 끼고 있는 건물에 계실 거예요. 주로 그쪽에 계시거든요."

남 비서가 가리키는 곳을 보자 우뚝 선 건물 하나가 보였다. 이내 남 비서의 차가 멈췄다. 그는 제 할 일을 끝냈으니 이만 돌아가 보겠다며, 제가 내리자마자 사라졌다. 멀어지는 차를 보던 다현의 시선이 다시 건물로 돌아갔다.

사방에서 풍기는 꽃내음이 망설이지 말고 어서 움직이라고 제 등을 떠밀어 댔다. 다현은 도시락통을 꽉 붙잡고는 건물로 걸어갔다.

문 앞에 서자 떨림이 짙어졌다. 진정하자고 마음을 다독거리며 초인종을 눌렀다. 얼마나 기다렸을까. 굳게 닫혀 있던 문이 열리며 승준이 나왔다.

"오늘 늦었네. 부속 계약서 해지 동의서는……."

문을 열고 나온 그는 제 얼굴을 보자마자 말이 멈췄다.

"안에 들어가도 돼? 아니, 나 들어가야겠어."

승준이 대답을 하기도 전에 다현이 안으로 들어섰다. 다현의 마음은 거칠게 뛰고 있었지만 내색하지 않으려 애썼다. 건물 안쪽은 2층으로 돼 있었는데, 아래쪽에는 소파와 책상만 놓여 있었다. 거실이라기보단 큼지막한 서재 같았다.

"여기는 어떻게 왔어?"

"남 비서님한테 부탁해서."

"왜?"

"부속 계약서 해지 동의서 때문에."

다현이 소파 테이블까지 걸어가는 내내, 승준이 자신의 뒤를 쫓았다.

"남 비서가 얘기 안 했어? 동의서 사인만 하면 된다고?"

"들었어. 들었으니까 여기 온 거야, 나."

"그게 무슨……."

다현은 소파 테이블에 보냉백을 내려놓고는 가방에서 동의서를 꺼내 내밀었다. 승준이 종이를 가져가려고 하자, 다현은 기다렸다는 듯 그의 앞에서 동의서를 갈기갈기 찢었다.

눈앞에서 조각나 버린 동의서를 보는 승준의 눈이 움칠거렸다.

생각도 못 한 반응이었나 보다. 기껏해야 제가 동의서에 거침 없이 사인을 하고 돌려보낼 줄 알았겠지.

"나 이거 동의 못 하겠어."

"강다현."

"나 영업부서 안 갈래. 지금 기획팀 마음에 들고 좋아. 내가 기획한 거 진열된 거 볼 때마다 마음도 뿌듯하고. 그리고 아버지 병원비도 그냥 못 받겠어."

"그냥 아닌 거 알잖아."

"나한테는 그냥이야. 원래 너 도와주면 받기로 한 거였잖아."

"충분히 도와줬어."

승준은 떠날 생각에는 변함이 없다는 듯 굴었다. 차분한 말투에 다현의 마음이 애달았다.

이대로 놓쳐 버리고 싶지 않았으니까. 두 번 다시는 그 먼 곳에 보내기 싫었으니까.

너를 혼자 두기 싫으니까.

"그래서 네 멋대로 또 사라지려고? 5년 전에 그랬던 것처럼?"

"미안해."

"사과하지 마. 네가 나한테 잘못한 거 없어. 너, 는…… 할 수 있는 거 다 한 거잖아. 아무 원망도 안 하고 밉지도 않으니까, 사과하지 마."

"……."

"그냥 내 옆에만 있어."

다현이 승준에게 한 걸음 걸어갈 때마다 손에 쥐고 있던 종이가 눈처럼 떨어졌다.

"이번에는 아무 데도 가지 마."

제가 가까이 다가서자, 승준의 눈동자가 흔들렸다.

"내가 허락 안 해, 차승준."

"……후회할 거야."

"아니, 그런 거 하려면 오지도 않았어."

"……."

"너는 내 옆이 어울려. 그러니까 고집부리지 말고 나 좀 안아 줘. 너 없이 지내기 나 너무 힘들어."

승준이 대답 대신 두 팔을 벌렸다. 제가 달려들 수 있도록.

다현은 주저 없이 승준의 품에 안겼다. 코끝을 스치는 승준의 향기에 비로소 곳곳이 뚫려 있던 제 모든 순간순간이 촘촘히 기워지는 것 같았다. 승준을 놓아주지 않겠다는 듯 다현은 그의 허리를 꽉 안았다.

"도망, 안 갈게."

귓가에 울려 퍼지는 그의 저음이 듣기 좋았다.

"네 옆에서 떨어지지 않을게."

다현은 꼭 그러라는 듯 세차게 고개를 끄덕거렸다. 안도의 눈물이 다현의 눈초리를 타고 흘러나와 승준의 가슴팍을 적셨다.

혹시라도 싫다고 하면 어쩌나 얼마나 마음을 졸였는지 몰랐다. 바짓가랑이라도 붙잡아야 하는 건 아닌지 얼마나 고민했는데. 고개를 들어 승준을 보는 다현의 눈가가 촉촉이 젖어 있었다.

다현을 바라보는 승준의 눈빛이 몹시도 다정스러웠다. 단한 순간도 잊어 본 적이 없는 얼굴이었다. 눈을 떠도 감아도 제 눈앞을 부유하며 사라지지 않던 얼굴.

그런 다현이 제 앞에 있다는 것만으로도 승준은 믿기지가 않았다. 그 사람이 자신의 품 안에 있었다.

어디든 가지 말라고 속삭이면서.

그 달콤한 제안에 무너지지 않을 수가 없었다. 다현이 없으면 단 하루도 살아 낼 수 없다는 생각이 승준의 머릿속을 지배해 버린 탓이었다. 그래서 다현이 내민 구원의 손을 덥석 잡아 버렸다.

"차승준, 너 분명히 약속했어."

다현이 다시 한번 다짐을 받아 냈다.

"약속했어."

"아무 데도 안 가는 거야."

"안 가."

"그러면 됐어…… 됐어, 정말."

다현의 말끝을 따라 하던 승준이 그녀의 얼굴을 감쌌다. 그제야 완전히 마음이 놓였는지 다현의 눈꼬리를 타고 눈물 한 줄기가 다시 흘러내렸다. 비록 다현은 자신의 뺨을 타고 무언가가 흘러내렸다는 것도 몰랐지만.

"너 아무것도 안 먹었지? 너는 얼굴에 살이 있어야 된다니까. 내가 김밥 싸 왔는데 우선 그거부터 먹자."

"그 전에 할 일이 있는데."

"뭐?"

"잃어버린 입맛부터 찾고."

승준의 말을 이해하기도 전에 그가 다현의 입술을 머금었다. 축축한 공기가 삽시간에 입술을 적셨다. 제 모든 감각을 나눠 주기라도 하듯 다현의 입술이 느릿하게 벌어졌다.

그 안을 맹렬하게 파고든 승준이 다현의 입술을 삼켰다. 맞닿은 입술 사이로 달뜬 숨이 피어올라 순식간에 두 사람을 달구었다. 제 윗입술을 살짝 깨물다가 놓아주는 승준의 입맞춤이 너무도 달았다.

겨울잠을 깨고 만개하기 시작한 꽃향기가 입안에 잔뜩 번져 나가는 기분마저 들었다. 꿀벌들이 부지런히 펴다 나른 꿀이 입안을 적시는 것도 같았다.

"하아, 아……."

목구멍을 타고 넘어가는 타액을 삼키기도 전에 가쁜 숨이 터져 나왔다. 부드럽게 밀려들었다가 검질기게 제 안을 파고 드는 승준의 기세가 어마무시했다. 사냥을 나선 야수처럼 들이치는 기운에 다현은 어느새 소파까지 밀려갔다.

폭신한 소파에 앉은 두 사람 중 누구도 테이블에 시선을 두는 이는 없었다. 오직 서로의 입술만 응시하며, 흥분에 일렁이는 숨만 가다듬고 있을 뿐이었다.

쿵쾅거리는 마음을 붙잡으며 다현은 호기롭게 승준의 허벅지 위로 올라갔다.

탄탄한 허벅지 위에 앉아 승준의 목에 팔을 둘렀을 뿐인데, 왠지 모를 안정감이 피어올랐다. 정말로 승준이 자신의 앞에 있다는 게 실감이 났다. 제 품 안에 승준이 있다는 사실만으로도 웃음을 감출 수 없었다.

"미각 안 돌아왔지?"

승준의 얼굴을 뚫어져라 보던 다현이 그의 귀에 가까이 입을 대고 물었다. 나름 용기를 낸 유혹이었다.

"안 돌아왔어."

"돌아오려면 시간 걸리겠지?"

"많이."

"그러면 어쩔 수 없네. 계속······."

"먹어 봐야지."

승준의 입매가 호선을 그리며 빙긋이 휘어졌다. 그 탐스러운 미소를 다현이 눈에 제대로 담아 두기도 전에 승준이 그녀의 입술을 삼켰다. 뜨겁게 솟아오르는 열감에도 다현은 승준의 키스에서 벗어나지 못했다.

그의 손길에 옷가지가 떨어지는 줄도 모르고 맹랑한 입맞춤에 온 신경을 집중했다.

치열을 스치며 지나가는 승준의 혀가 찌릿한 감각을 떨구며, 지나갔다. 제 목선을 타고 아래로 흘러내리는 손길에 아랫배가 팽팽히 조여 오는 것 같았다. 원초적인 욕구가 주체

할 수 없이 피어올라 두 사람을 달아오르게 했다. 기꺼이 서로에게 모든 것을 내어 줄 듯 그들은 뭉근히 서로를 머금었다.

"하아…… 아, 아……."

살결을 미끄러지는 승준의 입술에 다현의 허리가 부드럽게 휘어졌다.

"네 향기 나."

제 가슴팍에 얼굴을 묻은 승준이 고개를 들어 보이고는 말했다. 달게 스며드는 저음이 제 안을 파고드는 듯했다.

두 손으로 승준의 머리를 감싸자, 보드라운 머리카락이 손등 위로 스쳤다. 그 감촉이 너무도 좋았다. 승준의 모든 감각과 향기가 제 손가락 사이사이로 엉겨 붙는 기분마저 들었다.

그렇게 승준의 향기로 온몸이 물들어 버리면 좋겠다.

다현이 괜히 민망해서는 허리를 구부리고는 승준의 어깨에 이를 살짝 박았다. 그의 살내음이 벌어진 입을 타고 사위로 번져 나갔다.

"다현아."

"응."

"나 이렇게 자극하면 큰일 나."

"큰일 나고 싶어."

"이 여자, 정말 가만히 못 놔두겠네."

도발적인 속삭임에 승준은 더 이상 견디지 못하겠다는 듯 다현을 안아 올렸다. 바닥으로 떨어지기라도 할까, 다현이 황급히 승준의 목을 더욱 휘감고 그에게 몸을 밀착했다. 그 모습마저 사랑스럽다는 듯 승준은 슬쩍 뒤로 몸을 젖히며 다현에게 눈을 맞췄다. 그러고는 연신 다현에게 입을 맞췄다.

츕 하고 붙었다가 떨어지는 소리가 야릇하게 울려 퍼졌다. 살덩이를 탐하는 소리의 끝에 두 사람의 웃음소리가 섞여 들었다.

다현을 데리고 계단을 오른 승준이 침대에 그녀를 내려놨다. 서재에서 책을 보다가 잠깐 눈을 붙일 때 사용하는 공간인 듯했다. 좁다는 승준의 말과 달리 두 사람이 들어가기에 부족함이 없었다.

통창에서 들이치는 빛이 이층을 감싸고 있는 벽에 가려져 들어오지 못했다. 온전히 둘만의 공간에 들어온 거다.

"으으흥, 간지러워."

쇄골을 적시는 숨에 다현이 꺄르르 웃음을 터뜨렸다.

"참아."

"못 참겠는데……."

"이제 웃음도 사라질걸."

승준의 말은 틀리지 않았다. 자신의 윗옷을 거침없이 벗어 낸 승준이 제게 달려들자, 웃음이 쏙 들어갔다. 다현은 그의 탄탄한 등 근육에 손을 박고는 부드럽게 할퀴기에 바빴다. 농염한 감각에 혼이 다 빠져나가는 것만 같았다. 따사로운 봄볕이 그대로 제 안에 들이친 것도 같다.

온몸이 뜨거워 견딜 수 없었다. 목에 젖어 드는 승준의 숨 때문인지도 몰랐다. 그게 아니면, 아랫배를 묵직하게 만드는 맹렬한 기운 때문일 수도 있고.

등줄기를 타고 흘러내리는 땀이 눅진하게 두 사람을 적

셨다.

"승준아…… 아아……."

가쁜 숨을 쉬는 다현의 가슴께가 쉴 새 없이 부풀었다가 제자리로 돌아갔다.

"다시 한번 불러 봐."

"……나, 하아……."

"예쁜 입으로 직접 듣고 싶어."

승준이 엄지로 제 입술선을 훑었다. 그게 왜 그리도 찌릿거리고 간질거리는지 미쳐 버릴 지경이었다.

"승준아."

"어."

"……차승준."

제 허벅지를 붙잡은 승준을 하염없이 불러 댔다. 그게 승준을 꽉 붙잡을 수 있는 유일한 방법이라도 되듯이. 그러다가 제 입술을 훑는 승준의 가늘고 긴 손가락을 가볍게 물었다. 울컥 올라오는 가쁜 숨을 다스리려는 나름의 발버둥이었다.

"보고 싶었어, 다현아."

승준이 제게 가까이 붙어 있던 몸을 일으켰다. 그러고는 자신을 붙잡고 있던 제 손을 떼어 내 침대 위에 올렸다. 승준은 옴지락거리는 제 손을 붙잡다 이내, 깍지를 꼈다.

"이렇게 예쁜데 어떻게 잊을 수가 있겠어."

나직한 저음이 떨어지기 무섭게 아찔한 감각이 삽시간에 다현을 집어삼켰다.

"사랑해."

"아, 아읍……."

"사랑해, 다현아."

어서 안아 달라는 다현의 손짓에 승준이 다시금 그녀에게 다가섰다. 와락 서로를 부둥켜안고 두 사람은 서로의 향기를 빨아들였다.

사랑해.

세상에서 가장 달콤한 그 말을 서로에게 끝없이 속삭이며.

한없이 뒤섞이는 숨과 열감으로 그들은 서로의 몸에 봄을 피웠다. 몹시도 달달하고도 찬란하게 빛나는, 자신들만의 봄을.

❖ ❖ ❖

시간은 부지런히 흘렀다.

승준의 아버지든 혜승이든 형량을 조금이나마 줄이는 데 집중했지만, 1심의 판결은 달라지지 않았다.

간간이 들리는 그들의 소식에 다현은 큰 의미를 두지 않았다.

승준의 할머니께서 철저하게 재판이 진행되도록 애써 주시기고 하셨고, 매일 두 사람을 미워하고 증오하는 데 시간을 허비하고 싶지도 않았다. 하루하루 새 상품을 기획하고 승준과의 연애를 즐기는 것만으로도 하루가 모자랐다.

회사 사람들과 회식을 하기 위해 빌딩을 나서던 다현의 핸드폰이 울렸다.

[혹시 취하면 나한테 바로 연락해.]

[왜 나 데리러 오게?]

[당연하지.]

[완전 든든한데?ㅎㅎㅎ]

핸드폰을 보는 다현의 얼굴에 미소가 피어올랐다. 별것 아닌 문자 메시지에도 웃음이 나는 걸 보면 승준에게 단단히 빠지기는 했나 보다. 애써 입술을 감쳐 물어 보지만 미소를 완전히 다스리지는 못했다.

"강 대리 남자 생겼어?"

그 모습을 힐끗거리던 이 과장이 거침없이 질문을 던졌다.

"네?"

"딱 보니까 누구 있는데? 없으면 내가 소개해 줄 수도 있고."

"안 그러셔도 돼요. 저 남자 친구 있거든요."

"누구야? 뭐 하는 사람이야?"

이 과장의 관심이 차고 넘쳤다. 남의 연애보다 재미있는 건 없다는 듯한 눈빛까지 쏘아 댔다. 추 대리가 어떻게든 이 과장의 주접을 막아 보려고 했으나 화제는 자꾸만 제 남친에 대한 이야기로 되돌아왔다.

누군지 알면 뭐, 어쩌시려고.

"어디 다녀? 혹시…… '사' 자야?"

어느새 거나하게 술에 취한 이 과장의 목소리가 높아졌다. 어찌나 지겹게 묻고 또 묻던지, 차라리 제 남자 친구가 승준이라는 걸 밝히는 게 나을 것 같다는 생각까지 들었다.

"그냥 사업 준비하고 있어요."

"아, 이런이런. 남자가 헛바람 들었네."

이 과장이 혀를 찼다.

"자고로 이렇게 안정적인 게 최고인데……. 강 대리, 받아. 받고 힘내. 돈은 빌려주지 말고."

이 과장이 제 잔에 소주를 가득 채워 주었다. 제아무리 승준이 경영일선에서 완전히 손을 뗐다고 해도 우리보다는 형편이 훨씬 나을 텐데……. 자신들이 걱정할 일이 아닌 것 같다는 말이 목 끝까지 올라왔으나 다현은 어설픈 미소만 지어 보였다.

위로와 걱정을 받고 대화를 마무리하는 게 아무래도 나을 것 같았다.

술자리가 한없이 달아올랐다. 어찌나 주변이 왁자지껄하던지, 서로의 소리에 귀를 기울이지 않으면 옆사람 목소리마저 제대로 들리지 않을 정도였다.

그 속에서도 이 과장은 자신 같은 남자를 만나야 한다며 같은 말을 몇 번이고 반복했다.

[차차 ♥]

그렇게 지쳐 가고 있을 때, 승준에게서 전화가 걸려왔다.

"저는 전화 좀 받고 올게요."

"남친한테 속아 넘어가면 안 된다, 강 대리!!"

절규하듯 소리치는 이 과장을 등지고 밖으로 나왔다. 시원한 에어컨 바람이 사라지고 훗훗한 여름 바람이 훅 불어왔지만 그래도 마냥 즐거웠다.

– 밖이야?

"안에 너무 시끄러워서 나왔어."

– 아직 안 끝났어?

"조금 걸릴 것 같아. 너는 어디야?"

– 내 여친 회식하는 식당 앞.

"어?"

– 기회 되면 데려가 버리려고.

승준의 말에 다현의 고개가 좌우로 바쁘게 돌아갔다. 어둑하게 내려앉은 어둠 속에서도 모자를 쓰고 있는 승준의 모습만은 또렷이 눈에 들어왔다. 반가움에 다현은 아무 생각도 하지 않고 곧장 승준에게 달려갔다. 그러고는 와락 녀석을 안았다.

그래, 이 청량한 향기. 단단하고도 포근한 이 감촉!

이게 얼마나 그리웠는지 몰랐다. 승준과 떨어진 지 불과 하루도 지나지 않았는데, 누가 보면 몇 년을 떨어져 있었는지 알겠다.

다현은 승준에게 푹 빠져 아무 생각도 들지 않았다. 누가 이 모습을 본다고 해도 어쩌랴 싶었다.

"다현아, 이 과장 나오는 것 같은데."

상관없다고 생각하는 머리와는 달리 다현의 몸은 재빨리 반응했다. 승준의 팔목을 잡아끌고 식당 옆의 좁다란 골목으로 들어갔다. 제 거친 손길에 담벼락에 등을 기댄 승준이 바람 빠지듯 웃었다.

사람이 이토록 빠를 수가 있나 신기할 지경이었다. 잔뜩 긴장해서 귀를 쫑긋 세우고 있는 다현의 모습이 승준에게는 마냥 귀엽게만 보였다.

첩보물이라도 찍듯 다현은 목을 빼고 이 과장이 사라졌나 아닌가를 살폈다.

"이 과장님 담배 피우는 것 같아."

"그러면 이리로 더 와. 담배 연기 안 좋아."

승준이 다현을 자신의 쪽으로 가까이 당겼다.

"이러고 있는 것도 좋네."

"뭐가?"

"스릴 있어서?"

"스릴은 무슨……."

"너무 가까워서 위험하긴 하지만."

어찌나 승준과 가까이 붙어 있었던지, 그의 굴곡진 몸이 고스란히 느껴졌다. 왠지 모를 민망함에 다현의 두 뺨이 후끈거렸다. 다현은 헛기침을 하며 뒤로 물러나려고 했으나 꼼짝없이 승준에게 허리를 붙잡혀 버렸다.

"어디 가?"

"잠깐 옆에……."

"나는 이대로가 좋은데."

"나도 좋기는 한데. 그래도……."

"왜 이렇게 부끄러워해? 못된 짓 하고 싶어지게."

"밖이잖아."

다현의 목소리가 하염없이 낮아졌다.

"밖이니까."

승준이 허리를 살짝 구부리며 다현의 귓가에 속삭였다. 뜨거운 입김이 여린 살을 간질거렸다.

외설스러운 말에 이번에도 다현의 몸이 제일 먼저 반응해 버렸다.

다현은 승준의 두 얼굴을 감싸고는 그에게 입을 맞췄다. 미각을 되돌려야 한다는 거창한 이유 따위는 없었다.

그냥, 이러고 싶었다.

가볍게 붙었다가 떨어지는 입술이 식기도 전에 승준이 다현의 머리를 감쌌다. 뒷머리를 누르는 손길에 끌려 승준에게 다가섰다.

뭉근히 잇새를 파고드는 승준의 향기에 그의 옷을 붙잡았다. 제 안을 맛있게 먹어 들어가는 승준의 움직임에 이성이 흐무러져 내렸다. 땅을 비추는 노란 가로등 불빛이 우리들을 뜨겁게 적시는 것만 같았다.

"나, 가야겠어."

승준의 말은 귀에 제대로 들어오지도 않았다. 타액이 묻어 더욱 붉어진 승준의 입술만 보였다.

"어딜?"

"집에."

"너희 집?"

"누구 집이든. 나 지금 너 엄청 잡아먹고 싶어졌어."

"나, 회사 사람들한테 들키면 어쩌려고."

누가 그랬던가. 말은 함부로 하는 게 아니라고.

"대리…… 본부장님?!"

골목에 들어선 찬희와 다현의 눈이 딱 마주치고 말았다.

"대리님 남친이라는 분이……."

입을 틀어막은 찬희의 눈에는 충격이 선명히 담겨 있었다. 그러나 그건 충격의 서막일 뿐이었다. 당황한 다현이 결국 연애를 인정하겠노라고 결정을 내리기 무섭게 골목에서 추 대리가 나타났다.

"자기야, 나 빠져나오는데 죽는 줄…… 강 대리?"

아주 다정한 목소리로 찬희에게 말을 건네며.

추 대리와 찬희를 번갈아 쳐다보는 다현의 눈이 커졌다. 방금 자기라고 했다. 늘 '찬희 씨'라며 단정하게 찬희를 부르던 추 대리의 모습과 전혀 매치되지 않는 호칭이었다.

"둘이…… 사귀어?"

"두 분 사귀세요?"

서로를 향한 물음이 다현과 찬희의 입에서 동시에 터져 나왔다. 왠지 이 골목이 어둡고 몸을 숨기기 딱 좋아 보이더라니…….

비밀 연애자들의 완벽한 조우였다.

"사귀면, 여기서 빠져나가게 도와줄 수 있나."

승준은 이때다 싶었는지 다현의 어깨에 손을 두르며 물었다.

"우리 둘만 있고 싶어서."

승준의 눈에서 꿀이 떨어지는 걸 보는 찬희는 적잖이 충격을 받은 듯 보였다. 찬희에게 승준은 항상 작은 웃음마저 보이지 않는, 사람 같지 않은 피조물이었으니까.

"어떻게 해야 되겠어, 박찬희 씨?"

"아, 네네."

찬희가 고개를 끄덕이더니 이내 식당으로 들어갔다. 어쩌다 보니 찬희와 사귀는 사이가 됐다는 추 대리의 말을 듣기 무섭게 찬희는 다현의 가방을 들고 나타났다.

모두의 눈을 피해 몰래 가방을 가져오느라 자신이 엄청 고생했다는 말도 덧붙였다.

"나도 비밀 지키죠."

"저도 지키겠습니다, 본부장님."

두 남자의 결연한 의지가 타올랐다. 승준은 다시 한번 고
맙다는 말을 남긴 채 다현을 데리고 차로 향했다.

생각지도 못한 사내 커플의 모습에 다현은 여전히 어안이
벙벙했다.

"많이 놀랐어?"

안전벨트를 매 주는 승준이 얼빠진 다현의 얼굴을 보며 물
었다.

"둘이 사귀는 줄 몰랐거든."

"잘 어울리던데."

"그러게. 같이 서 있는데 예쁘더라."

놀란 마음이 사라지자 다정하게 붙어 있던 두 사람의 모습
이 떠올랐다.

"이제 한숨 돌릴 수 있겠네."

"왜?"

"내 여친 탐내는 경쟁자가 하나 사라졌으니까."

"에이, 누가 나 좋아한다고."

"무슨 소리야. 인기 많아서 매일 불안해 죽겠는데."

다현은 가볍게 웃음으로 그의 능글맞은 말을 넘기려 했다.

"진짜야."

하지만 정지 신호에 멈춰 선 승준의 표정은 무척이나 진지
했다. 누가 보면 제 인기가 차고 넘치는 줄 알겠다.

"불안한 걸로 치면 나도 마찬가지거든. 어? 이렇게 모자

눌러썼는데도 잘생기면 어쩌자는 거야. 내 거라고 도장이라
도 찍어 놓을까?"

"찍자."

"어?"

"결혼하자, 나랑."

순간 술기운이 확 달아났다. 결혼이라는 말에 마음이 이상
했다. 하루를 승준으로 시작해, 승준으로 끝낼 수 있는 게 결
혼이라면……. 매일이 행복할 것 같았다.

반대편에서 번져 드는 헤드라이트 불빛에 비쳐 승준의 얼
굴이 찬란하게 빛났다.

"응."

그 빛을 빤히 바라보던 다현이 홀린 듯 대답했다. 그 대답
에 승준의 입꼬리가 양쪽 귀에 걸릴 듯했다.

"결혼하자, 우리."

절대로 취기에 아무렇게나 내뱉은 말이 아니라는 듯 다현
이 다시 한번 못을 박았다.

매일 승준의 곁에 꼭 붙어 있고 싶었다. 자신을 기다리고
예쁘다고 말해 주는 그가 영원히 제 옆에서 떨어지지 않았으
면 좋겠다.

승준과 함께할 때의 제 모습이 가장 좋으니까.

"얼른 가야겠네."

운전대를 잡은 승준의 손에 힘이 들어갔다.

"강다현, 내 거라고 도장 찍어 두려면 밤새 바쁠 것 같아
서."

"나도 찍을 건데!"

"많이 찍어 줘."

서로를 향해 빙긋이 웃던 두 사람의 앞에 놓인 신호가 바뀌었다. 벌써부터 두 사람에게서는 엄청난 열감이 피어올랐다. 그 뜨거운 열기를 가득 머금은 차가 빠르게 도로를 내달렸다.

-The end

외전 1.

저녁 7시 59분.

커다란 모니터를 보는 승준의 얼굴에는 긴장감이 돌았다. 일생일대의 기회를 잡으려는 사람처럼 승준은 비장해 보이기까지 했다.

그가 아랫입술을 지그시 깨물며 모니터에 집중했다. 마우스를 잡고 있는 손에서는 땀이 차올랐다. 안경을 낀 승준의 시선이 모니터 아래쪽을 향했다. 느릿하게 흘러가던 시간이 드디어 바뀌었다.

8시.

숫자가 바뀌자마자 승준이 다급히 마우스를 눌렀다. 딸깍— 하는 소리와 함께 승준의 입술 사이로 탄식이 흘렀다.

"하, 씨……."

믿을 수 없다는 듯 부지런히 눈동자를 굴려 봐도 모니터

243

위에 뜬 글자는 달라지지 않았다.

[고객님께서는 현재 예매 대기 중입니다.

나의 대기순 220,323명]

22명도 아니고 220명도 아니고…… 대체 제 앞에 몇 명이나 있는 거야?

안경을 벗은 승준의 눈동자에는 당황스러운 빛이 서렸다. 제아무리 콘서트 티켓을 예매하기가 힘들다고 들었지만 이 정도일 줄 상상도 하지 못했다. 대기 순서는 왜 이렇게 줄어들지도 않는지.

모니터를 보는 승준의 눈빛이 불탔다. 당장에 새로고침을 하고 싶었지만 자칫 문제라도 생길까 손을 댈 수가 없었다. 그저 책상에 팔꿈치를 댄 채 턱을 괴고는 자신의 순서가 돌아오기를 바라는 것밖엔.

하지만 누가 그랬던가. 산 넘어 산이라고.

[다른 고객께서 이미 선택한 좌석입니다.]

자리란 자리를 다 클릭해 보지만 모두 이미 선택한 좌석이란다.

분노의 클릭에 빠진 승준의 미간이 구겨졌다. 어떻게 해서든 한 자리라도 구해 보겠다는 마음이었다. 그러나 인기 있는 트로트 가수의 콘서트 티켓이 열정과 효심으로만 구해질 리가 없었다. 이것 말고 다른 끝내주는 선물이 생각날 것 같지도 않았다.

다현의 어머니가 너무도 좋아하는 트로트 가수라고 하지 않나. 결혼을 앞두고 처음 챙겨 드리는 선물이니만큼 욕심이 솟아나는 건 어쩔 수 없었다.

"후우……."

승준의 입술 사이로 한숨이 깊게 새어 나왔다. 플랜B를 떠올려야 하나 낙심한 바로 그 순간.

"대표님, 예매 성공했습니다!"

남 비서가 대표실 문을 벌컥 열고는 포효했다. 어찌나 흥분해 있던지 평소의 차분했던 모습을 찾아볼 수조차 없었다.

물론 남 비서의 성공 소식에 흥분한 건 승준 역시 마찬가지였다.

"예매됐다고?"

"네. 근데 뒷자리인데 괜찮을까요? 앞자리는 제가 계속 실패해서……."

"당연히 괜찮지."

어느새 자리에서 일어난 승준이 남 비서에게 다가갔다. 당장 예매 내역을 제 두 눈으로 확인해야겠다.

"예매를 했다는 게 중요한 거지."

예매 내역을 확인한 승준의 입가에 환희의 미소가 번졌다. 뒷자리면 어떠랴. 피 튀기는 예매 전쟁에서 두 자리나 성공했다는 게 중요하지.

"수고했다, 민현아."

이건 진심이었다.

남 비서의 어깨를 두드리는 승준의 얼굴이 싱글벙글이었다. 다현의 어머니가 좋아할 생각만 해도 기분이 좋았다. 게다가 제가 퇴근까지 미루며 참전했던 티켓 전쟁이 아닌가.

"저 올해 기대해도 됩니까, 대표님."

"어, 기대해라."

능청스러운 남 비서의 말에 맞장구를 쳐 주었다. 보상을 못 해 줄 이유도 없었다. 지금 제 근심과 걱정을 모두 날려 줬으니까.

예매 내역을 보는 승준의 입가에서 미소가 떠나지 않았다.

❖ ❖ ❖

승준이 식당으로 들어섰다. 심혈을 기울여 고른 식당이었다. 평소와 달리 까다롭게 선택한 식당이기는 했으나 그럴 만한 가치가 있었다. 다른 날도 아니고 어머님의 생신날이 아닌가.

어느 것 하나 부족한 게 없어야 했다. 맛뿐만 아니라 분위기, 서비스까지 실수가 없기를 바랐다.

완벽한 생신.

승준의 머릿속에는 온통 그 생각뿐이었다. 그런 제 마음을 알기라도 한 것처럼 식당 안쪽에 있는 룸에는 빈틈없이 손님을 맞을 준비가 끝나 있었다. 식기나 테이블 세팅 상태도 제법 마음에 들었다.

"흠…… 나쁘지 않네."

그러나 무엇보다 승준의 시선을 잡아끈 건 벽에 걸린 생일 축하 현수막이었다.

사랑하는 어머님의 생신을 축하드립니다.

평생 축하드릴게요.

246

처음으로 제가 직접 현수막을 제작했다는 게 뿌듯했다.

평생 축하해 드린다니!

현수막에 적힌 문구를 다시 곱씹어 봐도 감탄이 터졌다. 시간 날 때마다 틈틈이 문구를 메모했다가 수정했다가를 반복한 노력의 결과물이었다.

이제 빈자리만 채워지면 될 터다. 뿌듯한 마음으로 룸의 문 쪽을 보던 승준의 핸드폰이 울렸다. 다현이 전화한 걸 보니 식당에 거의 도착한 모양이었다.

승준은 다현을 마중 나가려 했다. 신제품 개발 때문에 요 며칠 다현의 얼굴을 제대로 보지도 못해선지 마음이 애달았다.

결혼 준비에 집중하지도 못하고, 퇴근해서도 일만 하는 다현이었지만, 승준은 그녀를 이해하려고 애썼다. 한주리테일에 있어 봤으니 어떻게 회사가 굴러가는지 잘 알고 있지 않나.

물론 이번에는 준열과 같이 신제품을 만든다는 게 조금, 아니, 생각보다 많이 신경 쓰이기는 했지만.

"다 왔어? 여기 못 찾을 거 같으면 내가 나갈까?"

— 승준아 미안. 이제 막 시제품 픽스 나서…… 지금 퇴근했어.

"차 막힐 텐데."

— 그래서 지하철 타러 가는 길이긴 한데 늦을 것 같아. 최대한 빨리 갈게. 혹시 엄마 오시면 먼저 먹고 있어. 배고프겠다.

전화 한 통에 잔뜩 들떴던 승준의 마음이 약간 가라앉았다. 다현이 이런 날까지 늦을 거라고 예상 못 한 까닭이었다.

물이 들어올 때 노를 저어야 하니, 디저트 반응이 좋을 때 신상품을 많이 내놓는 것은 당연한 일이었다. 머리로는 충분히 이해하고 있었지만 서운한 마음이 고개를 쳐드는 건 어쩔 수가 없었다.

"그렇게."

잠시 고민을 하듯 말을 멈췄던 승준이 가까스로 대답했다. 아쉬운 마음에 이 시간을 망치고 싶지는 않았다.

― 미안해. 나 진짜 금방 갈게!

다현의 한마디에 마음이 녹아내리기도 했고.

다른 사람에게는 매정하게 되는데 다현에게만은 그렇지 되지 않았다. 그녀의 말 한마디면 마음이 한없이 물러졌다.

조심히 오라는 말과 함께 다현과의 통화를 끝내고 얼마 지나지 않아 다현의 어머니가 도착했다. 깍듯하게 인사를 마친 승준이 어머님께 자리를 안내했다. 시간이 날 때마다 자주 뵌 덕에 어머님과의 시간이 어색하지는 않았다.

오히려 대화 상대가 있다는 것이 혼자 있을 때보다 훨씬 좋았다.

"시장하실 텐데 식사 먼저 하실까요?"

"다현이는?"

"전화 한번 해 보겠습니다."

승준이 자리에서 일어나기 무섭게 룸 문이 열렸다.

"우리 딸이 양반은 못 되네."

다현의 어머니가 우스갯소리를 던지고는 환한 미소를 지어 보였다. 퍽 평화로운 룸 분위기와는 달리 다현의 이마에는 땀이 송골송골 맺혀 있었다. 딱 봐도 역에서부터 다급히 달려온 듯했다.

어제 내린 눈이 얼어붙어 있던데 넘어지기라도 하면 어쩌려고.

자리에서 일어난 승준이 의자를 빼 주며 다현을 살폈다. 다행히 호흡이 가쁜 것 빼고는 다친 곳은 없어 보였다.

"왜 다들 아무것도 안 먹고 있었어? 배고플 텐데."

아무것도 올라오지 않은 테이블을 보며 다현은 미안해 어쩔 줄 몰라 했다.

"같이 먹어야 맛있지. 안 그래, 차 서방?"

"네. 그럼요."

어머님 말에 맞장구를 치면서 승준이 다현의 앞에 물을 놓아 주었다. 편히 숨을 돌리라는 승준 나름의 배려였다.

'고마워.'

그 마음을 아는지 다현이 테이블 아래로 승준의 손을 잡고는 입을 벙긋거렸다. 곱게 눈까지 접으면서 웃는 다현을 보며 그는 생각했다. 이렇게 예쁘게 미소까지 짓다니. 네가 날 녹아내리게 하려고 작정했구나.

맞닿아 있는 손을 타고 전해지는 다현의 향기에 이성이 흔들렸다. 만약 여기에 단둘만 있었다면 벌써 다현의 입술을 삼키고도 남았을 거다.

"애피타이저부터 올려 드리겠습니다."

서버가 들어와 테이블 위에 타락죽을 내려놓았다. 그제야 맞잡고 있던 두 사람의 손이 떨어졌다.

수저를 든 어머님을 보는 승준은 살짝 긴장했다. 첫 음식부터 입에 맞지 않으면 곤란하지 않나. 무엇이든 처음이 가장 중요한 법이다.

"입에 맞으세요?"

"간도 딱 맞고 너무 맛있네."

대답을 끝낸 다현의 어머니가 만족스럽다는 미소를 지었다. 비로소 마음이 놓였다.

"다들 배고플 텐데 얼른들 먹어."

"네."

그제야 승준이 수저를 들었다. 부드러운 타락죽을 한 입 먹자 고소한 맛이 퍼져 나갔다.

문득 승준은 미각이 정상적으로 돌아온 게 아쉬웠다. 그럼 아무 맛도 느껴지지 않는다고 다현에게 신호라도 보내며, 비밀스러운 입맞춤이라도 나눌 수 있었을 텐데.

'이거이거 먹어 봐.'

'소금 아니야?'

'설탕이라 되게 달아.'

'달, 기는…… 설탕이라며.'

'짜? 진짜 짜?!'

비록 아버지의 재판이 모두 끝난 이후, 미각이 정상으로 돌아왔을 때는 더할 나위 없이 좋았지만.

'빨리 물 가져올게.'

'어딜 도망가. 단 거 필요한데.'

'가서 사탕이라도 찾아…… 으읍!'

서로의 입술을 탐하던 시간도, 같이 식사하면서 대화를 나누는 순간도 마냥 행복했다. 그저 지금 아쉬운 건 꽃이 만개할 봄을 기다리느라 하루빨리 결혼식을 올리지 못한다는 것뿐이었다.

매일 아침부터 저녁까지 다현과 꼭 붙어 있지 못하는 게 어찌나 안타깝던지.

그래도 천천히 흘러가는 시간 속에서 우리가 진짜 가족이 될 순간이 조금씩 다가오고 있었다. 다현도 자신만큼 이 결혼이 간절한지 아닌지 점점 확신이 들지 않는다는 게, 비록 승준의 마음을 불안하게 만들고 있었지만.

❖ ❖ ❖

어머님을 모셔다 드리고 곧장 다현의 집으로 향했다. 마음으로야 늦게라도 다현과 데이트를 즐기고 싶었지만 그녀의 얼굴에 눌어붙어 있는 피로에 떼를 쓸 수 없었다.

조수석에 타자마자 다현은 눈을 부릅떴다. 잠들지 않기 위한 발버둥 같았다. 하지만 히터에서 쏟아지는 따뜻한 열기와 적당한 흔들림에 그녀는 결국 굴복하고야 말았다. 어느새 눈을 감고 곤히 잠들어 버렸기 때문이다.

까무룩 잠이 든 걸 보니 여기저기 뛰어다니느라 오늘도 정신이 없었나 보다. 피곤함 가득한 모습이 어쩐지 안쓰러워 보이기까지 했다.

승준은 얼른 다현을 집에 눕히고 집으로 돌아갈 작정이었다. 지친 사람을 괴롭힐 수는 없었으니까. 더구나 승준도 새로 설립한 OTT 플랫폼 회사 일로 처리할 것들이 남아 있기도 했고.

승준의 차가 정지 신호에 멈췄다.

"생크림 너무 달면 안 되는데……."

잠꼬대까지 할 만큼 신상품 걱정이 되는 모양이다.

다현이 회사 일에 집중하고 있는 건 알지만 여전히 제가 1순위면 좋겠다는 욕심이 떠나지 않았다. 제게는 언제나 다현이 최우선이었으니까.

"잠든 것도 예뻐 죽겠네."

놀라울 만큼 다현에게 깊이 빠진 순간이었다.

"남 주임. 망고야. 망고……라고."

꼼지락거리며 차창 쪽으로 몸을 튼 다현의 입술 사이로 반갑지 않은 이름이 들렸다. 지금 방금 뭐라고……?

"……남 주임."

제 생각에 대답이라도 해 주듯 다현이 다시 한 번 남 주임을 불렀다. 제가 알고 있기로는 다현이 남 주임이라 부를 수 있는 인간은 딱 한 명뿐이었다.

남준열 주임.

준열의 얼굴을 떠올린 승준이 얼굴을 찌푸렸다. 고작 잠꼬대일 뿐인데도 화르륵 질투심이 고개를 쳐들었다.

아무렇지 않게 넘길 수 있는 일인데. 다현이 뭘 의도하고 한 말도 아닌데…… 무의식일 뿐인데. 그런데 마음이 좀체 진정되지 않았다. 단전에서부터 끓어오르는 섭섭함이 목을 졸라 대는 기분이었다.

"하……."

참기는 개뿔! 어떻게 참겠나.

다현의 얼굴을 물끄러미 바라보던 승준의 마음이 비틀린 채 날뛰기 시작했다. 이 예쁜 입술에서 남자, 그것도 남준열 이름이 나오는 걸 어떻게 참아?

❖ ❖ ❖

승준이 두툼한 해외 배급사 계약서를 넘겼다. 50장이 훌쩍 넘는 방대한 양이기는 하나 그렇다고 종일 붙들고 있을 일은 아니었다. 그런데 도저히 일이 눈에 들어오지가 않았다.

글자를 읽고 또 읽어 봐도 금세 다른 생각이 승준의 머릿속을 파고들었다. 이왕이면 제 사업에 도움이 될 만한 생각이면 좋으련만.

'남 주임. 망고야. 망고⋯⋯라고.'

다현이 잠꼬대하던 것만 줄곧 머릿속을 돌았다.

정말 미쳐 버리겠다.

제 속이 좁아질 대로 좁아져 버린 것 같았다. 도대체 뭘 질투하고 앉아 있는 건지도 알 수 없었다. 다현이 준열을 동료 이상으로 생각하지 않는다는 걸 분명히 알고 있지 않나.

준열이 눈에 거슬리기는 하나, 그는 늘 선을 넘지 않았다.

더욱이 다현은 단지 회사 일에 집중한 나머지 꿈을 꿨을 뿐이었다. 원래 꿈이라는 게 그러지 않나.

무언가에 꽂히면 나오는 거.

머릿속으로는 쿨하게 인정하고 있는데 마음으로는 그러지

못하고 있었다. 그렇다고 다현에게 그날의 일을 따져 묻기도 우스웠다. 다현은 자신이 그런 잠꼬대를 한 것조차 모를 테니까.

"후우……."

결국 승준은 계약서를 덮고 말았다.

억지로 붙들고 있어 봐야 해결될 일이 아니었다. 그렇다고 자세한 검토 없이 사인을 할 수도 없었다. 어차피 퇴근 시간도 거의 가까워지고 있으니 마음을 가라앉히고 내일 제대로 살펴보는 게 낫겠다 싶었다.

승준이 의자에 등을 기대고 눈을 감았다. 마음의 평화. 그 말을 주문처럼 되뇌며 쓸데없는 생각을 없애려 애썼다.

마음을 가다듬으면 곧 투덜거림도 사라질 터다.

그렇게 팔자에도 없던 명상에 빠져 보려는데, 노크 소리가 집무실에 번졌다. 똑똑— 그 묵직한 소리가 승준의 눈을 억지로 뜨게 만들었다. 고요한 공기를 가르며 대표실로 거침없이 들어온 사람은 다름 아닌 한도우였다.

"야야. 아, 힘들어."

그것도 커다란 화분까지 들고 와 끙끙거렸다. 앞은 보이냐?

"차승준 이거, 손님이 왔는데 계속 앉아 있네. 대표 되더니 더 고고해졌어. 아주 그냥."

도우가 툴툴거리면서 곧장 제게 걸어왔다. 화분을 떨어뜨릴 것만 같아 불안한 마음에 승준은 자리에서 일어날 수밖에 없었다.

"남 비서, 아무나 들이지 말라니까."

"어허! 이거 보게. 내가 아무나야? 돈 많이 벌라고 내가 특별히 돈나무까지 사 왔는데."

"그건 우리 다현이가 벌써 사다 줘서."

승준이 창가 쪽을 가리켰다. 정성스럽게 관리 중인 금전수가 건강한 초록빛을 뿜내고 있었다. 어찌나 그가 애지중지하던지 출근할 때마다 잘 자라라고 응원까지 할 정도였다.

"내 거까지 받고 따블로 벌어라."

선물을 무르지 못하게 하겠다는 듯 도우가 기어코 화분을 책상 위에 내려놨다.

"연락도 없이 어쩐 일이야?"

"급습."

"무슨 액션 영화 찍냐."

"차 대표 얼굴 보기가 하늘의 별 따기라 말이지. 이러다가 나 결혼식에 초대하는 것까지 까먹을 것 같아서 내가 친히 여기까지 온 거잖아."

그가 너스레를 떨었다.

"다음 주는 돼야 청첩장 나온다."

"아……."

평소였다면 녀석이 급습을 하든 말든 다현을 보러 가야 한다면서 잘 가라를 외쳤을 것이다.

그렇지만 오늘은 도우의 조언이 절실히 필요했다. 자신보다 연애 쪽에서는 현명한 사람이니 분명히 도움 될 말을 제게해 줄 거라 여겼다.

"술 한잔 하자."

"진심으로?"

"내가 너한테 거짓말해서 뭘 한다고."

승준이 의자에 걸려 있던 재킷을 챙겨 들고는 어서 나가자는 듯 고개를 까딱거렸다.

자신의 말에 놀란 건 비단 도우뿐이 아니었다. 남 비서도 믿기지 않는다는 얼굴을 하고선 문 근처에 서 있었다. 중요한 일정이 있을 때를 제외하고는 승준이 술을 즐기는 타입이 아니라는 걸 잘 알고 있는 까닭이다.

"계약서는 내일 다시 검토할 테니까 그렇게 알고 그만 퇴근해."

놀란 그들의 표정에도 아랑곳하지 않고 승준은 곧바로 집무실을 나섰다.

❖ ❖ ❖

승준이 도우와 바 테이블에 나란히 앉아서는 위스키 잔을 비웠다. 그러고는 위스키 한 잔을 더 시켰다. 도우에게 갑갑한 마음을 털어놓는 동안 위스키 두어 잔은 비웠다. 맨정신으로는 쪼잔한 마음을 한마디로 내뱉을 수 없을 것 같아 어쩔 수가 없었다.

제가 날것의 속마음을 모조리 끌어내는 내내, 도우는 말없이 그 모든 얘기를 들어 주었다.

"혹시 나하고 결혼하기 싫어진 거 아닐까. 성급하게 결혼하자는 말을 받아들였나 후회 중일 수도 있고."

극단의 가정이었다.

"다현이가 그…… 메리지 블루는 아니겠지? 결혼하기 전에 우울하기도 하다잖아. 아니, 만약에 그거면 나 어떻게 해야 되냐. 난 얼른 결혼하고 싶어서 미치겠는데."

도우가 제 말을 잠자코 듣기만 하니, 마음이 급해졌다. 다현의 마음을 붙잡을 방법을 그가 알고 있다면 억만금을 들여서라도 알고 싶었다.

"내가 보기엔 네가 메리지 블루 같아 보이는데."

"내가?"

"어, 네가."

도우의 말을 도무지 이해하지 못하겠다는 듯 승준의 고개가 한쪽으로 기울어졌다.

"나는 그냥 다현이가……."

"다현 씨한테 결혼이 우선순위가 아닌 것 같아서 심통 나고 불안한 거잖아."

"심통이라고는……."

도우의 말을 반박해 보려고 했으나 다음 말이 생각나지 않았다.

"상사가 지시 내리는데 결혼 준비해야 한다고 빠지기도 쉽지 않을 거고. 이것저것 한꺼번에 소화하려니까 많이 피곤하니까 시도 때도 없이 자는 거고. 다현 씨가 주말에는 늦지 않고 잘 나온다며."

"……어."

반박할 여지가 없는 말이었다. 모두 제 입으로 쏟아 낸 말이니까.

"너한테 질렸으면 주말에 쉬고 싶다고, 뭉그적거렸겠지."

도우가 어찌나 맞는 말만 하는지 말문이 막혔다.

이것은 명백한 징징거림이었다.

자신만 봐 줬으면 좋겠다는 생각. 우리의 시간에 집중했으면 좋겠다는 마음. 언제나 이 결혼이 우선이었으면 하는 욕심. 그러면서도 그 마음을 입 밖으로 내면 다현이 질려 버리지 않을까 하는 걱정. 하나로 정의 내릴 수 없는 감정들이 뒤섞이며 제 마음을 불안하게 만들고 있었다.

"막말로 다현 씨가 진짜 조급하긴 할 거다."

"어째서?"

"다현 씨가 지금 포지션 경험이 많은 것도 아니잖아. 첫 상품 빼고는 대박까지는 못 갔고."

"곧 대박 날 거야."

내내 조용하던 승준의 첫 발끈이었다.

"대박이 안 난다는 소리가 아니고요. 하필 잘 됐던 게 너하고 있을 때니까 다현 씨도 부담되지 않겠냐는 거지."

"초코슈 잘 된 거, 전부 다현이 능력이야."

"사람들은 사실에 별 관심이 없으니까. 네 덕이라고 생각하는 사람이 더 많을걸."

다현이 경력자들 틈에서 자신의 자리를 지키기 위해 부지런히 뛰고 있다고는 생각지 못했다. 그저 막연히 상품 기획이 적성에 맞아 일에 푹 빠졌다고만 생각했을 뿐.

그런데 만약 녀석의 말이 사실이라면? 다현의 상황을 조금도 눈치채지 못한 제게 화가 날 것 같았다.

"회사 일이 꿈에까지 나올 정도면 스트레스 많이 받으시는 것 같은데. 혼자서 북 치고 장구 치지 말고 대화 잘 해 봐. 그게 답이다."

더는 조언할 것도 없다는 듯 도우가 하몽이 올려진 멜론을 입안 가득 넣었다.

　이미 승준의 정신은 다른 곳에 가 있었다. 아무래도 지금 당장 다현을 봐야 할 것 같았다. 아니, 봐야만 했다.

　지금 다현이 보고 싶어 죽겠으니까.

　"이 잔만 비우면 일어나자."

　승준이 잔을 들어 보이며 말했다. 위스키를 새로 주문한 지 그리 오래되지 않았기에 잔 안에는 술이 제법 남아 있었다. 자리를 파할 때까지 꽤 시간이 걸릴 것 같다는 도우의 예상과는 달리 그는 말이 끝나기 무섭게 깨끗이 잔을 비웠다.

　순식간에 위스키를 원샷한 승준이 빈잔을 탁 하고 테이블 위에 내려놨다. 커다란 얼음이 뱅그르르 잔 안을 돌았다.

　"누가 보면 위스키가 물인 줄 알겠네."

　도우의 목소리가 살짝 높아져 있었다. 설마하니 원샷을 때릴 줄 몰랐다는 표정이다. 그 놀란 얼굴에도 아랑곳하지 않고 승준은 자리에서 일어났다.

　"너 먼저 가라. 솔로는 이 밤을 즐기련다."

　도우는 파리라도 내쫓듯 저를 향해 손을 내저었다. 어떤 이유인지는 몰라도 그가 대번에 자신을 놓아준 게 고마웠다. 다현에게 가고 싶어 미치기 일보 직전이었으므로.

　다현의 목소리를, 미소를…… 아니다, 그냥 잠든 모습이라도 좋았다.

　너를 볼 수만 있다면.

　순식간에 짐을 챙겨 든 승준이 바를 빠져나갔다. 앞만 보는 경주마처럼 뒤도 돌아보지 않고 곧장 호텔을 나섰다. 제 간절한 마음이 하늘에 가닿기라도 했는지 호텔을 나서자마자, 운 좋게도 택시 한 대가 호텔 앞에 멈춰 섰다.

택시 뒷자리에서 사람이 내리기 무섭게 승준이 바로 차에 올라탔다.

그는 목적지를 말하고는 의자에 등을 기댔다. 차 안의 공기가 뜨뜻해선지 술기운이 빠르게 번져 나갔다.

'정신 차려라.'

제가 하는 말이 단순한 술주정으로 들릴까 약간 걱정이 됐다. 물론 그랬다고 다현을 보지 않고, 집으로 돌아가야겠다는 마음은 들지는 않았다.

그녀를 보고 싶다는 마음에는 조금의 변화도 없었다.

승준이 핸드폰을 꺼내 들었다.

[나 오늘 일찍 끝나는데 같이 저녁 먹을까?]

다현과의 대화창을 가만히 쳐다봤다.

[약속 있어. 나중에.]

제가 한참 전에 보낸 답장이 왜 그리도 퉁명스러워 보이는 건지. 심히 후회가 됐다. 다시 시간을 돌릴 수만 있다면 이런 멍청한 대답을 보내지도 않았을 거다.

[나 지금 너희 집 가는데 한 30분이면 도착해.]

알딸딸하게 올라오는 취기를 누르며 승준이 메시지를 보냈다. 도착 시간도 넉넉히 잡았다. 갑자기 제가 집에 찾아가는 걸 다현이 좋아하지 않았기 때문이었다. 나름 준비할 게 많다나.

시원하게 도로를 달리던 택시가 서서히 속도를 줄였다. 승준은 다현의 집 앞이 아닌 동네 초입에서 내렸다.

다현에게 말했던 시간보다 약간 빨리 도착하기도 했고, 그녀가 좋아하는 붕어빵이 눈에 들어온 까닭이었다. 하얀 종이

봉투 안에 든 붕어빵을 보고 좋아할 다현의 모습이 떠올라 그냥 지나칠 수가 없었다.

"열 개만 부탁드립니다."

"오늘은 아내분이랑 같이 안 오셨나 보다."

아내라는 말이 듣기 좋았다. 역시 꽃 피는 봄이고 뭐고 어떻게든 서둘러 식을 올렸어야 했다.

"요 두 개는 서비스."

사장이 너스레를 떨면서 붕어빵 두 개를 종이봉투에 더 넣어 주었다.

혹여 붕어빵이 식기라도 할까. 승준은 품에 붕어빵을 품고 곧장 다현의 집으로 향했다. 거의 집에 도착했는데도 다현에게서는 아무 답장이 없었다. 묘하게 피어오르는 걱정에 다현에게 전화를 걸었으나 신호음만 이어졌다.

뚜루루— 뚜루—

그 소리가 사람을 불안하게 만들었다. 나쁜 생각이 끝없이 머릿속에 피어올랐다.

다현의 집으로 가는 승준의 걸음이 갈수록 빨라졌다. 길게 이어지는 신호음에 돌아 버릴 지경이었다. 차라리 제가 저녁을 거절했던 게 괘씸해 답장을 보내지 않는 것이길 바랐다.

다현에게 무슨 일이 있다는 것보단 차라리 그쪽이 나았다.

어느새 현관문 앞에 선 승준이 초인종을 눌렀다. 그런데 불안하게 아무 반응이 없었다. 다시 한번 초인종을 눌러 봐도 문이 열리지 않았다.

"……돌아 버리겠네."

결국 승준은 다현의 집 비밀번호를 눌렀다. 다현이 비밀번호를 알려 줄 때만 해도 이 숫자를 누르게 되는 날이 올 줄 상상도 못했다. 어찌나 걱정이 차고 넘치던지 술이 확 깼다.

굳게 잠겨 있던 현관문이 열리고 승준이 안으로 들어섰다. 마치 아무도 없는 것처럼 집이 조용했다.

"다현아."

제 목소리만 또렷이 울려 퍼지고 있을 뿐.

"강다…… 다현아?"

분주히 고개를 돌리며 다현을 찾던 승준의 발걸음이 멈췄다. 다현은 식탁에 두 팔을 대고 누워 있었는데, 까무룩 잠들었다가 제 목소리에 깼는지 잠이 덜 깬 얼굴이었다. 네가 어떻게 여기 있냐는 눈빛을 날리면서.

제 얼굴을 올려다보는 다현의 얼굴빛이 심상치 않았다. 두 뺨과 콧잔등이 새빨갰다. 그랬다고 집 안의 공기가 훗훗하지도 않았다.

승준이 급히 다현에게 다가가 커다란 두 손으로 그녀의 얼굴을 감쌌다. 손바닥에 퍼지는 열기가 뜨거웠다. 다현의 이마마저 펄펄 끓고 있었다. 왜 전화도 받지 못하고 여기서 자고 있던 건지 단박에 알 것 같았다. 문제는 이 상황에서 제가 뭘 어떻게 해야 하는지 정리가 되지 않는다는 거다.

역시 멀쩡한 상태로 왔어야 했다.

마음을 진정시키듯 승준이 머리칼을 뒤로 쓸어넘겼다. 하나씩 차근차근. 차분하게 굴자 다짐했다.

"해열제 먹었어?"

"해열제…… 왜?"

다현의 목소리가 갈라졌다. 목도 좋지 않나 보다.

"안 먹었네. 우선 침대 가서 눕자. 누워 있으면 해열제 사 올게."

"나, 괜찮아."

"내가 안 괜찮아."

"여기도 편한데……."

식탁과 한 몸이라도 된 듯 붙어 있던 다현을 억지로 안아 올렸다. 버둥거리는 다현의 발장구에 힘이 없었다.

열감이 짙게 밴 다현의 숨만 가냘프게 일렁거렸다. 땀에 젖어 있는 옷부터 벗겨 내야 할 것 같았다. 그다음엔 수건을 올려 열도 떨어뜨리고 약도 먹여야겠다. 밥도 못 먹었을 텐데…….

다현을 침대에 눕히고 옷장에서 편해 보이는 옷을 꺼냈다.

"옷부터 벗자."

아픈 와중에도 다현이 그 말에 곧장 반응해서는 앞섶을 움켜쥐었다.

"내, 내가, 내가…… 내가."

혼잣말인지 아니면 제게 하는 말인지 모를 말을 여러 번 반복하며 중얼거리기까지 했다. 어쩌면 자신이 무슨 말을 하고 있는지 모를지도.

블라우스 단추를 푸는 다현이 헛손질을 했다. 기운이 빠지니 단추를 풀 힘도 없는 듯했다. 평소라면 다현이 하는 대로 그냥 놔뒀겠지만 지금은 그럴 수 없었다. 승준이 다현의 곁에 앉고는 힘없는 그녀의 손등을 감쌌다.

"내가 해 줄게."

"내가 해도……."

"너 잡아먹는 건 나중에 할 테니까 마음 놔."

제 농담에 다현이 힘없이 픽 웃었다. 동시에 앞섶을 꽉 잡고 있던 손이 떨어졌다. 물먹은 솜처럼 몸이 무거운 모양이다.

옷을 갈아입히자마자 다현은 쓰러지듯 침대에 누웠다. 머리가 지끈거리는지 다현의 미간이 살짝 구겨지기까지 했다. 빨리 약을 사서 먹어야겠다는 생각에 승준이 바로 자리에서 일어섰다.

"어디, 가?"

"약 사 오게."

"약국 다 닫았을 텐데."

"찾기 힘든 거 찾는데 내가 꽤 재능 있잖아. 그니까 걱정 말고 쉬고 있어."

그는 다현을 다독이고는 집을 나섰다. 일단 열부터 떨어뜨려야겠다는 생각뿐이었다.

❖ ❖ ❖

창을 타고 흘러든 빛이 다현의 눈두덩을 간질였다. 따듯한 온기에 다현의 눈이 꼼지락거렸다. 더 자고 싶다는 생각이 들다가 이내 출근이란 말이 번뜩 떠올랐다. 지각이라는 생각에 다현의 눈이 단박에 떠졌다.

몸을 일으켜 앉아 시계를 확인하려는데 이마에서 무언가 툭 떨어졌다. 바짝 마른 수건이었다.

이게 왜……?

옆으로 고개를 돌리자 협탁에 기댄 채 불편하게 잠이 든 승준의 모습이 보였다. 얘는 왜 여기…… . 가만히 승준을 바라보던 다현은 간밤의 일을 떠올렸다.

'약만 먹고 자자.'

비몽사몽인 저를 달래며 약을 먹이던 게 꿈인 줄 알았는데 전부 현실이었나 보다. 야밤에 약국이 다 닫혀서 사기도 쉽지 않았을 텐데. 게다가 물수건을 갈아 주느라 제대로 자지 못했는지 승준은 쉽게 잠에서 깨어나지도 못했다.

날이 밝을 때 겨우 잠들었는지도 몰랐다.

안 그래도 매번 회사 일로 늦어서 미안해 죽겠는 마당에 병간호로 신세까지 지다니. 민폐가 따로 없었다.

어제 승준에게 같이 밥을 먹자고 한 건 그가 섭섭해하는 걸 알았기 때문이었다. 그래서 마음먹고 대화를 하려고 불렀던 건데. 어쩌다 보니 승준을 더 피곤하게 만든 것 같았다.

'강 대리 끝나고 어머니 생신 축하드리러 간다며. 퇴근 안 해?'

'시제품 픽스하고 가야 돼서. 추 대리 먼저 가.'

'본부장님 또 슬퍼하시겠네.'

'그냥 갈 수가 없어서…… .'

'얼른 끝내고 가. 우리 언니가 그러는데 결혼 준비하는 것도 혼자만 하면 엄청 섭섭해진다더라. 결혼은 혼자가 아니라 둘이 하는 건데.'

'아…… .'

'도울 거 있으면 내가 얼마든지 도와줄 테니까 꼭 말하고.'

추 대리의 말에 깊이 반성한 결과치고는 최악이었다. 밤새 간호만 받았고, 승준에게 주려 했던 신상품 마리토쪼도 절반이나 먹어 버린 상태였다.

지금 제가 할 수 있는 일이라고는 조금이나마 승준이 편히 잘 수 있도록 그를 침대 위에 끌어 놓는 것뿐이었다. 아니면 베게든 이불이든 모조리 당겨다가 그에게 놓아 주든가.

아무래도 후자 쪽이 나을 듯했다.

"끄응!"

젖 먹던 힘을 쥐어짜며 두툼한 이불을 끌어당긴 순간.

"내가 얼마나 힘들게 살려 놨는데, 벌써부터 힘 빼면 쓰겠어?"

승준이 제 품에 있던 이불을 가져갔다.

"간밤에 나 때문에 한숨도 못 잤을 것 같아서 괜찮으면 쉬다가 가라고."

"너는?"

"나 출근해야 돼서."

"못 보내 주겠는데."

"어?"

"너 푹 재워야겠거든."

단순한 농담이 아니었는지 승준이 단박에 이불을 펼치고는 제 몸을 끌어안았다. 순식간에 이불에 말려 승준과 함께 침대 위로 벌러덩 쓰러졌다. 자신을 부둥켜안고 있는 승준의 눈빛이 꽤나 다부졌다.

아무래도 이불 속에서 결코 나가지 못할 것 같았다.

"너도 오늘 출근해야 되잖아."

다현이 얼른 그를 구슬렸다.

"여기서 일하지, 뭐."

"대표님이 회사에서 열일하는 모습을 보여야 부하 직원들도 열정이 생기지 않을까?"

"열정의 원동력은 내가 아니라 보상이지."

승준은 조금도 물러설 마음이 없어 보였다.

"예를 들면 만족스러운 보수, 성과급."

승준의 말이 틀리지도 않아 반박하기도 어려웠다. 사실 제가 어떤 말로 설득을 하든 승준은 요리조리 피할 게 분명했다.

"나 무단결근하면 시말서 써야 될지도 모르고……."

"그래서 나 버리고 가려고?"

"누가 버린다고. 일단 회사 갔다가 나머지는 일은 끝나고 하자는 거지."

"구미가 당기기는 한데……."

드디어 넘어오는 건가.

"안 되겠다."

실패다.

"못 놔주겠어, 너."

움직이면 조여드는 덫처럼 빠져나갈 틈이 없었다. 그리고 솔직히 말하자면 너른 승준의 품에 안겨 있자니 그의 말대로 하고 싶어지기도 했다. 안락함을 포기하고 전쟁통 속으로 가고 싶은 사람이 어디 있겠나.

"지금 팀장한테 전화해서 병가 낸다고 해."

"갑자기? 지금?!"

"병가를 미리 내면 이상하잖아."

"그렇기는 한데……."

"왜, 충분히 일할 수 있을 것 같아?"

독심술이라도 있나. 매번 느끼지만 제 마음을 읽어 내는 솜씨가 귀신같다.

"너 어제 엄청 앓았던 거 알고 있지? 그거 회복하려면 최소 하루는 푹 쉬어야 돼. 이번만 일하고 끝낼 것도 아니잖아. 입사 하고 병가 한 번 써 본 적도 없고."

"어……."

"기껏 살린 목숨 다시 꺼지는 거 못 보겠으니까 한 번만 나한테 져 줘."

다정한 승준의 말투와 따뜻한 눈빛을 당해 낼 재간이 없다. 코끝을 적시는 달달한 향기마저 사람을 살랑살랑 유혹해 대지 않나.

무조건 무장해제다.

"알았어. 도전."

다현은 비장한 표정으로 백기를 흔들었다. 제 대답을 듣자마자 승준의 입가에 환한 미소가 번졌다. 저 해사한 미소를 보려고 기어코 출근 의지를 꺾게 됐는지도 몰랐다.

하지만 이런들 어떠하고 저런들 어떠하리 싶었다. 정신없던 일에서 벗어나 승준과 단둘이 있는 것만으로도 좋았으니까.

따뜻한 아침볕과 함께 녹아든 평화에 마음이 한없이 들썩거렸다.

❖ ✛ ❖

　다현은 스스로 생각하기에도 고집스럽기는 했으나 연차를 사용해선지 마음이 편했다. 마음껏 편히 쉴 수 있는 느낌이라고 해야 하나. 괜히 꺼림칙한 기분에 빠져들지 않아도 돼서 다행이었다.

　따뜻한 이불 속에서 승준과 오래도록 뭉그적거렸다.

　배꼽시계가 울리지 않았더라면 아직도 이불을 휘감고 뒹굴고 있었을 거다. 아니, 승준이 요리를 하겠다며 자리에서 일어나지만 않았더라도.

　자신만만하게 팔을 걷어붙인 승준이 걱정돼 다현도 결국 자리에서 일어났다. 그래 봐야 냉장고를 살피는 승준의 등에 매미처럼 붙어 있는 게 전부지만. 뭘 하려고 이렇게 냉장고 안을 샅샅이 훑는 걸까.

　"뭘 이렇게 맛있게 먹고 남겨 뒀어?"

　승준이 제가 먹다 남겨 둔 마리토쪼를 꺼내 보이며 물었다.

　원래 승준에게 주려고 가져왔던 디저트였는데, 반으로 벌어진 빵 사이를 채우던 새하얀 크림과 망고가 반쯤 사라져 접시 위로 지저분하게 흘러내려져 있었다.

　엉망진창인 모양을 보이고 싶지 않다는 생각에 다현은 접시를 뺏으려고 했지만 실패했다. 그가 얄궂게 접시를 자신의 머리 위로 들어 올렸기 때문이었다. 까치발을 들어 봤지만 승준의 키가 커서 손이 닿을 리 만무했다.

　"이거 신상품이야?"

　"아, 아직…… 나중에 보여 줄게. 다음에 제대로 만든 걸로."

"지금도 맛있겠는데."

어느새 승준이 포크를 집어 들었다. 남아 있는 마리토쪼를 모두 해치울 기세다.

"안 돼. 야아아."

다현이 두 팔을 휘저으며 어떻게든 승준을 막아 보려 발버둥을 쳤다.

모양도 망가진 데다가 냉장고에 마구잡이로 집어넣으면서 빵도 말랐을 터다. 승준을 생각하고 만든 디저트니만큼 완벽한 상태로 보여 주고 싶었다. 그런데 지금은 너무도 엉망진창이 아닌가.

막 만든 게 제일 맛있는데.

"아……."

제 몸부림에도 불구하고 승준은 기어코 디저트를 한 입 먹었다. 심사 결과를 기다리는 참가자처럼 다현의 얼굴에는 순식간에 긴장감이 물들었다.

"먹을 만해?"

"맛있네."

"괜찮아?"

"크림이 달지 않아서 망고하고 잘 어울리고……."

승준이 거기까지 말하다가 멈췄다. 왜, 무슨 문제인데?

"어울리고오……?"

조마조마한 마음에 다현이 승준의 뒷말을 똑같이 따라 했다.

"딱 내 예비 신부가 만든 것 같아."

"어?"

"무조건 맛있다고."

승준은 진심이라는 듯 환하게 웃어 보였다. 그 미소에 완벽한 디저트 타령을 하던 다현도 덩달아 웃고 말았다. 예쁘게 휘어진 다현의 입꼬리가 승준의 시선을 꽉 붙들었다.

그가 마리토쪼가 놓인 접시를 식탁 위에 뒀다. 그러고는 더 이상 달아오르는 마음을 주체하지 못하겠다는 듯 다현을 번쩍 들었다.

"엄마아! 내릴래. 내려 봐 봐, 차승준."

생각지 못한 힘에 놀란 다현이 황급히 승준을 부둥켜안았다.

그는 식탁 위에 저를 내려놨다. 그제야 승준의 목을 감고 있던 손을 풀었다. 그런데 승준은 그게 싫었나 보다. 금방 제 허리를 휘감고는 자신의 쪽으로 저를 가까이 끌어당겼다.

벌어진 다리 사이에 서 있는 승준을 올려다봤다. 잠깐의 거리도 허용하지 않겠다는 듯 그가 허리를 구부리고 제게 얼굴을 들이밀었다.

조용히 뒤섞이는 숨이 놀랍게도 달달했다.

"어때? 잘 될 것 같아?"

다소 민망한 자세에 다현이 슬쩍 화제를 돌렸다.

"무조건."

"진짜 괜찮아? 객관적으로."

"나 빈말 안 하는 거 알잖아."

"나한테는 너무 관대한 것 같길래."

"내가?"

"응. 그래서 내가 늦어도, 일만 해도 다 참아 줬잖아. 아무 말도 안 하고."

어쩌다 보니 어제 하려고 했던 말이 자연스럽게 튀어나왔다. 가만히 제 얘기에 귀를 기울이는 승준의 모습에 괜히 민망해서는 그의 티셔츠를 슬쩍 잡았다. 집중력을 잃어버린 사람처럼 다현은 손을 가만히 두지 못했다.

어찌나 녀석의 티셔츠를 쪼물락거렸던지 주름이 진다고 해도 전혀 이상할 것 같지 않았다.

"결혼 때문에 회사 일에 소홀한다는 얘기 듣고 싶지 않아서 그런 건데…… 한숨 돌리고 나니까 내가 너 혼자만 힘들게 만든 것 같아서 미안했어. 그래서 어제 내가 만든 디저트도 들고 멋있게 사과하려고 했는데…… 미안, 지금 너무 멋없지."

대답 없는 승준을 보고 있자니 공연히 마음이 쿵쾅거렸다. 쌓여 왔던 불만이 이제 막 터지려는 건지도.

"나 근데 이제 똑바로 정신 차려서 너하고 같이 결혼 준비 열심히 할게."

승준의 티셔츠를 움켜잡고 다짐을 해대던 다현의 얼굴에 다시 미안한 기색이 서렸다. 굳게 다물린 승준의 입술에 자신감이 점점 추락하고 있었다.

"미안해."

제 사과가 끝나자마자 승준이 저를 꽉 끌어안았다. 거의 승준의 품에 파묻힐 정도였다.

"결혼하기로 한 거 후회한 거 아니면, 그럼 됐어."

"어어어? 누가? 내가?"

"어."

"결혼 무르고 싶어 하는 줄 알았어?!"

승준의 품에서 살짝 얼굴을 뗀 다현의 목소리가 커졌다. 고개를 끄덕이는 승준의 표정이 진지한 걸 보니 하루 이틀 가볍게 고민했던 게 아니었나 보다.

"내가 얼마나 결혼하고 싶어 죽겠는데. 이거, 이것도 너 생각하면서 만든 거고."

버둥거리던 다현이 테이블에 놓여 있던 접시를 집어 들었다.

"예전에 여기 크림 안에다가 약혼할 사람한테 줄 반지나 보석 같은 선물 숨기기도 했대. 그 얘기 듣는데 막 욕심 생기더라."

"무슨……?"

"내 남편도 내가 만든 디저트 먹고 엄청 좋아했으면 좋겠다고."

남편이라는 말에 승준의 얼굴빛이 밝아졌다. 그는 제가 들이밀고 있는 마리토쪼에는 관심도 없는 듯했다. 잠깐도 디저트에 눈길조차 주지 않았으니까. 승준은 그저 제 얼굴만 뚫어져라 쳐다보고 있었다.

"근데 너 못 올 줄 알고 내가 먹어 버려서……."

"다시 한번 말해 봐."

"너 못 올 줄……."

"그거 말고."

"그럼?"

"남편."

역시나 승준은 '남편'에 단단히 꽂혀 있었다. 어서 다시 말해 달라는 듯 승준의 두 눈이 물비늘처럼 반짝거렸다.

제가 바쁘다는 핑계로 결혼 준비에 소홀했던 순간을 벌써

다 잊어 낸 얼굴이었다. 자신이 원하는 말을 해 주기만을 기다리고 있었을 뿐. 그 관대함에 넘어가지 않을 수가 있을까.

"남편……."

"한 번만 더."

"우리 남편."

제 입안을 굴러가는 말이 꽤 마음에 들었다. 서로를 부르는 호칭 하나가 바뀐 게 뭐가 그리도 좋은지 두 사람에게서는 미소가 떠나지 않았다.

"다현아, 너 진짜 예뻐서 봐주는 거야."

"앞으로 예쁜 짓 많이 할게."

"구체적으로 어떻게?"

"거기까지는……."

"이 시간부로 여보라고 부르는 건 어때?"

"여, 여, 여보……세요? 뭐라고?"

늘 이름만 부르던 터라 여보라는 말이 입에 익지 않았다.

"계속 부르면 익숙해져, 여보."

이때만을 기다린 사람처럼 승준은 무척이나 능청스러웠다.

여보라는 말도 어디서 연습한 거 아냐?! 왜 이렇게 자연스러워?

승준이 능글맞게 웃어 보이면서 제 입술만 뚫어져라 쳐다보고 있었다. 승준의 기대감이 고스란히 느껴져 다현의 눈동자는 이내 갈 길을 잃고 방황했다. 목구멍에 턱 하고 걸려 버린 여보라는 말이 좀처럼 입 밖으로 나오지 않았다.

이러다가 승준의 시선에 제 입술이 녹아내릴 것만 같았다.

"여……."

여 다음엔…… 보!

그 단 한 글자만 덧붙이면 끝날 상황이었다. 승준이 바라는 걸 다현도 물론 해 주고 싶었다. 그런데 뒷말이 왜 달라붙지 못하고 지지부진하는지 미칠 지경이었다.

"여어……."

한 번도 써 보지 않았던 말을 하려니 민망한 까닭일 거다. 승준의 두 눈동자에서 찬란하게 빛나는 기대감이 부담됐는지도 모르겠다. 어쨌든 확실한 건 오늘 안에 여보라는 말이 나오지 않을 것 같다는 거였다.

"저기…… 나 아무래도 연습 시간이 필요할 것 같아."

"못 하겠어?"

"지금은 그런데 금방 할 거야."

"언제?"

"결혼 전엔 무조건 할 수 있다고 약속."

다현이 새끼손가락을 걸고 약속했다. 까짓것 처음이라 그렇지, 연습을 하다 보면 금세 익숙해져 승준처럼 아무렇지 않게 여보의 세계로 접어들리라 확신했다. 다른 건 몰라도 그 믿음이라도 있어야 될 것 같았다.

원래 어떤 일이든 생각하는 대로 된다고 하지 않나.

무조건 할 수 있다.

여보를 여보라고 부르지 못하는 게 더 이상하지 않나. 그깟 여보란 말이 어려운 것도 아니고.

여보. 고작 두 글자다.

"부담되면……."

"아니, 나 할 수 있어."

다현의 목소리가 한껏 커졌다.

이토록 고집을 부리는 건 승준이 여보라는 말을 듣고 좋아하는 모습을 제 두 눈으로 보고 싶었기 때문이었다. 그것 말고 다른 이유는 없었다. 물론 예쁜 짓을 추가해 승준의 애정을 듬뿍 받고야 말겠다는 까만 속내도 어느 정도 있었다.

먹잇감을 자신의 울타리에 가두고 음미하려는 맹수처럼 승준이 제게 다가섰다. 금방이라도 제 위에 올라탈 것 같아 뒤로 물러나려는데, 승준에게 허벅지를 붙잡혀 버렸다.

"종일 떨어지기 싫어지는데 어떡해, 여보?"

나직한 저음과 함께 뜨뜻한 숨이 귓가에 젖어 들었다. 깊숙이 울리는 목소리에 괜스레 아랫배가 묵직해졌다.

전기라도 오르는 듯 찌릿한 느낌이 온몸에서 튀어 오르기까지 했다.

그런 제 변화를 승준이 눈치채지 못했을 리가 없었다. 이렇게 가까이 붙어 있는데. 제 몸이 움찔하고 있는 것도 또렷이 느끼고 있을 터다. 그게 녀석의 사냥 본능이라도 끌어 올렸는지, 그가 살짝 제 귀를 깨물었다.

딱딱한 이 사이로 말캉한 제 살이 짓눌리며 형언할 수 없는 아찔한 감각을 피워 냈다.

"승준, 아…… 야앗!"

"응, 여보."

제 귀에 내다 꽂히는 그 말이 묘하게 유혹적이었다. 누군가 보드라운 깃털로 약한 부분만 공략하고 있는 기분이다.

머리부터 발끝까지 간질간질.

자꾸 웃음이 튀어나올 것 같다.

"아…… 아, 잠깐만. 간지러워."

목선을 타고 떨어지던 입술이 쇄골 부근까지 내려오자 웃음이 와락 터져 나왔다.

"참을 수 있잖아."

"못 참겠…… 아읍."

터지는 웃음을 참겠다고 다현이 손등으로 입술을 눌러 보지만 가능할 리가 없었다. 참을 수 있게 놔둘 승준이 아니다. 그가 입술을 살짝 벌려 제 살을 머금었다. 그의 입술이 지나간 곳마다 열감이 피어올랐다.

단지 간지럽기만 하던 감각이 조금씩 아찔하게 변해 갔다. 살결 아래에 있던 신경이 하나하나 예민해졌다.

찌릿, 터지는 느낌을 참아 내는 다현의 발가락이 꼬부라들었다. 아래로 미끄러져 내려가는 말캉한 승준의 입술에 정신까지 흐려졌다. 흘러가는 물을 움켜쥔 것처럼 제 손가락 사이사이에 감기는 승준의 머리카락이 몹시도 부드러웠다. 그렇게 제가 인지하지도 못하는 사이에 점점 그에게 감긴대도 전혀 이상할 것 같지 않았다.

"승준아."

제 말에 고개를 든 승준의 입술이 유난히도 붉었다. 아주 잘 익은 빨간 사과처럼 윤기마저 돌았다.

저 입술을 한 입만 베어 물면 세상 달달한 맛을 맛볼 수 있을 것 같았다. 제가 아무리 머리를 굴려 달콤한 디저트를 기획한다고 해도 말랑한 입술이 맞닿으면서 내는 향기와 맛을 흉내 낼 수조차 없을 거다.

"나…… 에취!"

277

그를 마주 보고 있던 순간, 코가 간지럽더니 이내 기침이 터졌다. 팔목으로 입을 막고는 반대쪽으로 고개를 돌렸다.

몸살감기가 다 나은 줄 알았는데 아니었나 보다. 까끌까끌한 목을 가다듬고 있자니, 아무래도 승준과의 입맞춤은 다음으로 미뤄야 할 것 같았다. 감기로 고생한 건 자신만으로도 충분했다.

"나 일단 일어나야겠다. 너한테 옮겠어."

"상관없어."

"내가 상관 있어. 너 감기 걸리면 내가 미안하잖아."

"내 면역이 잘 버틸 테니까 그건 걱정 안 해도 돼. 근데 얼른 밥 먹이기는 해야겠다. 약 먹을 시간도 지났네."

어느새 제게서 떨어진 승준이 서둘러 요리할 재료들을 찾기 시작했다. 그래 봐야 그의 손에 들린 거라곤 당근과 계란과 대파가 전부였지만.

혹시 계란볶음밥인가.

"뭐 하려고?"

다현이 승준의 허리를 안으며 물었다.

"계란볶음밥 하려고. 딴 거 먹고 싶은 거 있어?"

"볶음밥 먹을래."

승준의 생각을 맞혔다는 것만으로도 즐거웠다. 말하지 않아도 알아요, 하는 느낌이랄까.

승준이 써는 대파 두께가 자유분방했으나 다현은 아무 말 없이 그의 칼질을 보고만 있었다. 평화롭기만 한 공기를 깨고 싶지도 않았고 그가 뭘 어떻게 하든 다 좋았다. 신혼의 단내를 미리 만끽하는 것 같아 그저 행복했으니까.

총총총—

정성이 들어찬 칼질을 끝내고 승준이 잘게 썰린 파를 접시에 담아 놓았다. 그러고는 두 손을 씻어 내는 승준의 팔에 머리를 비벼댔다.

"자꾸 유혹하면 곤란해."

"왜?"

"이러다가 너 컨디션 좋아질 때까지 참기 어려울 것 같으니까."

"빨리 밥 먹고 약 먹어야겠다. 얼른 낫게."

한 몸이라도 된 양 가까이 붙어 있는 그들이 서로를 보며 환한 미소를 터뜨렸다.

얼굴만 봐도 계속 웃음이 새어 나오는 즐거운 연차 날이었다. 기쁨에 빠진 두 사람 근처에서 고소한 냄새가 한없이 폴폴 풍겨났다.

'나 아무래도 연습 시간이 필요할 것 같아.'

여보 연습에는 시간이 아주 많이 필요한 모양이었다. 결혼식이 코앞에 다가올 때까지 승준은 고대하던 여보 소리를 듣지 못했다.

당장 다현에게 원하는 말을 듣고 싶다는 마음은 차고 넘쳤지만 그는 단 한 번도 내색하지 않았다. 다현도 나름대로 노력 중일 게 분명했다. 어떤 일이든 최선을 다하는 애니까.

노트북을 끈 승준이 자리에서 일어났다. 집무실을 나서자 남 비서가 얼떨떨한 얼굴로 승준을 쳐다봤다.

"어디 가세요?"

"토드 픽쳐스하고 미팅 있다며."

"3시라서 이따가 출발해도 될 것 같습니다."

"내가 중간에 들를 곳이 있어서."

"어디요?"

"편의점."

승준이 뭘 하려는지 단박에 눈치챈 듯 남 비서가 바로 자리에서 일어났다. 승준의 머릿속에는 영화 배급사를 만나 계약 조건을 어떻게 맞출 것인가에 대한 걱정은 들어 있지 않았다.

단지 어서 편의점에 가야겠다는 생각밖에 없었다.

그렇게 남 비서와 함께 대표실을 나섰다. 차에 올라타자마자 제가 한때 몸을 담고 있던 편의점이 여기저기 눈에 띄었다.

하지만 아직 1시 반.

신선식품이 들어오려면 아직 30분이나 남아 있었다. 다현의 신상품이 출시되는 날인데 제가 왜 더 떨리는 건지 이해할 수 없었다.

"직원들한테도 형수님이 기획하신 신상품 쫙 돌릴까요?"

배급사로 향하던 남 비서가 룸미러로 저를 힐끗 보고는 물었다.

"괜찮네. 근데 가능할까 모르겠네."

"무슨 문제라도 있습니까."

"내가 먹어 보니까 금방 다 팔릴 것 같아서."

"아……."

상상을 초월하는 팔불출에 남 비서가 자신도 모르게 탄식을 쏟아 냈다. 지나가는 농담으로 던진 말이 아니었다. 승준은 정말로 솔드아웃을 걱정하고 있었다.

"왜?"

다현에 관한 얘기를 할 때면 서글서글해지던 눈빛이 어느새 냉철하게 변해 있었다.

"그, 럴 수도 있겠다 싶어서요."

"당연하지."

"그래도 찾아보고 하나씩 돌릴까요?"

"정 없이. 네 개는 들고 가야지. 식구 중에 못 먹는 사람이 있으면 안 되지."

남 비서는 '1인 가구가 많답니다.'라고 말하고 싶었으나 애써 삼켰다. 그래도 한국인은 정 있게 네 개씩 먹어야 한다는 논리를 펼쳤을 승준이니까.

그는 다현의 신상품을 선물할 생각에 꽤 들뜬 듯했다.

"혹시 내가 알아봐 달라고 한 거 알아봤어?"

"충분히 가능할 것 같답니다."

"잘됐네."

"그럼 바로 진행할까요?"

"잠깐만 킵하자. 우선 어머님께 말씀드려 보고 괜찮다고 하시면 그때 진행하게."

"그렇게 하겠습니다."

잠시 멈춰 있던 승준의 차가 다시 도로를 내달리기 시작했다.

신선식품이 편의점에 들어올 시간이 다가올수록 승준의 눈에는 오직 편의점만 들어왔다. 제일 먼저 마리토쪼를 사서 다현에게 자랑을 할 참이었다.

다현도 응원하고 겸사겸사 그녀의 목소리도 듣고 싶었다. 어쩌면 사실 전자보다는 후자가 승준을 더욱 설레게 하는지도 모르겠지만.

더욱이 남 비서에게 방금 전달받았던 소식을 전하면 다현이 무척 기뻐할 것도 같았다. 제 얘기를 듣고, 다현의 마음이 조금이나마 편해지기를 바랐다. 이번 결혼식에서는 무엇보다 다현이 아주 행복하기를 바랐으니까.

"저쪽에 편의점 있는데 일단 차 세울까요?"

남 비서의 물음에 승준이 제 손목시계를 봤다.

"대기하자, 민현아."

중요한 물건이라도 입수하는 사람처럼 승준의 목소리가 비장했다. 다현의 새 디저트를 사수하기 위해 승준의 차가 빠르게 편의점 앞에 멈춰 섰다.

새까맣게 선팅이 된 차 안에는 두 남자가 초조하게 디저트를 기다리고 있었다.

외전 2.

결혼식 당일.

맑을 거라는 예보가 정확히 적중했다. 구름 한 점 없이 하늘이 맑았다. 따사롭게 내리쬐는 햇빛에 예식장을 수놓은 꽃이 더욱 아름답게 빛깔을 뽐냈다. 예식장 바로 뒤로 내다보이는 한강에도 물비늘이 일었다.

무엇 하나 놓치기 어려울 만큼 해사한 분위기가 결혼식장을 돌았다.

일찍이 예식장에 도착한 상품기획팀 사람들이 한쪽에 자리를 잡고 앉았다. 다들 웨딩드레스를 입고 있는 다현이 너무 예쁘다고 칭찬 중이었는데, 이 과장만 예식장을 살피느라 바빴다.

"이거 식기부터가 비싸 보이네. 아까 올라올 때 보니까 발렛 요원도 간지가 쫙 나는 게 돈 겁나 들었을 거 같지 않아?

283

역시 회사 관둬도 타격 제로구나. 이래서 연예인하고 재벌 걱정은 하는 게 아니라니까."

푸념 섞인 말을 쏟아 내면서도 이 과장의 시선은 앞마당 정면에 보이는 호텔리조트 독채에 꽂혀 있었다.

"이 과장이 이만큼 내 걱정 하고 있었을 줄 몰랐네."

이 과장의 말에 대꾸를 해 준 건 다름 아닌 승준이었다.

"보, 보, 본부장님!"

저승사자처럼 나타난 승준에게 어깨를 붙잡힌 이 과장이 소스라치게 놀랐다. 그는 당장 자리에서 일어나려 했으나 승준의 손아귀에서 벗어나지 못했다. 승준은 이 과장을 놓아줄 마음이 추호도 없었다.

자신이 없는 사이 얼마나 얄밉게 다현에게 상사짓을 해 대고 있는지 잘 알고 있었기 때문이었다.

부탁이랍시고 퇴근 전에 다현에게 일을 던지고 냉큼 도망가 버린 것도.

다현이가 알면 싫어할까 그간 아무것도 하지 않았지만 이렇게 이 과장을 만났으니 경고 정도는 날려도 되지 않을까 싶었다. 우발적 범행. 딱 그렇게 정리하자.

"고맙네. 이 과장이 날 그렇게 걱정해 주고."

"벼, 별말씀을요."

이 과장은 일단 떠오르는 대로 대답을 하고 있는 것 같았다. 그러면서도 제가 어디부터 얘기를 들었는지 눈치를 보느라 바빴다.

"이 과장 생각대로 내가 생각보다 잘 먹고 잘 삽니다."

"다행입니다, 본부장님."

"근데 누가 내 와이프를 괴롭히는 거 같아서 요새 얼마나 골치가 아픈지. 이 과장이 많이 도와줘요. 누가 지랄맞게 구는지 알면 손 좀 보려니까."

승준이 웃는 낯으로 경고했다. 비록 이 과장에게는 그 말이 자신의 생명의 위협처럼 들렸겠지만.

"다, 현 대리가 힘이 들었구나. 그랬구나."

이 과장의 눈동자가 허공에서 방황했다. 누구라도 자신을 도와줬으면 하는 눈치였지만 다들 이 과장의 시선을 피했다. 그는 그간 '나가리 된 차승준'보다는 자신이 신랑감으로 훨씬 낫지 않냐며 떠들고 다녔으나 정작 승준이 나타나자 아무 소리도 못 하고 쭈그러져 있었다.

추 대리는 저러다가 이 과장이 소멸되는 건 아닐까 생각했다. 승준의 고압적인 분위기에 짓눌려 그가 점점 작아지고 있는 탓이었다.

그 모습을 보는 추 대리의 마음이 시원하게 뚫렸다. 결혼보다는 일이 중요하다며 은근히 다현을 압박하는 걸 보면서 추 대리도 어찌나 스트레스가 쌓였는지 몰랐다. 제가 다음 차례라는 생각이 어느 정도 있었기 때문이기도 했다.

"내 아내 괴롭히는 사람이 여기는 없죠?"

"아, 그…… 그럼요. 당연히 없죠, 본부장님. 아하하."

"다행이군요. 만약에 여기 있었으면 내가 아주 욱했을 것 같아서."

승준의 시선이 이 과장에게서 떨어지지 않았다.

너라는 거 알아, 인마.

정확히 그 표정이었다.

"많이들 먹고 가요."

승준은 이만하면 이 과장이 알아들었을 거라 생각하고, 끝인사를 날렸다. 맞이해야 할 손님도 아직 많았다.

❖ ❖ ❖

"여기까지 와 줘서 고마워."

드디어 마지막이다!

꽃에 둘러싸여 빙긋이 웃고 있던 다현이 해방을 외쳤다. 드디어 신부용 미소에서 잠시나마 벗어날 수 있었다.

뒤를 돌아 마지막까지 신나게 손을 흔드는 과대를 향해 마지막 웃음을 가까스로 쥐어짜 냈다. 과대의 결혼식에서 승준을 다시 만나 호들갑을 떨었을 때가 엊그제 같은데…… 왠지 감회가 새로웠다.

"다현아 혹시 더 필요한 거 있어? 물이라도 줄까?"

내내 제 곁을 지켜 주던 미지가 물었다.

"괜찮아. 너 좀 마셔. 나 때문에 고생만 하고."

"이런 경험도 다 내 자양분이지."

"그래도."

"나도 슬슬 나가서 자리 잡고 앉아야겠다. 시간도 다 됐고. 왠지 차승준이 너 보고 싶어서 달려 들어올 것 같아. 아까도 보니까 너한테 푹 빠져서 아주 정신을 못 차리던데."

부정할 수 없다는 듯 다현의 입꼬리가 빙긋이 휘어졌다. 승준이 어찌나 신부대기실을 찾아오던지 그의 할머니께서 한소리를 하실 정도였다.

하지만 그런다고 포기할 승준이겠나.

"이따 봐."

승준이 곧 올 거라 생각했는지 미지가 얼른 대기실을 나섰다.

하지만 미지의 예상과는 달리 신부대기실에 나타난 건 준열이었다. 제 앞에 선 준열이 곱게 눈을 접고는 환한 미소를 지었다.

"제가 제일 늦었어요?"

"꼴찌예요. 곧 예식 시작이라 다들 밖에 나갔거든요."

"잘됐네요."

"뭐가……."

"정신없이 떠밀려서 축하드리고 싶지는 않았거든요."

여전히 준열의 시선은 다현에게 머물러 있었다. 잠깐 두 사람의 대화가 끊겼다. 다현을 포근히 감싼 꽃에서 퍼지는 향기만이 짤막한 적막을 채웠다.

가만히 다현을 바라보는 준열의 마음에 여러 감정이 스쳤다. 처음 다현에게 위로를 받았을 때부터 한주리테일에서 그녀를 다시 만났을 때까지. 아니, 다른 남자와 하나 됨을 약속하는 이 자리에서조차 다현은 눈이 부셨다.

아쉬움과 부러움. 홀가분함과 허전함.

그 감정을 고스란히 느끼는 준열의 입가에 미소가 떠올랐다. 비록 자신이 그리던 해피엔딩은 아니었지만 그래도 괜찮았다.

미소로 제 웃음에 화답하는 다현의 모습이 너무도 행복해 보였으니까.

다현을 좋아했던 순간을 후회하지 않았다. 매일 앞으로 나아갈 수는 원동력이었으니까. 아마 다시 과거로 돌아간다고 해도 다현을 좋아하는 쪽을 택할 거다.

다만 이제는 그 모든 것을 추억 속에 담아 둘 때일 뿐.

"결혼 축하드려요, 대리님."

"고마워요. 남 주임한테 그 소리 들으니까 뭔가 느낌이 또 다르네요. 이제 진짜 입장할 때가 거의 다 돼서 그런가."

"떨리세요?"

"조금요."

우황청심환이라도 찾아봐야겠다고 말하려던 순간.

"청심환이라도 먹자."

어느새 신부 대기실에 나타난 승준이 한쪽 테이블에 있던 생수 한 병을 집어 들고는 다가왔다. 준열의 곁을 지나가면서도 간단히 목인사 정도만 한 게 전부였는데, 그를 무시할 의도였다기보다는 저를 챙겨야겠다는 사명감이 더 컸던 것 같다.

승준이 재킷 주머니에서 우황청심환을 꺼내 다현의 손에 올려 주었다. 그러고는 청심환을 입에 문 제게 물을 건넸다.

"네 컨디션이 가장 중요하니까 시간 더 필요하면 말해."

빈 물 잔을 되돌려 받으며 승준이 말했다.

"약 기운 금방 돌겠지. 근데 청심환은 언제 챙겨 뒀어?"

"한도우가 주더라고."

"도우 씨가?"

"내가 신나서 너무 흥분한 것 같다나. 아니면 내가 다른 걸로 광분할 줄 알았나."

승준의 시선이 준열에게로 돌아갔다. 꿀이 떨어지던 눈빛이 순식간에 사라지고 제 사람을 지키겠다는 경계의 빛만이 넘실거렸다. 더러 질투에 휩싸인 것도 같았다.

누가 누구를 질투하는 건지. 준열은 자신을 향해 으르렁거리고 있는 승준을 향해 목인사를 날렸다.

"여기는 어쩐 일이에요?"

"대리님 결혼식인데 꼭 와야죠."

"주말에 바쁠 텐데, 굳이."

"제가 생각보다 주말에 한가해서요. 그리고 앞으로 도시락 개발 맡게 돼서 대리님하고 자주 부딪히지도 못할 텐데, 뵐 수 있을 때 많이 봐야죠."

"계속 디저트 안 맡고?"

생각지도 못한 소식이 반가웠는지 승준의 표정이 약간 풀렸다.

"제가 여기저기서 은근 인기 있는 스타일이라서. 도시락 쪽에 관심도 많고요."

준열이 승준의 물음에 태연하게 대답했다. 그의 시선은 다정스럽게 나란히 앉아 있는 다현과 승준에게 머물러 있었다.

정확히는 서로를 의지하듯 맞잡고 있는 두 사람의 손에.

인정하기는 싫지만 함께 있는 그들의 모습이 몹시도 잘 어울렸다. 긴장이 넘치던 다현의 얼굴이 한결 편해진 것도 방금 전에 먹었던 청심환 때문만은 아닐 거다. 곁에 있는 승준의 힘도 컸겠지.

준열은 이내 두 사람에게서 시선을 거뒀다. 이제 자신이 빠져야 할 때라는 걸 잘 알고 있었다.

"이제 저도 슬슬 제 자리로 가 봐야겠네요. 다시 한번 결혼 축하드려요."

"이따 식장에서 봐요."

다현이 대기실을 나서는 준열에게 인사를 날렸다. 그는 세상 편한 얼굴로 웃어 보이고는 밖으로 나갔다.

이제 대기실에 남아 있는 사람은 승준과 다현뿐이었다.

"준비됐어?"

승준이 여전히 다현의 손을 잡은 채 물었다. 조급한 표정은 아니었다.

"응."

비장하게 다물어져 있던 다현의 입술이 떨어졌다. 그렇게 승준이 대기실 앞에 있던 예식 도우미를 부르려던 순간, 다현이 승준의 옷자락을 잡았다.

"카메라는?"

다현이 승준을 올려다보며 물었다.

카메라는 이번 결혼식에서 무엇보다 중요했다. 단순히 결혼식을 생생하게 담아내기 위해서가 아니었다.

'우리 결혼하는 거 아버님께도 보여 드리면 어때?'

'어떻게?'

'카메라로 실시간 송출하면 돼. 준비는 됐고, 너만 괜찮다면 나는 그렇게 하고 싶어. 네가 얼마나 예쁜지는 직접 보지 못하셔도 얼마나 행복한지는 아실 것 같거든.'

'……'

'울어?'

'……고마워서. 너무 고마워. 고마워, 승준아.'

모두 행복하면 같이 있는 것과 다름없다는 승준의 말에 얼마나 울음을 터뜨렸는지 모르겠다. 홀로 병원에 남아 있을 아버지가 걱정됐는데 그러지 않아도 돼서 안도가 됐던 것도 같다.

그 고민에 잠겼던 제 마음을 승준이 알아준 게 고맙고 기뻐서…… 그래서 승준의 품에 안겨 눈물을 쏟아 냈다.

"여기 오기 전에 내가 확인했었는데 문제없었어."

"다행이다."

"이만 갈까?"

이제 완벽하게 준비가 끝났다는 듯 다현이 자리에서 일어났다. 신부의 끙끙거림을 감지했는지 예식 도우미가 달려와 다현을 도와주었다.

"신랑신부 입장이 있겠습니다. 하객분들께서는 큰 박수 부탁드립니다."

사회를 맡은 도우의 말이 끝나자, 우아한 결혼 행진곡이 야외에 울려 퍼졌다. 봄바람을 타고 버진로드를 둘러싸고 있던 꽃들이 달달한 향기를 쏟아 냈다.

승준의 팔을 꼭 붙잡은 다현이 그 속으로 한 발자국을 내디뎠다.

서로에게 보폭을 맞추며 어여쁜 꽃 속을 걷는 그들의 모습이 눈부시게 빛났다.

두 사람을 향한 박수 소리가 끊이지 않고 사방에서 시원하게 터져 나왔다. 다현은 여전히 심장이 콩콩 울릴 만큼 떨리기는 했으나 무섭지는 않았다.

승준이 있고 아버지가 지켜보고 있고. 그리고 또 자신이 사랑하는 사람들이 지켜보고 있지 않나. 유명 인사들이 얼마나 왔는지 신경을 쓰는 건 자신답지도 않았다. 실수가 조금 난다고 해도 이 결혼식을 즐기지 못하는 것보다는 나았다.

그렇게 생각하자 살짝 얼어붙어 있던 다현의 입가에 미소가 돌았다.

"웃으니까 더 예쁘네."

자신을 따뜻하게 바라보는 승준의 시선도 그제야 또렷이 느낄 수 있었다.

"당연하지. 내가 누구 마누란데."

"그건 그렇지."

제가 던진 농담을 승준은 덥석 집어먹었다.

주례 없는 단상에 올라서는 길이 꽤 길게 느껴졌다. 드레스가 익숙지 않아 혹시라도 밟고 넘어지지 않을까 걱정하느라 더욱 그런 기분이 들었는지도 모르겠다. 다행히도 승준에게 반쯤 의지해 겨우 단상 앞에 멈춰 섰다.

예식 도우미들의 도움을 얻어 다현이 하객 쪽으로 몸을 돌렸다. 드라마의 한 장면이라도 된 듯 열정적으로 결혼식 장면을 담고 있는 카메라맨들이 두세 명 보였다.

한 대로도 충분할 거라고 생각했는데 승준의 생각에는 아니었나 보다.

어떤 일이든 최선을 다하는 승준이 아닌가. 드론까지 띄우지 않은 걸 다행이라 여겨야 할지도.

"다음으로 혼인 서약이 있겠습니다."

제법 능숙한 도우의 진행에 따라 다현과 승준이 혼인서약서를 들었다. 모두의 앞에서 혼인 서약을 하고 나면 정말 부부로 한 발자국 더 나아가게 될 거다.

"나 차승준은 사랑하는 강다현을 아내로 맞아 영원히 당신과 기쁘고 슬픈 시간을 모두 함께하겠습니다. 언제나 아내 곁을 지키겠습니다."

"나……."

마이크를 건네받은 다현이 잠시 말을 멈췄다. 살짝 고개를 들자마자 엄마와 눈이 마주쳤기 때문이었다.

그냥 그것뿐이었다.

눈물이 나지 않고는 못 배길 감동적인 선율이 흘렀던 것도 아니고, 그렇다고 엄마가 울음을 터뜨린 것도 아니었다. 그런데 왜 시선이 마주치자 마음이 울컥거리는 걸까. 서로에게 의지해 버틴 시간이 생각났기 때문인지도 모르겠다.

코끝이 싸해져 다현이 얼른 정면으로 고개를 돌렸다. 그런데 하필 카메라가 보일 게 뭐람.

"신부님께서 우리 신랑의 말에 약간 감동을 받으신 것 같은데요. 하하! 두 분의 사랑을 응원하면서 박수 한 번 크게 부탁드리겠습니다."

도우가 능청스럽게 시간을 끌며 두 사람의 눈치를 살폈다.

"괜찮아?"

"응."

"마이크 들어 줄게."

"아냐, 괜찮아. 날이 너무 좋아서 감수성 폭발했나 봐."

다현이 승준의 쪽으로 고개를 돌리고는 배시시 웃어 보였다. 눈동자가 촉촉하게 젖어 있는 줄도 모르고.

박수 소리가 잦아들고 다현이 잠깐 목을 가다듬었다. 쉰 목소리가 나올 것 같았던 탓이다. 한 번 큼큼거리고는 마이크를 아랫입술에 살짝 가져다 댔다. 여전히 목소리가 떨릴 것 같았지만 울지 않기로 다짐했다.

아버지가 듣고 있지 않나.

지금 제가 얼마나 행복한지 울음으로 보여 주고 싶지는 않았다.

"나 강다현은 차승준을 남편으로 맞아 즐겁고 신나는 순간을 만들며 살아가겠습니다."

웃자.

밝게 웃자, 다현아.

아버지한테까지 이 행복이 닿을 수 있게.

"저희 두 사람은 이 행복을 영원히 기억하고 간직하며 영원히 함께할 것을……."

긴장한 사람처럼 나머지 문구를 모두 읽는 제 모습을 바라보던 승준의 입가에 자그마한 웃음이 피어올랐다.

이대로 혼자 모두 서약을 해 버리게 만들 수는 없었는지, 승준이 약간 허리를 구부려 제가 들고 있는 마이크 쪽으로 얼굴을 들이밀었다. 금방이라도 입술이 닿을 듯 두 사람의 얼굴이 순식간에 가까워졌다.

"이 자리에 와 주신…… 모든 분들 앞에 맹세합니다."

"모든 분들 앞에 맹세합니다."

두 사람이 혼인서약서에서 시선을 떼고는 서로를 바라봤다. 승준의 시선은 진즉부터 다현에게 향해 있었지만. 서로를 바라보는 두 사람의 입가에 잔잔히 미소가 번져 들었다.

더 이상 기다리지 못하겠다는 듯 승준이 다현의 얼굴을 감쌌다. 그러고는 한 번의 고민도 없이 단박에 다현의 입술을 삼켰다.

"워우우! 예쁘다!"

"부럽다!"

환호성과 박수가 하객석에서 터져 나왔다.

달달한 숨을 빨아내는 승준의 힘에 부케를 잡고 있던 손에 힘이 들어갔다.

모두가 보는 앞에서 하는 키스가 민망하지 않을 리 없었다. 설령 결혼식이라고 하더라도. 그런데도 다현은 이상하게도 입맞춤을 멈추고 싶지 않았다. 해사하게 젖어드는 승준의 향기가 너무도 맛있어 놓치고 싶지 않았다.

모든 게 완벽한 날이었다. 두 뺨을 스치는 바람도, 박수 소리도, 코끝을 도는 초록빛 향기마저도 눈부신 그런 날.

"여기 모이신 분들을 증인으로 두 사람이 부부가 되었음을 선언합니다."

우리는 그렇게 모든 사람들의 앞에서 진짜 부부가 됐다.

다현이 샤워를 마치고 침대에 벌러덩 드러누웠다. 2부까지 이어진 결혼식이 끝나자 그야말로 녹초가 됐다. 식이 끝나고 바로 신혼여행지로 이동하자는 자신의 고집을 꺾은 게 천만다행이었다.

승준의 말대로 호텔에서 하룻밤을 묵는 걸 선택하길 잘했다.

그가 샤워를 하러 간 사이에 첫날밤 준비라도 해야 하건만, 손가락 하나 까딱이는 것조차 쉽지 않았다.

따뜻한 물로 샤워까지 마치고 침대에 드러누워 있으니 일어나고 싶은 마음도 싹 사라져 버렸다.

"아……."

천장을 보던 다현이 이마에 팔을 댔다. 노곤함이 제 몸을 끈질기게 붙들었다.

이러다가 까무룩 잠이 든다고 해도 전혀 이상할 것 같지 않았다. 이대로 잠들고 싶지는 않은데……. 다현은 무거워지려는 두 눈에 바득 힘을 줬다. 첫날밤을 사수하기 위한 나름의 발버둥이었다.

'다현아, 이 언니 선물이다.'

그때 문득 집으로 돌아가던 미지가 제게 건넸던 선물이 생각났다. 가까스로 자리에서 일어난 다현이 널찍한 거실로 나갔다.

창가 쪽 스탠딩 테이블 위에 고이 모셔 뒀던 미지의 선물을 들었다.

'이거 꼭 오늘 까 봐야 돼. 어렵게 공수한 거니까 소중하게. 오케이?'

미지는 눈썹을 들썩거리며, 로맨스 소설 작가의 로맨틱함을 한번 경험해 보라는 농담까지 덧붙였다. 그렇게 그녀가 신신당부를 했건만 피곤함에 선물을 풀어보는 것조차 깜빡할 뻔했다.

물론 그랬으면 나중에 미지에게 엄청 한 소리를 들었겠지. 지금이라도 생각이 났으니 다행이지 싶었다.

'불타는 첫날밤, 알지?'

'야아…….'

'우리 깡따, 파이팅.'

포장을 푼 다현은 왜 그녀가 파이팅을 외쳤는지 알 것 같았다. '잠자던 황소도 일으키는 야관문주'라고 큼지막하게 적어 놓을 건 뭐냐고.

담금주 병에서 퍼지는 아우라가 상당했다. 약초가 들어간 술일 뿐인데 벌써부터 영험한 기운이 뻗어 나오는 것 같았다.

평소에도 무시무시한 승준이 이것까지 마시면…….

순식간에 머릿속에 떠오르는 상상만으로도 다현은 고개를 내저었다. 아무래도 이 마법의 술은 다시 포장해 놓는 게 나을 듯했다.

지금으로서는 그게 최선이었다.

"과했다, 과했어. 미지야."

다현은 혼자 중얼거리며 열심히 뜯어냈던 포장지를 그러모았다. 승준의 눈에 띄게 하지 않기 위해.

"거기서 혼자 뭐 하고 있어?"

등 뒤에서 들려오는 승준의 목소리에 화들짝 놀랐다. 야관문주를 완전히 은폐하지 못한 채였다. 고개를 돌린 다현은 누가 봐도 몰래 뭘 하다가 들킨 범인의 얼굴이었다.

반면 승준은 타월로 아래만 가린 채, 호기심 가득한 얼굴로 다현에게 다가갔다. 네가 어설프게 숨기고 있는 게 무엇인지 당장 확인해 봐야겠다는 것처럼.

승준이 어느샌가 제게 가까이 다가와 어깨에 살포시 얼굴을 댔다. 묵직하지만 연한 우드향이 다현의 마음을 흔들었다. 잠옷이 얇아선지, 승준이 제게 너무도 딱 붙어선지 그의 단단한 몸이 고스란히 느껴지는 듯했다.

승준과 밤을 보낸 게 처음이 아닌데도 왜 이리 두근거리는 걸까. 첫날밤이라는 단어가 주는 환상이나 기대 때문인가.

제가 흠칫거렸다는 걸 아는지 모르는지 승준은 병목에 매달려 있는 메모지를 가져갔다.

"잠자던 황소도 일으킨다는⋯⋯."

한 글자 한 글자가 귀에 선명히 박혔다.

"자, 잠깐만."

담금주의 정체가 발각되기라도 할까, 다현이 다급히 몸을 돌려 승준이 가지고 있는 메모지를 뺏으려고 했다. 하나 어떤 일이든 전부 뜻대로는 될 수 없는 법이었다. 더욱이 다른 곳도 아니고 정력에 좋다지 않나!

어떤 남자가 들어도 솔깃할 문구가 확실했다.

"이게 야관문주구나?"

"어? 어, 그렇대."

"누가 줬어?"

"미지가 한잔하고 자라고 준 것 같아. 걔가 요새 담금주에
관심이 많더라고."

어색함에 쓸데없는 말을 덧붙였다. 결혼하고 첫날밤인데,
이러다가 미지의 일대기만 밤새 줄줄 쏟아 내겠다.

"자라고 준 것 같지는 않은데?"

"어?"

"센스 있네. 마음에 들어."

결국 야관문주가 승준의 손에 들어갔다.

기대에 찬 승준의 눈빛이 맑게 빛났다. 오늘의 피곤 따위
는 벌써 다 털어 버린 듯했다.

물론 다현도 기대하지 않았던 건 아니다. 다만 야관문주
때문에 꼴딱 밤을 새우게 될까, 자칫 오후 비행기도 놓쳐 버
리는 건 아닐까 걱정됐을 뿐. 어쩌면 승준의 기대를 완벽히
채워 주지 못하고 먼저 뻗어 버릴지도 모를 일이다.

승준을 실망시키느니 차라리 다음에 체력이 차고 넘칠 때
야관문주를 주는 게 낫지 않을까.

"한잔할까?"

승준은 기대 폭발 중이다.

"지금 말고 다음에 하자."

"왜?"

"피곤하지 않아? 아침부터 정신없었잖아. 내일 종일 비행
기 타야 될 텐데 체력도 아끼면 좋을 것 같고."

"그래서 조용히 자자?"

"일단은?"

"기절한 채로 비행기 타는 것도 나쁘지 않을 것 같은데."

다현의 방패가 제대로 통할 리 만무했다. 특히 이날만을 기다린 승준에게는 더더욱.

"우리 여보 기절하면 내가 들쳐 메고 가야지."

심지어 그는 주인의 명령만 기다리는 강아지처럼 꼬리를 살랑살랑 흔들며 애교 공격까지 던졌다. 도대체 누가 넘어가지 않을 수가 있을까. 제아무리 철벽에 도가 튼 사람이라고 해도 마지막에는 백기를 흔들고 말 거다.

'홍콩에 미국까지 날아라, 친구.'

제 어깨를 붙잡고 배시시 웃던 미지의 목소리가 잊히지 않았다. 이러다가 미국이 아니라 우주까지 뚫어 버릴 테니까.

"기절까지는 안 되구…… 그래. 딱 한 번 하자."

"겨우?"

겨우라니!

"나 진짜 졸려서 그래. 침대에 머리만 대도 기절이야."

다현의 목소리가 한껏 커졌다. 그 목소리가 퍽 불쌍히 들렸는지 승준은 결국 야관문주를 내려놨다.

설마 이런 도움 없이도 충분하다는 자신감의 표현인 건 아니겠지……?

"그렇게 피곤해?"

"응."

"그래도 한 번은 버티겠다고?"

"첫날……밤이니까."

첫날밤이라는 말만 꺼내면 왜 이다지도 수줍어지는 건지.

숯불 근처에 고개를 들이밀기라도 한 것처럼 다현의 얼굴이 후끈거렸다. 피곤한 와중에도 야릇하고 발칙한 상상은 쉬지 않고 머릿속에 자라났다.

말짱한 정신만큼 체력이 따라와 주면 얼마나 좋을까.

"지금 첫날밤 상상 중이야?"

"아, 아닌데?!"

"잘됐네."

"뭐가?"

"네가 아무 생각 안 한다고 하니까, 내가 상상한 대로 해 볼까 하고."

승준의 한쪽 입꼬리가 부드럽게 올라갔다. 그 미소가 무척이나 엉큼해 보였다.

"다현아, 나 감당할 수 있겠어?"

게다가 그는 떡하니 선전포고까지 날렸다. 한 번의 기회를 허투루 날려 버리지 않겠다는 의지가 두 눈동자에서 넘실거렸다.

"어쩌려고?"

"그거야 직접 겪어 보면 알겠지."

승준이 갑자기 저를 번쩍 들어 안았다.

"야아! 나 내릴래."

놀란 다현이 떨어지지 않기 위해 승준의 목을 두 팔로 안고는 말했다.

"다른 데서 내려 줄게, 여보."

달달한 호칭에 온몸이 간질거렸다. 발가락을 어찌나 옴지락거렸던지 슬리퍼 한 짝이 바닥으로 툭 떨어졌다.

하지만 승준은 슬리퍼를 주울 시간도 없다는 듯 저를 든 채 침대로 향했다. 제 살결을 타고 승준의 근육이 움직이는 게 하나하나 느껴졌다. 따뜻하게 미끄러지는 숨소리도.

어느샌가 다현의 시선이 승준의 입술에 가닿았다. 살짝 떨어진 승준의 입술이 유달리도 유혹적이게 느껴졌다.

어떻게 저렇게도 붉고 탐스러운지.

저 입술 사이로 '여보' 하는 저음이 다시 들리면 좋겠다. 정작 저는 결혼식이 끝난 지금까지 여보라고 불러 주기로 한 약속을 지키지 못했으면서.

"계속 보고만 있을 거야?"

"엉?"

승준이 저를 침대 위에 조심스럽게 내려놨다.

"구경만 말고 경험해 봐도 되는데."

그러고는 코앞까지 얼굴을 들이밀었다.

서로에게 매달려 뜨겁게 키스를 퍼붓고 나면 몸이 달아오를 것이다. 제 몸을 감싸고 있던 잠옷을 단박에 벗어 던지고 싶어질 만큼. 승준이 두르고 있는 타월을 당장 벗겨 내 버리고 싶을 정도로.

입술에 눅진히 달라붙는 그의 숨이 몹시도 뜨거웠다. 여름 볕에 달구어진 아스팔트 위에 누워 있기라도 한 기분이었다.

목이 말랐다.

승준의 향기를 쪽쪽 맛있게 빨아내고 나면 갈증이 깨끗이 사라질 거다. 어쩌면 키스를 하고 있다는 마음이 빚어낸 가짜 목마름일 수도 있었다. 그렇지만 진짜 가짜를 구분하기에 이미 다현의 이성은 빠른 속도로 무너지고 있었다.

"나 이대로 놔두게?"

나직하게 울리는 저음에 홀려 승준에게 입을 맞췄다. 춥고 입술이 닿았다가 떨어졌다.

키스하고 싶다는 생각이 피곤을 이겼다. 비록 키스라고 부르기에는 어린애 장난 같은 입맞춤이었지만.

승준을 바라보는 동안에도 촉촉하고 말캉한 감촉이 선명히 살아남아 있었다. 괜히 쑥스러워져 다현은 아랫입술을 깨물고는 웃음을 터뜨렸다. 그러자 승준도 저를 따라 빙긋이 미소를 흘렸다.

"당장 달려들고 싶기는 한데, 안 되겠다."

승준이 다현의 잔머리를 귀 뒤로 넘겨 주며 말했다.

"너 정말 기절시키겠어."

어지간히 제가 피곤해 보이기는 했나 보다.

그는 제 이마에 가볍게 입을 맞추고는 옆으로 물러났다. 평소에 체력을 키워 뒀어야 했는데…… 첫날밤부터 이렇게 졸리면 어쩌냐고.

눈덩이가 금방이라도 감길 만큼 무거웠다.

"자자."

"아직 우리 첫날밤 못 했는데……."

"같이 잘 자는 것도 색다르잖아."

저를 위한 선택임이 분명했다.

"어떤 밤이든 난 너만 있으면 돼. 그러니까 이리 와."

승준이 한 팔을 들어 올리며 다현을 불렀다. 널찍한 품이 어찌나 포근해 보이던지 날름 그에게 달려들 수밖에 없었다.

승준의 품은 아늑하고 따뜻했다. 승준 말고는 아무것도 생각나지 않게끔.

다현은 자신을 꽉 끌어안고 있는 승준의 품에 더욱 깊숙이 파고들었다.

어떤 밤이든 제게도 승준만 있으면 됐다. 그가 행복하면, 즐거우면…… 그러면 아주 평범한 날이라도 언제나 특별한 날이 될 테니까.

"자, 피곤할 텐데."

승준의 가슴팍에 뺨을 대고 있던 다현이 고개를 들었다. 그가 자신을 바라보는 것만으로도 좋았다. 고요한 공기가 울릴 만큼 마음이 벅차기까지 했다.

"승준아."

"어."

"잘 자."

이 기쁨이 승준에게도 고스란히 전달되기를 바랐다.

"……여보."

온몸의 용기를 끌어모아 던진 말에 승준의 입꼬리가 귀에 걸렸다. 사람을 뿌듯하게 만드는 반응이었다.

"다시 한번만 말해 줘."

"민망한데……."

"다시 들으면 잘 잘 수 있을 것 같아서 그래."

"흠흠."

다현이 다시 한번 용기를 끌어내려는 듯 목을 가다듬었다.

무엇이든 처음이 가장 힘든 법이다. 그런데 그 첫 길에서 당당히 발을 뗐으니 그다음은 어려울 것도 없었다.

더욱이 좋아서 어쩔 줄 모르는 승준의 모습을 계속 보고 싶기도 했다.

"여보."

승준에게서 함박웃음이 터졌다.

"푹 자고 내일 봐."

"얼른 자자."

다현이 고개를 끄덕이고는 승준의 가슴팍에 다시 얼굴을 기댔다. 혹여 그녀가 추울까. 승준이 이불을 끌어다가 다현의 어깨 위까지 올려 주었다.

그새 곯아떨어져 버린 다현은 이불이 부스럭대는 소리조차 듣지 못했다. 그녀는 그저 승준과 달콤한 신혼여행을 즐기는 단꿈에 젖어 있었을 뿐이었다. 잠든 다현의 얼굴 위로 자그마한 미소가 물들었다.

쌔근거리며 잠든 다현을 바라보던 승준의 눈도 조금씩 감겼다.

모든 소리가 멈춘 것처럼 평화로운 밤이었다. 오직 서로의 체취와 온기에만 집중해 잠이 든 밤.

❖ ❖ ❖

습관이란 무서운 법이다. 회사에 가지 않는 날인데도 다현은 기상 시간에 귀신같이 맞춰 일어났다. 보통 때라면 10분만을 외치며 뭉그적거렸겠지만 오늘은 달랐다.

제 곁에 승준이 있지 않나. 절대로 다시 눈을 감고 싶지 않았다.

'잠든 것도 너무 잘생겼잖아!'

팔불출이래도 어쩔 수 없었다. 잘생긴 걸 잘생겼다고 하지 그럼 뭐라고 하겠나.

아름다운 피조물에게서 다현은 눈을 떼지 못했다. 이렇게 평생 가만히 승준의 얼굴만 바라보라고 해도 기쁘게 그럴 수 있을 것 같았다.

"나 자꾸 보면 큰일 나는데."

아침부터 승준이 경고를 날리며 눈을 떴다.

"아, 벌써 큰일 났네."

그가 무슨 말을 하는지 깨닫기까지는 그리 오랜 시간이 걸리지 않았다.

아침부터 승준은 건강해도 너무 건강했다. 그랬다고 아침부터 활기찰 건 뭐야.

"눈 뜨자마자 이렇게 흥분해도 되는 거야?"

도저히 믿을 수 없다는 듯 다현이 이불 속을 슬쩍 훔쳐보고는 물었다.

"원래 그래."

"왜?"

"인체의 신비."

다시 봐도 놀라운 장면이었다. 이게 매일같이 일어나는 일이라면 적응하는 데 약간 시간이 걸릴 것 같았다. 자주 그 광경을 목격한 당사자야 태연하겠지만.

"너하고 같이 있어서 그런가. 평소보다 활기차네."

"놔두면 되는 거야?"

"예뻐해 줘도 되고."

꼿꼿한 승준의 것이 처음 손끝을 스쳤을 때는 깔깔 웃음이 터져 나왔다. 가벼운 장난이 끝나고 나면 가뿐하게 잠자리에서 일어날 거라 생각했다. 그런데 조금씩 두 사람의 입가를 돌던 웃음기가 사라졌다.

서로를 파고드는 손길이 점점 진지해졌다. 그럴수록 이불 안쪽의 열기도 서서히 올라갔다.

"아…… 아."

아랫입술을 부드럽게 깨문 다현의 이가 떨어지며 달뜬 숨이 흘러 내렸다. 아래에서부터 올라오는 아찔한 감각에는 도무지 적응이 되지 않았다.

제 안을 거침없이 점령당하는 바람에 배 속이 팽팽해졌다. 자신도 모르게 긴장이 돈다고 해야 하나. 그러면서도 동시에 솟아오르는 흥분이 짜릿해서 멈추고 싶지는 않았다.

마치 롤러코스터라도 탄 느낌이다.

떨어지기 직전의 긴장과 흥분. 그게 끝없이 롤러코스터를 탈 수밖에 없게 만들지 않나.

"후우……."

나른하게 울리는 저음이 듣기 좋았다. 그게 묘하게 저를 자극하기도 했다.

그건 승준도 같았던 것 같다. 승준의 시선은 제 입술에 꽂혀 있었다. 간혹 베개에 뒤통수를 짓누르며 고개를 뒤로 젖히는 제 얼굴을 바라보는 것 같기도 했다.

끝없이 진해지는 야릇한 감각을 견디지 못하고 다현이 다급히 승준의 팔목을 잡았다. 물론 그랬다고 쉽게 멈출 승준이 아니었다.

"잠깐, 잠…… 아읍……."

도리어 승준은 제 몸에 대해서는 누구보다 잘 알고 있다는 듯 자극되는 지점을 건드렸다. 일순간 해일이 몰아치듯 엄청난 쾌락이 다현을 집어삼켰다.

바닷물을 한꺼번에 뒤집어쓴 것 같았다. 몸이 축축하고도 무거웠다. 다시 바다에 뛰어들어야만 가뿐해질 것 같은 기분이랄까.

이불에서 손을 빼낸 다현이 승준의 위에 올라탔다.

제일 먼저 그의 어깨를 덥석 머금었다. 반드러운 살결 위에 제 흔적이 피어올랐다. 뒤이어 단단한 울대뼈와 가슴팍, 그리고 근육이 균형 있게 잡힌 배에도 입을 맞췄다.

거침없이 아래로 내려가는 제 모습을 가만히 바라만 보던 승준이 제 두 뺨을 감쌌다. 그의 쪽으로 끌어당기는 힘에 더 아래로 내려가지 못하고 붙잡혀 그대로 위로 올라왔다.

"아침부터 왜 이렇게 저돌적이야?"

"싫어?"

"흥분돼서."

"내가 그거 노린 건데."

"……."

"오늘 우리 첫날 아침이잖아. 그러니까……."

다현이 말을 끝내기 전에 두 사람의 위치가 뒤바뀌었다. 어느새 제 위에 올라앉은 승준이 몸을 기울이고는 제게 가까이 붙었다.

"마음의 준비는 단단히 했어?"

승준의 물음에 고개가 끄덕여졌다.

준비할 게 뭐가 있냐는 너스레마저 터져나오지 않았다. 잠시 숨을 고르는 맹수 앞에서 제가 할 일이라고는 불타는 첫날 아침을 맞을 마음의 준비를 하는 것뿐이었다.

사실 그건 어려울 것도 없는 일이었다. 벌써 이불 안에서 예열은 끝났으니까.

승준이 기특해 죽겠다는 미소를 짓고는 부드럽게 한 손으로 부드럽게 제 목을 감았다. 자신의 쪽으로 당기는 힘에 다현의 고개가 앞으로 움직였다. 손가락 하나 들어가지 않을 만큼 승준의 입술이 바로 앞에 있었다.

끝을 모르고 달아오르는 승준의 숨이 어서 입술을 열어 보라고 속살거리는 듯했다. 그 간질대는 느낌에 다현의 입술이 벌어졌다.

그 찰나의 순간을 놓치지 않고 승준이 맹렬히 제 입술을 집어삼켰다.

"하아……."

"하……."

축축한 숨이 뒤섞였다. 여린 점막을 헤집는 승준의 향기가 서서히 입안을 메워 나갔다. 그러다 제 아랫입술을 살짝 깨물기도 했는데 그게 예민한 감각을 모조리 깨우는 듯했다. 서로의 입술을 머금다가 놓아주다가…… 또다시 놓아줄 수 없다는 것처럼 매달려 댔다.

능숙하게 키스를 하던 승준의 손이 조금씩 아래로 미끄러졌다. 그의 가늘고 긴 손가락이 지나갈 때마다 찌릿거리며 스파크가 튀었다.

마침내 참을 수 없는 곳까지 점령한 승준의 입매가 부드럽게 휘어졌다.

그게 왜 그리도 색정적이게 보이는 건지. 순식간에 온몸을 지배한 찌릿찌릿한 감각 때문일지도 몰랐다. 머릿속에 남아 있던 모든 생각들이 형체를 잃고 사라져 버렸다. 오직 저를 파고드는 승준에게만 모든 신경이 집중돼 있었다.

"승준, 아…… 아아."

그의 이름이 살결 위로 흐무러졌다.

"그만 멈출까?"

"아니……."

"멈추지 마?"

다시 한번 확인하는 승준의 물음에 대차게 고개를 끄덕거렸다. 승준과 조금도 떨어지고 싶지 않았다.

그가 제 안에, 제가 그의 안에 지워지지 않는 흔적이 됐으면 좋겠다고 생각했다.

한껏 상기된 승준의 얼굴만큼 제 얼굴도 붉어져 있을 거다. 이불 안에서 들끓는 열감이 상당했으니까. 당장 몸이 녹아내린다고 해도 전혀 이상할 것 같지 않을 정도였다.

그 안에서 우리는 서로를 안았다.

"읍, 웃……."

생경한 감각에 제가 더욱 절박하게 승준을 끌어안았다. 승준의 어깨에 이를 박고 그의 살결을 잔뜩 머금었다.

사냥을 나선 성난 야수처럼 승준의 등 근육이 불끈댔다. 그 거친 움직임이 다현의 손끝에 생동감 넘치게 느껴졌다.

"아아, 하아……. 승준……아."

승준의 목에 굵직한 핏대가 섰다. 그의 허리를 안고 있는 다현의 손에 덩달아 힘이 들어갔다. 두 사람의 거칠어진 숨소리가 끈덕지게 달라붙었다.

아득해지는 정신에 다현이 두 눈을 질끈 감았다.

찌릿한 감각이 터져 올라 다현의 온몸을 지배했다. 아……
끝났으면 좋겠는데 또 끝나지 않았으면 좋겠다. 이질적인 두 마음이 부딪히며 다현을 뒤흔들었다. 갈증이 차올라 승준의 입술을 탐해 보지만 이내 맞닿았던 입술이 떨어졌다.

"읍……."

"후우……."

묵직한 숨소리가 침대 위로 피어올랐다.

서로의 몸이 떨어지고 난 뒤에도 다현은 꼼짝할 수가 없었다. 여전히 숨이 벅차기도 했고 손가락 하나 까딱할 힘이 남아 있지도 않았다.

뜨뜻하게 젖어 드는 승준의 향기에 아랫배가 묵직해져 있었다. 내내 바득 힘을 주고 있었던 탓일 거다. 다현은 침대에 널브러진 채 제 곁에 앉아 있는 승준을 올려다봤다.

"먼저 씻을래?"

"나 힘들어서 이따가."

"내가 씻겨 줘야겠네."

"그건 사절할게."

"왜?"

"아직 거기까진 마음의 준비가 안 됐어."

같이 욕조에 들어가 있다는 생각만으로도 두 뺨이 화끈거렸다. 방금 전까지 침대 위에서 알몸으로 승준을 와락 껴안고 있었으면서.

"이번에도 진득하니 기다리고 있으면 돼? 여보처럼?"

"당연하지, 여보."

능글맞은 제 대답에 승준의 입꼬리가 씰룩거렸다. 좋아 죽겠다는 마음을 숨기지 못하겠나 보다.

결국 바람 빠지듯 웃음을 터뜨린 승준이 제 한쪽 볼을 가볍게 꼬집었다.

"그만 예뻐야 될 텐데."

"그건 내가 할 수 있는 게…….."

"자꾸 잡아먹고 싶어져."

꽁냥꽁냥 던지는 말에 다현의 얼굴에도 미소가 물들었다. 승준의 말 한마디, 행동 하나에 좋아 죽겠는 걸 보니 자신도 그에게 폭 빠지기는 했나 보다.

"그럼 뭐…….."

"뭐?"

"잡아먹으면 되지. 내가 특별히 차승준한테는 허락한다!"

"후회 안 하겠어?"

"절대로 안 해."

다현이 맹세라도 하듯 한 손을 들자마자 승준이 또다시 그녀에게 달려들었다. 정말 한시도 참을 수 없다는 듯이.

이불을 끌어 올리며 자신을 덮치는 승준의 몸짓에 다현이 꺄르르 웃음을 쏟아 냈다. 이대로 가다가는 영원히 이불 속에서 벗어나지 못할지도 모르겠다. 설령 그렇다고 해도 상관없었다.

조금도 승준과 떨어지고 싶지 않았으니까.

이불 밖으로 나간다고 해서 우리가 완전히 보지 못하는 것도 아닌데, 우리는 서로를 부둥켜안고 떨어지지 않았다.

"이러다가 비행기 놓치는 건 아니겠지?"

"놓치면 다음 비행기 타면 돼."

"비행기표 취소하면 수수료 나오잖아."

"감당해야지."

"아깝잖아."

"이 기회 놓치는 게 더 아까워."

다현이 협탁 위에 놓인 시계를 보고는 아랫입술을 감쳐물었다. 잠깐 고민했다. 잘못 어물쩍거리다가는 꼼짝없이 취소수수료를 물게 될 테니까.

값비싼 표를 그대로 날려 버릴 수는 없었다. 그렇다고 일어나기도 싫으니…….

"딱 한 번만."

한 번의 늪에 다시 빠질 수밖에.

"한 번?"

"비행기값 날리면 안 되니까."

"된다니까."

"이번만 시간 잘 지키면 무제한 될 텐데?"

"약속했다?"

"응."

다현의 대답을 듣자마자 승준이 이불을 머리끝까지 당겼다.

"야아아. 간지러워."

이불 속에서 키득거리는 소리가 쉴 새 없이 울려 퍼졌다. 한 번이 가진 위력에 금세 두 손을 들어 버리기는 했지만.

313

아쉽게도 미지의 특별한 선물을 사용할 기회는 없었다. 그게 없더라도 후끈한 첫날 아침을 보내기에는 이미 충분하고도 충분했다.

❖ ❖ ❖

신혼 생활만큼 재미있고 짜릿한 게 있을까. 같이 밥을 먹고 청소를 하는 것조차 마냥 즐거웠다. 매일같이 빨리 일을 끝내고 집으로 돌아갈 생각밖에 들지 않았다.

바삐 일을 끝낸 다현이 숨을 돌리며 중간 정원에 앉았다. 여름이 짙어져선지 그늘 밖에 있는 햇빛이 뜨거워 보였다. 훗훗한 열기에 바깥 공기를 오래 들이마시고 있지는 못할 것 같다.

다현은 시원한 레몬차를 마시고는 고개를 들었다. 푸릇한 이파리가 부딪히며 청량한 향기를 뿜어냈다.

"어우, 덥다. 더워."

어느새 다현의 곁에 자리를 잡고 앉은 추 대리가 하늘을 보며 중얼거렸다.

"여름 휴가 빨리 쓸까 봐."

"어디 가게?"

"글쎄. 보라카이도 좋고 괌도 좋고. 사이판도 괜찮겠다. 강 대리는 본부장님하고 어디 안 가?"

"신혼여행 다녀온 지 얼마 안 돼서 아직 계획이 없네."

"여행은 무조건 많이 갈수록 좋아."

추 대리는 말을 끝내고는 빨대를 빨았다. 할 수 있다면 지금 당장 떠나고 싶은 눈치였다.

물론 다현도 회사를 떠나고 싶기는 했다. 그 목적지가 추 대리와는 달리 집이었지만. 그런데 오늘은 승준과 같이 저녁을 먹을 수 있을지 모르겠다. 속이 영 불편했다.

다현은 속이 갑갑해 가슴 아래쪽을 살살 문질러 댔다. 엄마손은 아니더라도 소화가 되는 데 도움이 되지 않을까 기대했던 거다.

"어디 안 좋아? 아까 점심도 잘 못 먹더니."

"속이 불편하네."

"소화 잘 안 돼?"

"이따가 약이라도 사서 들어갈까 봐."

추 대리는 다시금 레몬차를 시원하게 들이켜는 다현을 물끄러미 쳐다봤다. 이제 다현은 아예 플라스틱 컵 안에 있는 레몬을 빨대 끝으로 꾹꾹 짜내기까지 했다. 마치 신맛에 중독된 사람처럼.

얇게 잘린 레몬을 작살 내던 다현이 뒤늦게 추 대리의 시선을 느꼈다. 고개를 들자마자 추 대리와 눈이 마주쳤다.

"레몬 맛이 덜 나서."

잘못한 걸 들킨 사람처럼 다현이 변명을 날렸다.

"강 대리 커피파 아니야?"

"나? 어. 근데 오늘 레몬차가 당겨 가지구. 마셔 보니까 또 맛있네. 더 상큼하면 좋을 것 같긴 한데…… 그래도 누르면 더 진해져."

"혹시 최근에 생리 언제 했어?"

난데없는 질문에 다현의 고개가 갸울어졌다. 왜 레몬 얘기에서 마법으로 얘기가 튀는 거야?

"나? 나…… 잠깐."

다현이 기억을 더듬다가 이내 핸드폰을 꺼냈다. 주기가 워낙 불규칙적이라 어플에 적어 둔 걸 확인하기 위해서였다. 신혼의 즐거움에 젖어 생리를 5주나 하지 않았다는 걸 알아채지도 못했다.

할 때가 지나긴 했는데, 미뤄진 건가.

그게 아니면 혹시……?

다현이 의자에 잠깐 놓아둔 레몬차를 뚫어져라 쳐다봤다. 아무 생각 없이 샀던 음료가 갑자기 수상하게 느껴졌다.

"안 했구나?"

"근데 내가 워낙에 불규칙하게 해서. 한 달 훌쩍 건너뛸 때도 있고."

"왠지 내 느낌은 달라서 말이지. 소화도 잘 안 되고 피로하지 않아?"

"그렇긴 한데……."

출근하면 다들 피곤하지 않나. 퇴근하면 개운하고.

"내 친구가 얼마 전에 임신했는데 딱 강 대리 같았다니까. 갑자기 레몬 사탕을 입에 달고 있더니 엄청 피곤해하고. 그러고 나서 이틀 지났나? 임테기 했는데 바로 두 줄 떴잖아."

추 대리의 말에 빨려드는 듯했다. 생각해 보면 자신도 느닷없이 레몬차를 찾았다. 평소라면 분명히 아이스 아메리카노 귀신처럼 '아아!'를 외쳤을 텐데.

레몬차를 든 다현의 눈이 가느다랗게 변했다.

변기 뚜껑에 앉아 있는 다현의 얼굴에는 긴장이 돌았다. 길쭉한 세면대 위에 올려둔 임신 테스트기의 결과가 금방 나올 거다.

일찍이 퇴근한 다현은 약국을 그냥 지나려고 했다. 결혼한 지 얼마나 됐다고 아이가 들어섰을까, 여긴 탓이었다. 그런데 추 대리의 말이 잔상처럼 자꾸만 귀를 도는 바람에 도저히 약국을 지나칠 수 없었다.

그래서 결국 임신 테스트기를 무려 세 개나 사 왔다.

거북이처럼 기어가는 시간을 하염없이 바라만 보다가 자리에서 일어났다. 드디어 확인할 시간이었다.

"몇 줄……?!"

두 줄이었다.

한 줄도, 흐릿한 두 줄도 아니고…… 아주 선명한 두 줄이었다.

어찌나 놀랐는지 다현은 임신 테스트기에서 눈을 떼지 못했다. 추 대리의 말이 정확히 맞았을 줄이야. 추 대리가 말하지 않았더라면 생각 없이 소화제를 먹었을지도 모를 일이었다.

그 생각을 하자 다현은 자신도 모르게 본능적으로 배를 매만졌다. 제 존재를 알아 달라고 속도 메스껍고 아랫배도 팽팽히 당겼는지도 몰랐다.

그런데도 알아채지 못했다니.

"……미안."

둔한 사람을 만나서 네가 고생하는구나.

다현이 가만히 제 배를 내려다봤다. 솔직히 말하자면 자신의 안에 생명체가 들어 있다는 게 믿기지 않았다.

"일단 한 번만 더 확인하자."

다현이 새 임신 테스트기를 꺼냈다. 부디 이 기쁜 소식이 유지되기를 바랐다.

그렇게 다시 변기 뚜껑 위에 앉아 결과를 기다렸다. 처음 한주리테일 면접 결과를 확인했을 때도 이만큼 떨리지는 않았다.

"다현아, 왔어?"

자신을 찾는 승준의 목소리가 들렸다.

"나 화장실!"

다현은 초조함을 누르며 문을 향해 우렁차게 소리쳤다. 확실한 결과가 나오기 전에는 이곳을 벗어나지 못했다.

그렇게 5분이 지나자마자 황급히 임신 테스트기를 확인했다. 이변은 일어나지 않았다. 이번에도 테스트기에는 정확히 두 줄이 떴다. 붉은 두 개의 선을 보자 긴장이 쭉 풀렸다.

화장실을 나선 다현은 문 앞에 쭈그려 앉았다. 벌렁대는 마음이 좀체 진정될 줄 몰랐다. 형언할 수 없는 감동이 물밀듯 밀려와 자신을 전율에 빠뜨렸다.

"왜 그래? 어디 아파?"

낯선 모습에 승준이 다현에게 달려왔다.

"배 아파? 어?"

아랫입술을 감쳐문 다현이 고개를 저었다.

"그럼 어디 다친 데라도……."

걱정스럽게 제 몸을 살피는 승준을 향해 임신 테스트기를 내밀었다. 얼떨떨한 얼굴로 테스트기를 받아 든 승준의 눈이 커졌다. 지금 자신이 뭘 들고 있는지 뒤늦게 알아챈 듯했다.

"이거······."

"나 임신했어."

아이가 생겼다는 말에 승준의 얼굴에 환한 미소가 터졌다.

"우리 애기 생겼어, 승준아."

그 미소에 덩달아 다현도 웃음을 터뜨렸다.

기뻐서 눈물이 난다는 말을 이제야 이해할 수 있을 것 같았다. 마음이 울컥 벅차올라 눈물이 찔끔 났다.

주책맞은 모습을 보이기 싫어 다현은 승준을 와락 안았다. 그는 그런 제 등을 가만히 두드려 주었다. 그 손길이 어찌나 따뜻하던지 눈물이 들어가지 않고 도리어 더욱 왈칵 쏟아졌다.

"나 왜 우는 거야. 왜 눈물이 나?"

"괜찮아."

"바보 같잖아."

"뭐가 바보 같아. 예뻐 죽겠는데."

승준이 살짝 자신을 떼어 내고는 눈에 맺힌 눈물을 닦아 주었다.

"너 닮으면 큰일인데. 남자들이 가만히 놔두지 않을 거 아냐."

사뭇 진지한 승준의 말에 다현이 픽 웃었다.

"아들일 수도 있잖아."

"아들이면 든든하겠네. 우리 둘이서 너 지켜야지."

"태어나기 전부터 너무 힘든 미션 아니야?"

"내 아들이면 분명 이해할걸."

자신을 지키겠다며 보디가드를 자처하는 승준과 승준 주니어의 모습이 불현듯 머리를 스쳤다.

충분히 있을 법한 상황이었다.

그 장면을 상상하는 것만으로도 기분 좋았다. 아들이든 딸이든 제 안에서 자신의 존재를 알리려 무던히 애쓴 아이를 빨리 보고 싶어졌다. 그건 승준도 같은 마음이었을 거다.

배를 감싼 제 손등 위로 승준이 조심스럽게 손을 올렸다. 따뜻한 체온이 배 속에 잠잠히 스며들었다.

❖ ❖ ❖

"많이 먹어. 오렌지도 까 줄게."

"나 괜찮아, 엄마. 엄마 많이 먹어."

"홑몸도 아닌데 잘 먹어야지."

"차 서방이 맨날 맛있는 거 사 와서 나 이러다가 배 터지겠다니까?"

아기를 가졌다는 소식을 듣자마자 엄마는 제게 이것저것 챙겨 주느라 정신이 없었다. 과일도 얼마나 산더미처럼 가져오던지, 이러다가 급격하게 살이 쪄서 공처럼 굴러다니는 건 아닌지 걱정될 정도였다.

아마 내일 승준의 할머니를 만나면 지금과 같은 상황이 반복될 게 분명했다.

여름아, 이러다가 엄마 배불러서 죽겠다.

"근데 승준이는 어디 갔어? 아까까지 여기 있었는데."

"전화 받고 나가던데."

회사에 처리할 일이 있나 보다.

"그럼 내가 먼저 아빠한테 말해야지."

다현이 개구지게 웃으며 주방을 나섰다. 고요히 잠든 아버지의 곁에 섰다. 그러고는 미동도 없는 아버지의 손을 잡았다. 살아 있다는 게 확실히 느껴질 만큼 아버지의 손은 여전히 따뜻했다.

"아빠."

금방이라도 아버지가 '응, 다현아.' 하고 말해 줄 것만 같았다.

"나……."

다현이 잠시 말을 멈췄다. 아버지가 아무 대답도 못 해 줄 거라는 건 안다. 그래도 꼭 말하고 싶었다.

이제 나도 엄마가 된다고.

아빠는 할아버지가 될 거라고. 그때는 제 아이를 데리고 아빠 곁에 서서 이렇게 미주알고주알 신나게 떠들어 대겠노라고. 그러니까 너무 심심해 말고 오래도록 제 곁에 있어 달라고.

"여기 배 속에 아기가 생겼대. 어때요? 느껴져?"

다현이 아버지의 손을 제 배에 살포시 댔다.

"우리 아기는 할아버지가 좋아하는 거 느껴진대."

다현의 입매가 부드럽게 휘어졌다. 페이션트 모니터에서 흘러나오는 안정적인 소리가 꼭 서로에게 인사하는 소리처럼 들렸다.

뒤늦게 승준이 병실로 돌아왔다. 같이 아버지에게 인사를 드리지 못해 아쉬워 보였지만 부녀의 시간을 방해하지는 않았다. 그저 멀찍이서 잘했다며 고개를 약간 끄덕거리기만 했을 뿐.

다현은 아버지의 손을 다시 병상 위에 놓았다.

"회사에서 전화 온 거야?"

"배급사에서 계약 진행하고 싶다고 해서."

"잘됐다!"

"어려운 건이었는데. 여름이 덕분인지 일이 잘 풀리네."

"여름이가 복덩이긴 하지?"

다현이 배시시 웃으며 승준과 함께 주방으로 향했다. 새콤달콤한 오렌지가 먹고 싶어졌다.

주방에서는 쉴 새 없이 웃음이 터져 나왔다. 그 웃음에 반응이라도 하듯 약간의 움직임도 없던 아버지의 손가락이 꿈틀거렸다. 동시에 깊은 잠에 든 사람처럼 지루하게 이어지던 페이션트 모니터 위의 선도 하나씩 깨어나기 시작했다.

특별 외전

전공 수업을 끝내고 나가는데 여자애 하나가 제 앞을 막아 섰다. 화려한 이목구비를 가진 것도 아니고, 스타일이 센스 있는 것도 아닌데 뭔가 다른 느낌이 나는 애였다.

화장기 한 점 없는 얼굴 때문일까. 아니면 저를 보는 새카 만 눈동자가 놀랍도록 반짝거리는 탓일까.

처음으로 제 근처에 온 애라 신기하게 느껴졌는지도 몰랐 다.

승준은 한국대에 들어온 이후에도 친구를 만들지 않았다. 어린 시절에 자신과 시간을 보낸 도우만이 그의 유일한 친구 였다. 그리고 그 좁은 인간관계는 절대로 넓어지지 않을 거 다.

"뭐야?"

"다음 주에 동기들끼리 모여서 한잔하기로 했는데, 올 수 있어?"

동기가 뭐 그렇게 특별한 거라고.

"관심 없어."

가방끈을 바투 잡으며 그녀를 지나쳤다. 이만큼 무시했으면 알아서 나가떨어지겠거니 생각했다. 그런데 이 애는 포기를 몰랐다. 제 보폭을 맞추기 위해 부지런히 걸으면서 뭐라고 종알거렸다.

처음에는 무슨 말을 하는지 귀에 들어오지도 않았다. 관심도 없었으니까.

하지만 시간이 지나면서 여자애의 말이 하나씩 귀에 들리기 시작했다. 대부분은 쓸데없는 말이었다.

동기들이 자신과 얼마나 친해지고 싶어 하는지에 대한 것들.

"다 같이 친하게 지내면 좋잖아."

제가 대꾸도 하지 않는데 끝없이 말을 쏟아 낼 수 있다는 게 신기할 따름이었다. 이러다가는 이 애가 제풀에 지치기 전에, 제가 지치겠다.

마지막 계단을 내려선 승준이 제자리에 우뚝 멈춰 섰다. 몸을 돌려 저를 따라오던 여자애에게 강하게 경고를 주려고 했다. 어떻게든 이 애를 떨어뜨려 놔야겠다는 생각밖에 없었다.

"어……!"

제가 멈춰 설지 전혀 몰랐는지 급하게 브레이크를 잡는 여자애의 몸이 앞으로 기우뚱했다. 누가 봐도 제게 달려들 것 같은 기세였다.

물론 계단이 조금 높았다면 그녀가 제 품에 달려들도록 놔뒀을 거다. 다치기라도 하면 더욱 골치 아파질 테니까. 그러나 계단은 몇 칸 되지 않았고, 여자애가 중심을 잘 잡으리라 여겼다.

애석하게도 승준의 예상은 완벽하게 빗나갔다.

"악, 엄마!"

제가 한쪽으로 비켜서자마자, 여자애는 외마디 비명과 함께 그대로 바닥에 넘어졌다. 운동 신경이라고는 눈곱만큼도 없는 애인가 보다.

바닥을 두 손으로 짚은 그녀가 고개를 들어 저를 올려다봤다. 한 소리라도 퍼부으려는 걸까. 모든 걸 제 탓으로 돌릴지도 몰랐다. 카페 천장에 박혀 있는 작은 조명처럼 반짝이는 눈동자가 시선을 잡아끌었다.

왜, 뭐. 어쩌라고?

"이번 한 번만 와도 되는데. 그래도 싫어?"

자신의 예상을 철저히 빗나간 반응이었다. 아직도 동기 모임 얘기를 꺼내다니. 이걸 대단하다고 봐야 할지.

"너 나한테 관심 있냐?"

"다들 너한테 관심 많아. 동기들도 다 친하게 지내고 싶다고 하고."

"다른 사람 핑계 대지 말고. 네가 이렇게 나서서 설치는 이유가 있을 거 아냐."

"그거야, 내가……."

"됐고. 니들하고 친하게 지낼 마음 없으니까 귀찮게 굴지 마."

승준은 더 이상 아무 말도 들을 마음이 없다며 돌아섰다. 굳이 여자애의 웃기지도 않은 얘기를 듣고 있어 봐야 시간 낭비였다.

"야아, 강다현! 너 괜찮아?"

"엉. 잠깐 삐끗했어."

여자애의 대답이 들렸다.

강다현.

자신도 모르게 다현의 이름을 중얼거렸다. 그 이름을 머리에 깊이 박아 놓고 무조건 피해 다닐 참이었다. 한 번 붙으면 떼어 놓기도 힘드니 애초에 마주치지 않는 게 답이었다.

강다현, 강다현……

세 글자가 오래도록 승준의 머릿속을 떠다녔다.

"강다현."

도우가 신청한 교양 수업에 들어온 승준의 귀가 움찔했다. 처음에는 잘못 들었나 싶었다. 하도 다현의 이름을 생각하다 보니 환청을 들은 거라 여겼다.

"네!"

우렁찬 목소리에 고개를 돌리자, 다현이 있었다. 여기는 어떻게 알고 따라온 건지.

제 시선을 느낀 건지, 아니면 애초에 자신이 어디 앉아 있는지 알고 있던 건지, 살짝 손을 들어 보였던 다현이 저를 돌아봤다. 다현의 시선과 부딪혔지만, 고개를 돌리지 않았다.

자신이 다현의 눈빛을 피할 이유가 전혀 없었다. 도리어 거절당한 다현이 눈길을 거두는 게 상식상 맞았다.

"뭘 그렇게 봐?"

그때 옆자리에 앉아 있던 도우가 물었다. 제가 너무 한곳만 빤히 쳐다보고 있었나 보다.

"아무것도."

"아닌데. 빤히 보고 있던데. 여자야?"

"무슨 교양이길래 남자 새끼들이 이렇게 많나 하고."

"너는 나한테 무조건 고맙다고 절해야 돼. 이거 수강 신청 경쟁률 장난 아니야."

무슨 교양이길래 그가 호들갑을 떠나 싶었다.

승준은 얼마 가지 않아 강의의 경쟁률이 높은 이유를 알게 됐다. 남녀가 짝을 지어 데이트 미션을 하는 수업이란다. 연애와 결혼을 심도 있게 다루는 강의라는데, 제게는 0학점짜리 강의보다 훨씬 쓸모없는 수업이었다.

누군가를 사귀는 일에는 관심도 없었다. 제 부모의 끝이 어땠는지 직접 보지 않았나. 그 꼴을 보고서도 어떻게 다른 사람을 만나야겠다는 마음이 생길 수 있을까.

"한 달에 한 명씩, 새로운 상대하고 미션을 하게 될 거예요."

교수의 말에 곳곳에서 밝은 웃음이 터져 나왔다. 그래 봐야 고작 가상의 데이트인데 뭘 저렇게들 좋아하나 싶었다.

"아, 나 벌써 설레."

도우의 기쁨이 목소리에서부터 느껴졌다. 설렌다는 말을 하지 않아도 그는 충분히 설레 보였다.

옆에서 터지는 호들갑에도 승준은 꿈쩍하지 않았다. 턱을 괴고, 다현 쪽을 힐끗거리기만 했다. 다현도 도우만큼이나 신난 얼굴이었다. 발그스름하게 변해 가는 뺨이 또렷이 눈에 들어왔다.

아무래도 집에 돌아가서 얼른 수강 취소를 눌러 버려야겠다. 자칫 잘못하다가 다현에게 코가 꿰여 버리기 전에.

교수가 강의 계획서 설명을 끝냈다.

몇 개의 질문이 나왔고, 대답이 돌아왔다. 무료하게 그 모습을 보던 승준은 강의가 끝나자마자 가장 먼저 자리에서 일어났다. 다현과 마주치기 전에 집으로 가야겠다는 생각뿐이었다.

"차승준, 누가 너 따라오냐. 왜 이렇게 빨리 가."

"어, 따라와."

"누가?"

"있어. 거머리 같은 애."

"아무도 없는데."

도우가 뒤를 돌아보고는 중얼거렸다.

"누가 따라온다는 거야?"

인문대 건물을 나온 승준이 그제야 뒤로 고개를 돌렸다. 다현의 모습이 보이지 않았다. 처음으로 강의실을 빠져나왔으니, 저를 따라올 수가 없었을 거다.

"나 먼저 간다."

"어디 가게?"

"강의 드랍하러."

미쳤냐고 소리치는 도우의 말이 사방에 울려 퍼졌다. 목소리가 얼마나 크던지 주변에 있던 사람들이 모두 자신들을 쳐다볼 정도였다. 도우를 진정시키려면 군말 없이 그의 말을 따르는 게 제일이라는 걸 알지만, 이번만은 그럴 수 없었다.

다현이 자신과 파트너가 되겠다고 달려들지 누가 알겠나.

그 애가 계속 신경 쓰이는 걸 보면 계단에서 넘어졌는데도 동기 모임 타령을 하던 게 강렬하기는 했나 보다. 집으로 돌아가는 승준의 걸음이 한없이 빨라졌다.

샤워를 마치고 나온 승준이 핸드폰을 집어 들었다. 낯선 번호로 온 문자 메시지가 보였다.

[나 같은 학과 다니는 강다현이라고 하는데…….]

눈앞에 보이는 이름 석 자에 승준의 눈이 가늘어졌다. 도대체 자신의 전화번호는 어떻게 알았을까. 경고도 먹히지 않는 애다. 차라리 전화를 하든 제 앞에 나타나든 무시하는 게 나을지 몰랐다.

다현의 문자 메시지를 확인도 하지 않고 삭제했다.

수강 취소가 생각난 김에 책상에 앉았다. 도우에게 수강 신청을 맡기는 게 아니었는데. 아버지의 부름에 어쩔 수 없이 그에게 부탁했더니, 이 사달이 날 줄이야.

승준이 노트북을 켰다. 무슨 강의를 선택할지는 몰라도 다현을 봤던 수업만 아니면 될 것 같았다. 되도록 동기들이 없는 강의면 좋겠다. 다현처럼 끈질기게 모임 타령을 하면 시끄러우니까.

〔현재 2학기 수강 신청 중입니다.〕

수강 신청 페이지에 들어간 승준이 취소 버튼을 누르려던 순간이었다.

날카로운 초인종 소리가 조용한 공기를 갈랐다. 승준은 마우스에서 손을 떼고는 자리에서 일어났다.

지금 이 시간에 저를 찾아올 사람이 없을 텐데. 그나마 생각난 사람이 도우였다.

거실로 나와 비디오폰을 봤다. 커다란 화면 속에 반갑지 않은 이 비서의 얼굴이 보였다. 이 비서는 아버지의 비서였는데, 그를 보지 않는 게 좋았다. 이 비서가 나타났다는 건 곧 아버지가 곁에 있다는 소리니까.

제가 문을 열지 않자, 이 비서가 다시 한번 초인종을 눌렀다.

종일 쥐 죽은 듯 있을 수 없는 일이었다. 자신이 집에 있다는 걸 모를 리 없었다.

"무슨 일이세요?"

승준이 통화 버튼을 누르고는 말했다.

"대표님 오셨습니다."

바깥에서 들리는 소리에 절로 온몸이 빳빳해졌다. 아버지가 좋은 일로 자신을 찾아왔을 리 만무했다.

게다가 무엇 때문에 이곳까지 왔는지 얼마쯤 알 것도 같았다. 지난번에 할머니 댁에 갔던 일 때문인지도 몰랐다. 만약 그게 아버지 귀에까지 들어갔다면, 대화가 조용히 끝나지는 않을 거다.

승준은 단단히 마음을 다잡고는 문을 열었다. 현관문이 벌컥 열리는 소리가 또렷이 들렸다.

"차승준."

자신을 부르는 아버지의 목소리에는 화가 잔뜩 묻어 있었다.

"오셨어요?"

"내가 안 오게 생겼냐. 할머니가 부르셨다며?"

"예."

"갤러리 개관식에 못 온다고 했다고?"

애석하게도 할머니에게 했던 말이 아버지의 귀에 들어간 모양이다.

영원히 비밀일 거라고는 생각하지 않았지만, 이렇게 빨리 얘기가 전해질지 몰랐다. 아버지가 할머니 댁에 얼마나 많은 사람을 심어 둔 건지 새삼 또렷이 느껴졌다.

"네, 못 간다고 말씀드렸습니다."

승준은 마음을 바꾸지 않을 거라는 듯 똑똑히 말했다.

"제정신이야? 친척 새끼들 다 모일 텐데, 그 자리에서 너만 날름 빠져?"

아버지의 목소리가 커졌다. 다른 사람이 할머니의 총애를 가져갈까, 아버지는 벌써부터 안절부절못했다. 평소라면 아버지의 기대를 채워 주었을 거다. 그래야 한동안 저를 찾는 일이 없을 테니까.

그러나 이번에는 물러설 수 없었다. 무슨 일이 있어도 그날만은 비워야만 했다.

"못 가는 이유가 뭐야?"

"어머니 뵙는 날이라서요."

"지금 그깟 이유 때문에 못 가겠다고?"

"그깟이 아니라, 그 중요한 일 때문에 못 가는 겁니다."

"다른 날로 옮겨."

그날이 무슨 날인지 모르는 걸까.

"그날이 어머니 생신인 건 아세요?"

"그래서?"

아버지는 뭐가 그리 중요하냐는 듯 되물었다. 순간 말문이 막혔다.

어머니의 기일도 제대로 챙기지 않는 아버지가 생일까지 기억하는 건 바라지도 않았다. 그러나 적어도 제가 어머니를 그릴 수 있는 시간은 빼앗지 말아야 하는 게 아닌가.

할머니마저 허락한 일을 아버지가 나서서 반대하는 게 우스웠다.

"저는 그날, 어머니 찾아뵐 겁니다."

"헛소리 말고 갤러리로 와."

"그렇게는 못 하겠는데요."

"차승준!!"

더 이상 참지 못하겠다는 듯 아버지가 버럭 화를 냈다. 평온하던 표정은 온데간데없이 사라져 있었다.

"아버지는 아버지가 가고 싶은 곳으로 가세요. 제가 가려는 길 막지 마시고."

두 눈을 부라리는 아버지를 피하지 않았다. 차가운 목소리로 제 의견을 끝까지 밀어붙였다. 뜻대로 상황이 흘러가지 않자, 아버지의 얼굴이 붉어졌다. 순간 욱하는 마음이 올라온 듯했다.

씩씩거리는 콧바람이 또렷이 느껴졌다. 아버지는 머리끝까지 치솟은 화를 누르지 못하고 그대로 제 뺨을 후려쳤다. 두툼한 손바닥이 볼과 맞닿으며 묵직한 소리를 냈다.

탁—

그 소리는 거기서 끝나지 않았다. 화를 완전히 풀어야겠다고 생각했는지 아버지는 쉴 새 없이 저를 때렸다. 고삐 풀린 망아지도 이보다 격하지는 못할 거다. 매섭게 날아드는 손길에 입술 안쪽에서 피비린내가 올라왔다.

아버지는 어떻게든 저를 자신의 앞에 무릎 꿇게 하려 정강이마저 서슴없이 걷어찼다. 쉴 새 없이 쏟아지는 폭력을 버텨 봐야 좋을 게 없다는 건 안다.

하지만 승준은 어금니를 꽉 깨물고, 버텼다.

"대표님, 대표님!"

이 비서가 아버지를 말리지 않았다면 벌써 어디가 하나 부러졌을지도 몰랐다.

"저 쌍놈의 새끼가……!"

"고정하세요. 갤러리 개관식에 승준이는 안 오는 게 좋을 것 같습니다. 회장님께서 승준이 얼굴에 난 상처를 보고 왜 이러냐고 물어보기라도 하시면 곤란하지 않겠습니까."

그는 온갖 욕을 날리는 아버지를 진정시키려 애썼다. 아버지의 덩치가 워낙 커서 퍽 버거워 보였지만. 아버지는 제 얼굴을 보다가 두 손으로 머리카락을 쓸어 올렸다. 얼마쯤 화가 누그러든 것 같기는 했지만, 완전히는 아니었다.

"후, 자식새끼라고."

짜증 섞인 목소리가 아버지의 입술 사이로 한숨처럼 새어

나왔다.

"지 어미 닮아서 더럽게 도움도 안 되네."

아버지는 들으라는 듯 더욱 큰 목소리로 뒷말을 덧붙였다.

아버지를 들이박고 싶은 마음이야 굴뚝같았다. 이쯤에서 마무리 짓자는 이 비서의 눈짓이 없었더라면 무슨 짓이든 벌였을지 몰랐다.

이 비서가 아버지를 어르고 달래며 밖으로 끌고 나갔다. 제 얼굴에 난 상처 때문에 아버지는 결국 한발짝 물러났다. 어서 쉬라는 이 비서의 눈짓을 끝으로 다시금 집이 고요해졌다.

아릿한 감각조차 느껴지지 않았다.

거실에 홀로 선 채로 웃음을 터뜨렸다. 우습게도 실소가 멈춰지지 않았다. 나사가 풀려 돌아 버린 것만 같았다.

❖ ✣ ❖

승준은 다음 날 수업을 모조리 빠졌다. 서재에 앉아 책만 줄기차게 읽어 댔다. 팔락거리면서 넘어가는 종이, 특유의 향을 맡고 있으면 마음이 한결 진정됐다. 이래서 어머니도 서재에 박혀 나오지 않았는지 몰랐다.

쉼 없이 검은 글씨를 읽어 대는데 핸드폰이 울렸다. 어제 그 난리를 쳤으니, 아버지일 리는 없었다.

승준이 핸드폰을 들어 메시지를 확인했다.

[나 강다현인데, 무슨 일 있어?]

또 그 애다.

씹는 것만으로는 부족했나 보다. 아예 차단을 박아 버리는
게 낫겠다.

[수업 자료 가져다줄까 해서!]

뒤이어 날아든 문자 메시지에 잠시 멈칫했다. 어떻게 살면
이리 부지런히 오지랖을 부릴 수 있을지 놀라울 따름이었다.

승준은 고개를 내젓고는 다현의 전화번호를 차단했다. 누
군가 고요한 제 공간에 들어와 좋알거리는 걸 원치 않았다.
시끌시끌한 게 자신과 어울릴 리 없으니까.

제 결단에 핸드폰은 금세 잠잠해졌다.

문제는 자신이 집중력을 잃은 건지 끝없이 핸드폰 화면을
두드리고 있다는 거였다. 연락 올 사람도 없는데, 왜 이리 핸
드폰에 집착하고 있는 건지 모르겠다. 핸드폰이 너무 조용해
서 적응이 되지 않는 건가.

그때 제 기다림에 응답이라도 하듯 핸드폰이 울렸다.

[한도우]

강다현이 아니다.

걔 전화일 수가 없었다. 차단을 했는데, 전화가 울리면 그
게 문제지.

"어."

승준이 전화를 받았다.

— 어디야?

"집."

— 벌써 수업 끝났어?

"그건 아니고."

— 뭐야, 다 쨌냐.

"가기 싫어서."

여기저기 다친 꼴로 나가 봐야 사람들의 이목이나 끌 게 뻔했다. 저를 힐끔대는 시선을 생각하고 싶지도 않았다.

– 나와.

"귀찮은데."

– 같이 한잔 좀 해 주라.

도우는 이제 아예 '한잔' 노래까지 불러 댔다. 쉽게 물러설 녀석이 아니었다.

더욱이 승준도 술기운이 필요했다. 쓴맛을 전혀 느낄 수는 없겠지만 취하는 데는 아무 문제가 없었다. 밤새 잠자리를 뒤척이는 것보다는 진탕 마시고 뻗는 편이 나았다.

"정문 앞에서 봐."

– 오키.

전화를 끊은 승준이 나갈 채비를 했다. 정성스럽게 꾸밀 필요도 없었다. 술을 마시는 데 목적이 있었으니까.

새카만 모자를 눌러쓰고 밖으로 나섰다. 찬바람이 불지 않는 걸 보니 아직 완연한 가을이 오지는 않은 듯했다. 그래도 외출하기에 나쁜 날씨는 아니었다. 열대야로 가득 찼던 여름 밤을 떠올리면 지금은 도리어 감지덕지였다.

학교 정문에서 도우를 만나 근처 술집으로 움직였다. 여기 저기 술자리를 즐기는 사람들로 가득 차 있었다.

"좋아하는 랜덤 게임! 랜덤 게임!"

왁자지껄한 소리에 시선이 갔다. 강다현이라는 애가 말한 동기 모임에 가면 자신도 저 짓거리를 하고 있어야 하는 건가. 두 손을 동그랗게 굴려 대는 저 율동까지 섞으면서?

절로 헛웃음이 터졌다.

단 한 번도 생각지 못한 그림이었다. 앞으로도 제게는 없을 그림이고.

시끄러운 테이블을 지나쳐 구석에 자리를 잡고 앉았다. 도우의 집념이 만들어 낸 자리였다. 도우는 소주를 직접 꺼내 와서는 금세 제 잔을 채워 주었다. 누가 보면 이 술집 주인 아들이라도 되는 줄 알겠다.

"너희 아버지는 아무리 화가 나서도 그러지. 아들 얼굴을 이렇게 만들어 놓냐."

"왜, 난 좋은데."

"개관식 안 가서?"

정확히 맞혔다는 듯 승준이 바람 빠지듯 픽 웃었다.

"맞고도 좋단다."

도우가 혀를 차 댔다. 쯧쯧거리는 소리에도 승준의 표정에는 아무런 변화도 없었다. 술잔을 가뿐하게 비워 냈을 뿐.

한 잔 두 잔 넘어가는 술에 정신이 약간 알딸딸해졌다. 기분도 한결 나아지는 듯했다.

잔을 한 번 더 비우고는 자리에서 일어났다. 자신의 목소리를 파묻을 만큼 시끌거리는 소리 속에서 잠시 벗어날 생각이었다. 잠깐 바람을 쐬는 것도 좋겠다 싶었다.

가게 뒤쪽으로 나오자, 놀라울 만큼 사위가 고요해졌다. 역시나 쥐 죽은 듯 조용한 게 제게 어울리는지 몰랐다.

골목 한쪽에 서서 핸드폰을 봤다. 환한 빛이 승준의 얼굴을 적셨다.

[나 강다현인데……]

아직도 삭제하지 않은 문자 메시지를 없애려는데, 건장한 남자 넷이 시끄럽게 떠들며 제가 있는 골목으로 들어섰다.

골목이 좁아 불안하더라니 무리 중 하나가 결국 실수로 저를 쳤다.

"죄송합니다."

"야아, 새끼야. 조심해야지."

"좁아서 그런 거잖어."

"그만들 좀 싸워라. 죄송해요. 얘네들이 술을 마셔 가지고."

네 명의 목소리가 한꺼번에 울렸다. 뒤에서 뭐라고 궁싯거리는 것 같기도 했는데 정확히 들리지는 않았다. 얼른 정중하게 사과하라는 시시닥거림이었을 거다.

제가 괜찮다는 듯 고개를 꾸벅거리면 끝날 일이었다.

"승준아!"

골목 끝에서 다급하면서도 다정한 목소리가 들리기 전까지는 그랬다.

"내 친구, 여기서 뭐 하고 있어?"

강다현, 애는 또 여기서 나타난 걸까. 제게 위치 추적기라도 달았나. 뭘 이렇게 자주 눈에 보여?

"너 한참 찾았어."

다현은 제 팔을 붙들고는 친한 척을 해 댔다. 사람들이 보면 우리가 진짜 친구인 줄 알겠다.

뭔가 싶어서 다현의 손을 뿌리치려는데 그녀가 한쪽 눈을 깜빡거리면서 비밀의 눈짓을 보냈다. 대체 저 자그마한 머릿속에 무슨 생각을 품고 있는지 모르겠다.

그저 또렷이 느껴지는 건 이 애가 자신의 얼굴을 뚫어져라 쳐다보고 있다는 것뿐이었다.

"얼른 가자."

다현이 저를 잡아끌었다.

"비켜 주세요. 계속 앞에 막고 있으면 경찰 부를 거예요."

팔목을 잡은 손에 바투 힘이 들어갔다. 아무래도 제가 얻어맞은 줄 착각이라도 하는 것 같은데…… 다현을 내려다보는 승준의 입술 사이로 어이없는 실소가 터졌다. 그녀의 경고에 남자들도 당황한 듯했다.

"네가 생각하는 거……."

"계속 앞에 막고 계실 거예요?"

다현은 상황을 설명하려는 제 말허리를 단칼에 잘랐다. 모든 신경이 앞에 있는 남자들에게만 꽂혀 있나 보다.

그래도 인간적으로 사람 말은 들어 보고 착각해야 하는 거 아니냐.

"경찰까지 부르신다고 하시는 건 좀."

"불러요?!"

"아니, 그건 아닌데……."

"저도 평화적으로 해결하고 싶거든요? 그러니까 지나갈게요."

단호한 다현의 말투에 남자들이 양쪽 벽에 붙었다. 길을 만들어 주려는 나름의 몸부림이었다. 그들에게는 눈길조차 주지 않고, 다현은 제 팔만 야무지게 잡아당겼다.

어차피 여기서 설명은 설명해 봐야 먹힐 것 같지도 않고…….

승준은 군말 없이 다현의 뒤를 따랐다. 벽에 붙어 있는 남자들은 모든 걸 이해한다는 듯 제게 고개를 끄덕거렸다.

뭐가 이해된다는 건지.

"앞에 봐, 앞에."

다현이 뒤를 돌아보는 제게 낮게 속삭였다. 그들의 앞에서는 한없이 당당하더니 속으로는 바짝 긴장하고 있었나 보다. 다현의 눈빛 속에서 약간의 떨림이 보이는 것 같기도 했다.

그러게, 무서우면서 나서길 왜 나서?

잰걸음으로 도망치는 다현을 도무지 이해할 수가 없었다. 반대로 그녀는 움지럭거리는 저를 이해할 수 없다는 얼굴이었지만.

그렇게 골목에서 한없이 멀어졌다. 잠시 걸음을 멈춘 다현이 뒤를 돌았다. 그들이 따라오지 않나 초조한 표정이다. 저렇게 길게 목을 빼다가 정말 목이 빠져 버리는 건 아닌지 걱정될 정도였다.

"따돌렸나 봐."

아무도 없는 걸 확인한 다현이 안도의 숨을 흘렸다.

"누굴 따돌리는데?"

승준은 부러 알면서 물었다.

"아까, 너하고 싸우던 그 사람들!"

"누가 싸웠다는 거야."

"걔네는 다 멀쩡하던데. 일방적으로 맞은 거야?"

"맞기는……."

"아휴, 많이도 맞았네."

다현이 발꿈치를 들고는 제 턱을 붙잡았다. 걱정스러운 얼굴로 이리저리 얼굴을 살피는 그녀의 눈빛이 마냥 싫지 않았다. 그래서 네가 착각하는 거라 말하려다 말았다.

다음에 어떻게 나올지 궁금하기도 했다.

알코올을 들이붓고 있는 것보다는 이쪽이 훨씬 재미있었다. 아버지 생각도 까맣게 잊히고.

"경찰에 확 신고해 버릴까?"

"됐어."

"그래도 억울하잖아. 머릿수로 들이대는 게 어디 있어? 넷이서 하나를…… 저것들 또 걸리기만 해 봐라."

다현은 조막만 한 주먹을 쥐고는 걸어온 길을 향해 날려 댔다. 누구 하나 때려눕히지 못할 것 같은 가냘픈 주먹 놀림이었다.

뭣도 없는 것 같은데.

자신감 하나는 인정해 줄 만하다.

"만나면 패 주기라도 하게?"

"엉."

"네가 왜?"

"동기니까?"

"너, 나 좋아하냐."

다현이 고개를 끄덕거리며 수줍은 웃음이나 지을 거라 여겼다.

"아니."

설마하니 거절이 나올 줄이야.

341

"너 나 좋아해?"

게다가 웃기지 않게 자신을 좋아하냐고 묻기까지 한다.

생각지도 못한 전개에 승준은 어리둥절했다. 바로 거절을 날린 다현과는 다르게 벙쪄서는 아니라고 곧장 대답도 못 했다. 이러면 좋아한다는 게 돼 버리는 건데.

정신 좀 차려 봐라, 새끼야.

승준은 굳게 다물린 입을 열라고, 스스로를 채찍질했다. 이대로 있다가는 엉뚱하게 자신이 다현을 좋아하는 상황으로 흘러갈지 모를 일이었다.

"좋아하지도 않는다면서 왜 질척거려?"

기가 막힌 질문이 터져 나왔다.

아무래도 제가 심각한 오류에 걸린 모양이다.

"내가?"

"그럼 너지. 여기 누구 또 있어?"

"아, 아? 혹시 같이 동기 모임 가지는 것 때문에 그래?"

다현의 입꼬리가 소담하게 위로 올라갔다. 가만히 입을 다물고 눈을 반짝이는 것도 볼만했는데, 환하게 웃는 건 보기 좋았다.

"그거는 애들이 너도 왔으면 좋겠다고 그래서. 내가 과대라 다들 부탁하는데 거절할 수도 없더라고. 불편했으면 미안해."

여기서 한 학기를 보냈는데, 이제야 누가 과대인지 처음 알게 됐다.

"문자 보낸 건? 그것도 다른 애들이 시켰냐."

"아냐. 그냥, 너 걱정돼서."

"나를 왜 걱정하는데?"

"너 원래 수업 빠지지 않고 왔잖아. 근데 갑자기 안 오니까 어디 아픈가 하고. 수업 자료도 줄 것도 있고!"

다현의 말에 뾰족한 마음이 살짝 뭉툭해졌다. 다른 사람에게 떠밀려 연락한 거라 했으면 서운했을 것도 같다.

잠깐만, 서운?

웃기지 않게 흘러든 생각에 승준이 코웃음을 쳤다. 제가 이깟 애한테 관심을 갈구할 리 없었다. 아무리 곁에 사람이 없다고 해도 외로워할 제가 아니다. 오히려 이런 애하고 더 이상 엮일 필요가 없으니 좋아해야 맞았다.

수업 자료고 뭐고, 귀찮게 굴지 말라고 돌아서야 했다. 그게 자신다웠다.

"남의 일에 무지하게 관심 많나 보다, 너."

그런데 제 몸과 머리가 따로 놀았다. 취기가 번져 삐거덕거리는 건지도 몰랐다.

"아까 그 새끼들이 너 쫓아와서 해코지라도 하면 어쩌려고."

유치하고도 짓궂은 어린애가 된 것 같았다. 굳이 일어나지도 않을 일을 들먹거리며 으름장을 놓지 않아도 되는데.

"싸워야지."

"4 대 1로?"

"네 도움도 좀 받고."

"내가 왜 도와줘야 하는데?"

"서로 도움 주고받고 그러면 좋잖아. 웬만하면 이런 일에 안 휘말리는 게 좋겠지만, 다음 번에도 이런 일 생기면 너 도와줄게."

자기가 정말 도움이 될 거라고 생각하는 건가. 두 눈을 반짝이는 걸 봐서는 공수표는 아닌 듯했다.

어떤 용기가 있어야 저를 돕겠다며 나설 수 있는 걸까. 가진 힘도 없으면서.

"혼자보다는 둘이 낫잖아."

다현은 너스레를 떨고는 곱게 눈을 접어 웃었다. 웃음이 참 많은 애다. 고작해야 가족 모임이 있을 때나 억지 미소를 짓는 자신과는 완전히 다른 사람이다. 저렇게 쉼 없이 웃을 수 있다는 게 신기할 따름이었다.

혼자보다는 둘이 낫다.

그 말이 무슨 주문처럼 머릿속에 들이박혔나 보다. 그러지 않고서야 '그래, 둘이라서 다행이다'라는 마음이 들 리 없었다.

제 앞에 있는 다현이 거슬렸다. 그리고 동시에 이 애가 궁금했다.

어떻게 하면 저리도 멍청한 웃음을 계속 지을 수 있는지. 그 비법을 알면 가족 모임에 나가서도 미소가 어색하기 짝이 없다고 아버지에게 지적받는 일이 사라질지도 몰랐다.

차분하게 날아드는 가을바람에 다현의 머리카락이 들썩거렸다.

❖ ❖ ❖

승준은 교양 수업을 취소하려다 관뒀다. 다른 수업을 끼워

넣기 귀찮다는 게 이유였다.

'이거 꼭 들고 가서 발라. 꼬박꼬박 발라야 흉 안 생겨.'

다현이 약봉지를 챙겨 주며 했던 말도 수업 취소를 멈추는
데 한몫했다. 그녀의 오지랖이 대체 어디까지일지 궁금했다.

그걸 탐구해 봐야 별 쓸모도 없겠지만. 호기심이라도 풀리
면 되지 않을까 싶었다.

"드랍한다며."

마음을 바꾼 저를 보며, 도우가 실실 웃음을 터뜨렸다.

"재미있을 것 같아서."

"이 새끼, 드디어 눈을 떴구나."

"뭐래."

"오늘 파트너 고른다던데. 떨려 죽겠네."

도우는 두 손을 비벼 대면서 주변을 살폈다. 어떤 사람이
라도 좋으니, 그는 부디 여자와 파트너를 맺기를 간절히 바
라고 있었다. 수업을 수강한 학생 중 남자가 절반을 넘었기
때문이다.

잘못하다가 남자, 남자 파트너가 맺어진다고 하는데. 도우
는 그런 절망적인 일만은 벌어지지 않기를 바란다며 중얼거
렸다.

안절부절못하는 도우와는 달리 승준의 시선은 오직 한곳에
꽂혀 있었다.

강다현.

저 애가 자신의 파트너가 되어 주기를 바랐다. 자신의 눈

빛을 느꼈는지 교수님을 보던 다현이 고개를 돌려 저를 봤다. 눈이 마주치자마자 다현이 환한 웃음을 터뜨렸다. 파트너를 하자고 메시지를 보내는 건가.

그럴 수도 있겠다 싶었다. 그러지 않으면 저를 보고 웃을 리가 없지.

"네, 저는 의예과 1학년 한도우라고 합니다. 제가 보이는 것처럼 아주 유머스럽고 다정한 사람이거든요. 같이 미션 열심히 클리어할게요. 미리 잘 부탁드립니다!"

도우가 자리에서 일어나 자기소개를 마쳤다. 그다음으로 제 차례가 됐다. 교수가 어서 일어서라는 듯 고개를 끄덕거렸다.

어차피 제 파트너는 다현으로 정해져 있는데.

승준이 의자를 뒤로 밀며 자리에서 일어났다. 모두의 시선이 일제히 제게 꽂혔다. 그 속에는 다현도 있었다.

"차승준입니다."

이름 석 자를 던지고 자리에 앉았다.

찬물을 끼얹은 듯 강의실이 조용했다. 교수도 방금 뭐가 지나간 건가 하는 얼굴로 자신을 쳐다보고 있었다. 교수는 다른 할 말이 없냐는 듯 눈썹을 들썩거렸다.

하나, 그딴 게 있을 리 없었다.

제가 살짝 고개를 저어 보이자 교수는 환하게 웃으며 박수를 쳤다. 덩달아 학생들도 손뼉을 마주쳤다.

"다음 친구로 넘어갈까요?"

교수의 말에 자연스럽게 다음 순서로 넘어갔다.

그렇게 당연히 다현과 파트너가 될 줄 알았다. 그런데 다현이 저를 선택하지 않았을 줄이야.

"나는 내 파트너한테 간다, 친구."

자신을 두고 자리를 이동하는 도우에게 관심을 줄 겨를도 없었다. 승준의 시선은 오직 다른 자식과 파트너가 된 다현에게 꽂혀 있었다.

생각지도 못한 결과에 그는 교수에게 따져 묻기까지 했다. 결과에 승복을 하지 못한 거다.

그러나 한 번 정해진 결과가 달라질 리 만무했다. 다현은 분명히 제 이름을 적지 않았다.

"왜 다른 새끼야?"

승준이 팔짱을 끼고 앉아 인상을 구겼다. 아무렇지 않게 넘기려고 해도 짜증이 뻗쳐오르는 건 어쩔 수 없었다.

왜 제가 아니었을까. 제게 관심이 없다는 것을 어떻게든 보여 주고 싶었던 걸까.

생각이 꼬리에 꼬리를 물고 이어졌다. 소란스러운 머릿속을 어떻게든 잠재우려 했지만 뜻대로 되지 않았다.

"다른 친구하고 파트너 진행해 보는 건 어때요?"

교수가 제게 다가와서는 다른 사람을 추천했다. 제 이름을 적은 사람들이란다.

애석하게도 누가 자신을 적었는지는 관심 없었다. 차라리 지금이라도 이 강의를 취소하는 게 낫나. 그러기에는 다음 기회라는 게 있었다.

희망 고문일 수도 있지만, 누군가는 희망으로 살아간다고 하지 않나.

게다가 지금의 상황을 외면하는 것보다는 다현을 눈앞에

두는 게 훨씬 마음 편할 것 같았다. 그저 고집스러운 집착이라고 해도 어쩔 수 없었다. 어떻게 해야 마음이 거북하지 않을지는 제가 잘 알고 있으니까.

근데 쟤는 왜 아무한테나 잘 웃어 주는 걸까. 저러다 입꼬리가 귀에 걸리겠다.

"씹."

불쾌한 감정이 혀끝을 돌았다. 그게 꼭 자신을 약 올리는 것만 같다.

승준에게서 뜨거운 콧김이 터져 나왔다. 다현이 제 앞에서만 웃었으면 좋겠다 생각했다. 적어도 다른 놈 앞에서는 예쁘게 웃지 말았으면 좋겠다.

누군가 자신처럼 그 미소에 큰 의미를 두지 못하게.

언젠가 어머니는 세상일보다 재미있는 것은 없다고 말했다. 전혀 예상한 방향으로 흘러가지 않기 때문이라면서.

그렇게 재미있는 걸 버리고, 왜 그리 급히 가셨을까.

승준은 어머니가 자신에게 거짓말을 한 건 아닐까 생각했다. 자신의 세상에서 재미있는 일은 단 하나도 없었으니까. 그런데 지금 이 순간, 승준은 어머니가 말한 재미를 조금 알 것도 같았다.

"혹시 나하고 같이 파트너해 줄 수 있어?"

다현이 난감한 부탁이라는 걸 안다는 듯 이마를 긁적거렸다.

"원래 파트너는 어쩌고?"

"여친 생겨서 강의 취소해야겠대."

"대타가 필요한 거네."

"너도 파트너 구해야 할 것 같길래. 이왕이면 아는 사람끼리 미션하면 좋잖아."

제가 바로 대답을 하지 않자, 다현은 어색한 웃음을 지어 보였다. 파트너가 급하기는 한가 보다.

승준에게는 나쁠 것 없는 제안이었다. 그녀의 말대로 파트너가 필요했고, 기왕이면 다현이었으면 좋겠다고 생각하지 않았나. 그럼에도 불구하고 승준이 바로 알겠다고 대답하지 않은 건 유치한 복수심 때문이었다.

애초에 자신을 선택하지 않은 걸 조금이라도 후회했으면 좋겠다.

"너하고 파트너하기 싫다면?"

승준의 입에서 삐뚠 말이 터져 나왔다.

"그러면, 뭐…… 다른 사람 찾아볼게."

그다지 고민할 것도 없다는 듯 다현이 바로 대답했다. 부탁한다면서. 한 번은 굽히고 들어와야 하는 거 아니냐?

자신의 생각과는 달리 다현은 아무 미련도 없는지 가차 없이 제게서 돌아섰다. 워낙에 여자 비율이 낮은 수업이니, 누구든 다현의 제안을 들으면 좋아할 게 분명했다. 또다시 다른 새끼가 그녀의 옆을 채우는 꼴은 보기 싫었다.

"말은 끝까지 듣고 가. 누가 안 하겠대?"

승준의 목소리가 꽤 다급했다.

"해 주는 거야?"

"어."

명랑한 다현의 물음에 승준은 괜스레 바닥만 쳐다봤다. 다현의 제안이 좋았다는 걸 들키지 않기 위한 나름의 발버둥이었다. 그래 봐야 약간 들뜬 마음이 전부 숨겨지지 않았지만.

"교수님한테는 내가 말씀드릴게."

"그러든가."

"첫 미션은 데이트 코스 같이 짜는 거래."

"미리 생각해 볼게."

"나도 생각할게. 고민해 보고 모레 도서관에서 같이 코스 정해 보자."

다현이 깔끔하게 일정 정리를 했다. 그 덕에 자신은 다현의 말을 따르기만 하면 됐다.

데이트라.

한 번도 생각해 본 적이 없는 일이었다. 대학에 들어오기 전까지 줄곧 공부만 했기도 하고, 여자에는 그다지 관심도 없었다. 도리어 누군가를 만나고 사랑하는 일을 쓸모없는 짓이라 생각했다.

그런 제가 데이트를 하게 생긴 거다.

그게 퍽 우스우면서도 나쁘지 않았다. 그래도 도우의 도움을 받아야 할 것 같기는 했다. 지금은 여자애하고 단둘이 뭘 할지 감도 잡히지 않으니까.

고작 한 달 반 정도면 끝날 시한부 커플 행세였다.

가볍게 생각하면 될 일인데 왜 벌써부터 마음이 급해지는 건지 알 수 없었다. 들뜰 것도 없는데.

"앞으로 잘 부탁해."

다현은 손에 들고 있던 음료 한 캔을 제게 건넸다.

"뇌물이야?"

"뇌물이기도 하고, 아니기도 하고. 어제 마셔 봤는데 엄청 맛있길래 너도 마셔 보라고."

어서 받으라는 듯 다현이 음료 캔을 제게 더욱 가까이 들이밀었다. 다현에게 반쯤 떠밀려 캔을 받아 들었다.

"나 다음 수업 가야겠다. 모레 봐!"

그녀가 손을 흔들고는 이내 사라졌다. 누가 보면 우리가 아주 친한 친구라도 되는 줄 알겠다. 임시 파트너도 됐으니 이만하면 친해진 건가.

승준이 손에 쥔 음료 캔을 가만히 바라봤다.

어떤 맛일지 궁금하기는 했다. 다만 미각을 잃은 지 오래라 제가 그걸 느낄 수 있을 리 만무했다.

사실 제자리에 가만히 서서 고민할 필요도 없었다. 자신에게 쓸모없는 캔은 휴지통에 버리면 그만이었다. 제가 뭘 버리지 못해 전전긍긍하는 스타일도 아니고.

그런데 이번에는 자꾸만 주춤거리게 됐다. 다현의 호의를 쓰레기통에 박아 버릴 수가 없었다. 뇌물이 아니고 공유라지 않나. 맛있는 걸 같이 먹으면 좋겠다는데, 까짓 한 번 먹어 주지 못하나 싶기도 했다.

"뭐, 얼마나 맛있길래 그래?"

혼잣말을 중얼거리며 음료 캔을 땄다. 복숭아 향이 은은하게 코끝을 적셨다.

음료를 한 입 마시자, 탄신이 혀를 톡 쐈다. 승준이 느낄 수 있는 건 거기까지였다. 다른 맛은 느껴지지 않았다. 복숭아 맛일 것 같기는 한데, 넗이 달까. 뒷맛이 깔끔한가, 여러 상상만 해 볼 뿐이었다.

그래도 다현의 말대로 맛은 있는 것 같았다. 정확히 그게 무슨 맛인지는 몰라도.

승준은 제자리에 선 채로 음료 한 캔을 말끔히 비웠다.

❖ ✛ ❖

데이트 첫 코스는 식당이었다.

다현이 전부터 꼭 가 보고 싶던 식당이라고 했다. 줄까지 길게 늘어섰는데, 촉촉한 돈가스가 일품이란다.

먹는 것에 그리 관심이 많지 않던 승준은 이렇게까지 돈가스를 먹어야 하나 싶었다. 맛있는 집은 찾아보면 차고 넘치지 않나. 하지만 다현은 맛집 앞에 줄을 서는 것부터가 데이트의 묘미라고 강조했다. 거기에 하릴없이 넘어가 버렸다.

"덥지 않아?"

유난히 두껍게 입고 나온 다현을 보며 물었다.

"원래 예뻐 보이려면 계절을 앞서 나가야 된대."

"누가 그래?"

"내 친구, 미지라고. 옷 잘 입는 애 있어."

"예뻐 보이려다가 더워 죽겠다."

다현의 가죽 재킷을 보고는 고개를 저었다. 이마에 땀이 맺혔는데도 다현은 곧 죽어도 가죽을 포기 못 하겠다고 했다.

완전히 지나가지 않은 여름이 다현을 뜨겁게 태웠다. 비록 그녀는 거기에 굴복할 마음이 전혀 없어 보였지만.

"재킷만 벗어."

"패션……."

"나한테 그렇게 예쁘게 보이고 싶어?"

약간 놀랐는지 다현이 토끼눈이 됐다. 그래도 제게 예쁘게 보이고 싶었다고 말해 주면 좋겠다.

하지만 다현은 고개를 세차게 저으며, 제 기대감을 부쉈다.

"우리 다음 순서다. 앞에 가 있자."

우리는 지금 가상의 커플이라며 한 소리를 하려는데 다현이 제 팔을 잡아끌었다. 그녀의 말대로 금방 저희 번호가 불렸다. 우리는 나란히 식당으로 들어갔다.

밖에서는 식당이 좁아 보였는데, 막상 안으로 들어오니 규모가 컸다. 자리는 만석이었다. 메뉴판을 품에 안은 직원의 안내를 받으며 식사를 하는 사람들을 지나쳤다. 식당의 구석진 곳에 빈자리가 보였다.

거기가 우리의 자리인 듯했다.

다현이 신나서는 먼저 자리에 앉았다. 그녀의 앞에 자리를 잡고 메뉴판을 받아 들었다. 들어오기 전부터 뭘 먹을지 정했는지 다현이 곧바로 안심 돈가스를 외쳤다.

"저도 같은 걸로 주세요."

제 말이 끝나자, 직원이 메뉴판을 가지고 사라졌다.

"나 여기 진짜 와 보고 싶었거든."

"와 보니까 좋아?"

"어. 빨리 돈가스 먹고 싶어."

다현은 허공에 빌장구까지 치며 좋아했다.

돈가스가 테이블에 올라왔을 때는 쉴 새 없이 사진 찍기에 바빴다. 첫 코스를 이곳으로 고른 게 다행이다 싶을 정도였다.

돈가스의 맛은, 솔직히 말하자면 모르겠다. 촉촉한 느낌은 나는데 거기까지가 끝이었다. 도리어 감탄을 쏟아 내는 다현을 보는 재미가 더 있었다. 어디서 리액션 교육이라도 받았나. 감탄하는 솜씨가 일품이다.

"지금 나, 고기가 입에서 녹는 줄 알았잖아. 어떻게 이렇게 육즙이 터지지? 나는 고기 구울 때 촉촉해지지가 않던데."

"육즙이 어떤데?"

"베어 물자마자 입에 쫙 퍼지는 게, 겉은 왜 이렇게 바삭한 거야?"

"튀겼으니까."

"바삭바삭 소리 나는 것 좀 봐."

다현의 말을 듣고 있자니 맛이 얼핏 느껴지는 것도 같았다. 바삭한 겉과 육즙이 터져 나오는 속. 절로 군침이 돌 만큼 맛있겠다.

"더 먹어."

제 돈가스를 집어 다현의 앞에 놓아 주었다.

"나 괜찮은데."

"내가 배불러서 그래."

"그러면 이거 한 개만 더 먹을게."

다현에게 전부를 준대도 아깝지 않을 것 같았다. 그녀가 감탄하는 소리를 계속 듣고 싶다. 이게 얼마나 맛있는지 재잘거리는 목소리를 조금도 놓치고 싶지 않다.

어느새 승준은 턱을 괴고 다현을 바라보고 있었다.

맛있게 먹는 것만 봐도 배가 불렀다. 맛도 제대로 느끼지 못하고 저작 운동만 해 대는 것보다 훨씬 즐겁기도 했고.

"그만 보면 안 돼? 부담스러워."

부담스럽다면서 잘도 먹는다.

"배 좀 부른가 봐?"

"어떻게 알았어?"

"이제야 내가 보고 있는 거 알길래."

"나 계속 보고 있었어?"

"어, 재밌더라고. 이 맛에 다들 먹방 보나 보네."

식사를 끝냈는지 다현이 슬그머니 수저를 내려놨다. 제 시선 때문에 일찍 식사를 마치지는 않았을 거다. 약한 듯 보이지만 결코 남의 눈치를 보면서 휘둘리는 애는 아니다.

"이거 다음이 서울숲이었지?"

다현이 핸드폰에 적은 메모를 보고는 말했다.

"일어날까? 사람들 기다리는 것 같아서."

그러고는 이내 자리에서 일어났다.

사전에 미리 모아 둔 데이트비로 계산을 끝내고 밖으로 나왔다. 결국 더위에 두 손을 들었는지 다현은 재킷을 벗어 팔에 걸었다. 자신들을 지나가는 바람이 훗훗하기는 했지만, 한여름보다는 열기가 많이 누그러져 있었다.

두 사람은 서울숲으로 들어섰다.

"얼른 가을 되면 좋겠다."

다현이 고개를 돌려 저를 보며 말했다.

"가을 좋아해?"

"응. 나는 가을 공기가 제일 맛있더라고."

"공기에서 무슨 맛이 난다고."

"흙 맛. 음, 또…… 나뭇잎 맛. 가끔 민트라도 먹은 것처럼 상쾌한 맛도 나."

그녀가 상쾌한 공기를 삼키려는 듯 크게 숨을 들이마셨다. 이파리 사이로 쏟아지는 볕뉘가 그 애의 얼굴을 적셨다.

빛에 젖은 얼굴이 반짝거렸다.

그 모습을 가만히 바라보다가 다현을 따라 가볍게 숨을 마셨다. 콧속으로 흘러드는 공기가 달았다.

공기에도 맛이 있다는 게 놀랍기만 했다. 이렇게 가까이서 달고 맛있는 걸 느낄 수 있는데 그동안 왜 몰랐던 걸까. 기분 좋게 굴러드는 공기를 삼키며 다현에게로 고개를 돌렸다.

"저쪽부터 걸을까?"

다현이 커다란 연못을 가리키며 물었다.

"그래."

그녀가 어떤 곳을 가리켰어도 다 좋다고 했을 거다. 도심 한복판을 채우고 있는 숲은 어디로 가든 전부 괜찮을 것 같았으니까.

푸릇한 나무가 연못을 감싸고 있었다. 다현은 물속을 유유히 돌아다니는 오리를 보고는 신나서 걸어갔다. 오리를 사진에 담겠다며 핸드폰을 들이댔는데, 저러다가 물에 빠지는 건 아닌지 걱정될 지경이었다.

자신의 자세가 아슬아슬하다는 걸 아는지 모르는지, 다현은 사진을 찍고는 제게 달려와 열심히 자랑을 했다.

애 머릿속에는 도대체 뭐가 들어 있는 걸까. 예측불가다.

"저쪽에서 찍어 볼까?"

"너 그러다가 물에 빠질 것 같은데."

"그때는 네가 구해 주면 되지."

"내가 왜?"

"왠지 너는 수영 잘할 것 같아서."

"너는 못하고?"

"나 맥주병이야."

수영을 못한다는 사실을 참 자랑스럽게도 말한다. 보통 그러면 물이 무서워 가까이 가지 않기 마련인데, 다현은 더욱 신나서 호수로 다가갔다.

죽고 싶어서 환장이라도 했나. 아니면 목숨을 맡길 만큼 나를 믿는 거야?

고작 몇 번 말도 섞지 않았으면서 뭘 믿고?

승준은 다현을 이해할 수 없다고 생각하면서도 어느새 그녀의 가까이에 섰다. 호수에 빠지기라도 하면 당장에 다현을 구하러 뛰어들 기세였다. 그의 마음을 아는지 모르는지 다현은 자신이 찍은 사진을 자랑하기에 바빴다.

미션 수행 인증을 위해 같이 찍은 사진이 퍽 마음에 들었다. 승준은 왠지 가을이 아주 좋아질 것만 같았다.

❖ ✛ ❖

전화로 하루의 일을 말해 보기, 돈이 들지 않는 데이트해 보기, 서로의 취미를 같이해 보기.

중간고사를 보기 전까지 여러 미션이 주어졌다. 승준은 다현과 함께 부지런히 주어진 과제를 해치웠다. 이런 과제라면 몇백 개라도 해낼 수 있을 것 같았다.

처음에 두 사람은 미션이 있을 때나 서로를 만났다. 하지만 시간이 지날수록 만나는 횟수가 많아졌다. 도서관에서 책을 찾다가 만나기도 했고, 전공 수업 때는 승준이 다현의 옆자리에 앉기도 했다.

승준은 물에 떨어진 잉크처럼 자신의 존재감을 또렷이 드러내며, 다현의 일상에 번져 나갔다. 그리고 다현은 언제나 그를 반갑게 맞아 주었다.

그렇게 모든 게 안정을 유지하고 있다고 여겼다.

"드디어 파트너 바꾼다. 내가 이날만을 얼마나 기다렸는지 아냐?"

도우의 말에 말문이 막혔다. 파트너가 바뀔 거라는 생각은 까맣게 잊고 싶었다. 어쩌면 생각하고 싶지 않았는지 몰랐다.

끝이 있다는 걸 인정하기 싫었던 것도 같다. 외면한다고 끝이 사라지는 것도 아닌데.

"같은 사람하고 계속할 수는 없대?"

"커플 된 애들만 그럴걸?"

마음에 들지 않는 조건이다.

"뭐야, 너? 네 파트너 좋아 죽겠어?"

"헛소리는."

"이 새끼 진심인 것 같은데."

"그런 거 아냐."

"아니기는. 어떻게, 짝사랑해도 인정해 달라고 시위라도 해 줘?"

도우는 뭐가 그리도 재미있는지 킥킥거렸다.

그러다 번쩍 손을 들려고 했다. 짝사랑이니 뭐니 헛소리를 할 게 분명했다. 다른 사람이라면 몰라도 이 미친 새끼라면 충분히 그러고도 남았다.

"교수…… 읍!"

승준이 다급히 도우의 입을 틀어막았다. 조금만 늦었다면 제가 다현을 좋아한다는 헛소리를 지껄였을 거다.

"입 다물고 있어라."

"부끄러워서 그래?"

"개소리 못 하게 하려고."

"파트너 바꾸기 싫다며."

"새 사람한테 또 적응하기 귀찮잖아. 너처럼 파트너하고 안 맞아서 골머리 앓기도 싫고."

다현과는 관련 없는 일이었다. 그저 이미 편해진 걸 바꾸기 싫은 것뿐일 거다. 그것 말고는 다른 이유가 있을 리 없었다.

예정대로 파트너 바꾸기가 진행됐다.

승준은 아무의 이름도 적어 내지 않았다. 누군가와 파트너가 되고 싶은 마음도 없었다. 될 대로 되라는 마음이었다. 파트너를 바꾸는 과정 자체가 지루하다는 듯 구는 승준의 신경은 온통 다현에게 향해 있었다.

도우가 새 파트너를 만났듯 다현의 곁에도 새로운 새끼가 나타났다. 정치외교과 3학년이라고 했나. 제가 기억하기로는 그랬다.

"남은 친구들은 랜덤으로 파트너 지정될 거예요."

교수의 말이 제대로 들리지 않았다.

"안녕하세요."

자신의 파트너라면서 다가온 놈을 볼 틈도 없었다. 인사는 무슨 인사인가. 다현이 다른 남자하고 대화를 나누는 걸 보기도 바쁜데.

서로 자기소개를 하느라 시끌거려 다현이 무슨 얘기를 하고 있는지 정확히 들리지 않았다. 아마도 자신을 소개하고 있을 거였다. 다현의 말이 뭐가 그리도 재미있는지 옆에 앉아 있는 남자가 환한 웃음을 터뜨렸다.

"저는 기계과 1학년……."

"예."

"어느 학과세요?"

"서로 알 필요 있을까요? 미션만 잘 끝내면 될 것 같은데."

"아, 네. 그렇기는 하죠."

제 파트너가 드디어 입을 다물었다.

다현이 다른 사람과 말을 하는 것만 봐도 속이 불편했다. 누군가 깨끗한 칠판을 손톱으로 긁는 것만큼이나 신경에 거슬렸다. 관심을 두지 말아야 한다는 걸 알면서도 자꾸만 다현에게로 시선이 돌아갔다.

다현은 그런 자신과 눈이 마주치고서도 아쉬워하는 기색이 없었다. 도리어 자신의 파트너를 확인하고는 빙긋이 웃음을 지어 보였다.

지금 웃음이 나와?

심통맞은 얼굴로 앉아 있던 승준은 수업이 끝나자마자 곧장 다현에게 향했다. 다행히도 도우가 새 파트너하고 사라진 덕에 다현과의 시간을 방해받지 않았다.

"새 파트너는 마음에 들어?"

뼈가 있는 질문이 제일 먼저 날아갔다.

"응, 좋은 것 같아."

겨우 자기소개나 했을 뿐인데 좋고 나쁜 걸 어떻게 알아?

"네 파트너는 어때?"

다현의 질문에 하마터면 네가 아니라 아쉽다고 말해 버릴 뻔했다.

"편할 것 같아."

쓸데없는 말을 삼키며 대답했다.

"인상 좋아 보이더라."

"그랬나."

"동성이랑 파트너 해도 좋은 것 같아. 잘 맞는 친구가 생길 수도 있잖아."

"그러겠네."

승준은 남 일을 말하듯 대꾸했다. 솔직히 자신의 새 파트너와 앞으로 어떻게 미션을 처리할지에는 관심도 없었다.

"다현 씨."

그때 다현의 파트너가 그녀를 불렀다.

"이번 주에 혹시 언제 시간 돼요? 미션 어떻게 할지 같이 고민하면 좋을 것 같아서요."

따지고 보면 놀라울 것도 없는 질문이었다. 과제가 주어졌으니 해결하는 건 당연한 일이었다. 그런데 승준은 자신도 모르게 남자를 보고 으르렁거리게 됐다.

자신이 가지고 있던 소중한 보물을 눈앞에서 뺏기는 기분이었다.

"저 금요일에 돼요."

"저도 그때 될 것 같은데. 인문관 꼭대기 카페에서 볼까요?"

"네, 좋아요."

"시간은 서로 확인해 보고 맞춰 봐요."

"문자 드릴게요."

두 사람을 보는 승준의 고개가 좌우로 분주하게 돌아갔다. 어떻게든 그들의 대화를 끊어 내고 싶은데 빈틈이 없었다. 두 사람이 핸드폰 번호까지 주고받았다는 것만 알게 됐을 뿐.

속이 끓어 금방이라도 흘러넘칠 것만 같다. 제가 성질을 내야 할 이유가 전혀 없는데도.

"벌써 친해졌어?"

제 물음에 다현이 살짝 고개를 저었다.

"아직 어색해."

종강할 때까지 그들의 사이가 계속 불편했으면 했다. 그래야 마음이 터지지 않고 조용히 끓다가 수그러들 테니까.

❖ ❖ ❖

보기 싫은 광경이 끝을 모르고 승준의 눈앞에 펼쳐졌다.

일단은 카페에서 다현이 새 파트너와 얘기를 나누고 있는

362

것부터가 그랬다. 다정한 두 사람을 보자, 테이크아웃을 해야겠다는 생각이 싹 사라졌다. 승준은 그들의 근처에 자리를 잡고 앉았다.

유치하게도 귀가 쫑긋거렸다. 무슨 말을 하고 있는지가 궁금해 미칠 것 같았다.

"주말에 억새 축제 있던데, 거기 갈까요?"

남자 새끼의 말에 다현은 단박에 좋다고 말했다. 데이트 미션을 하고 있으니 놀랄 것도 없는 대답이었다.

그런데 승준은 그들의 데이트가 마음에 들지 않았다.

자신은 다현과 축제에 가 보지도 못했는데. 다현이 다른 놈과 실실 웃으면서 데이트를 즐긴다는 생각만으로도 부아가 치밀었다.

"저희 데이트 코스는 억새 축제로 하죠."

결국 승준은 자신의 파트너를 끌고, 그들을 따라갔다. 더블데이트라는 우스운 명목까지 가져다 붙였다. 제가 생각해도 웃기기는 했는데, 다행히 다현은 저를 받아 주었다.

하지만 그곳에 가서도 승준은 자신의 파트너와 대화를 나누는 데는 관심 없었다.

다현과 남자 새끼를 갈라놓기 위해 무던히도 애썼다. 그래 봐야 다현의 파트너가 그 새끼로 변했다는 사실에는 변함이 없겠지만.

그 후에도 비슷한 상황이 몇 번 일어났는데, 그때마다 같은 방법을 사용할 수는 없었다.

"하, 씨. 이 수업은 대체 언제 끝나?"

"차승준이 웬일로 종강 타령?"

"차라리 끝나면 마음 편할 것 같아서."

진심이었다.

어서 학기가 다 끝나 버렸으면 좋겠다. 그러면 제가 부지런히 유치한 짓을 하고 다니지 않을 테니까.

그런데 방학을 해서 다현의 얼굴을 자유롭게 보지 못하면, 그건 그것대로 아쉬울 것 같았다. 아니, 못 견딜지도 몰랐다. 다현이 눈에 보이지 않으면 따분할 것 같다고 할까. 존재 자체만으로도 재미있는데 말야.

우선은 데이트나 시키는 강의가 끝나면 짐 하나는 덜 거라 생각했다.

"다현아, 너 소개팅 받을래?"

그런데 그건 자신의 착각이었던 것 같다. 결코 거기서 끝날 문제가 아닌지도 몰랐다.

전공 수업을 기다리며 다현의 곁에 앉아 있던 승준의 머릿속이 일순간 엉망진창이 됐다. 뭘 하라고…… 소개팅?

남녀가 만나서 서로 사귀느니 말자느니 하는 그 짓?

"소개팅?"

"나 아는 오빠가 있는데, 너 사진 보더니 소개해 달라고 그래서. 너 아직 만나는 사람도 없잖아."

"그렇기는 한데……."

다현이 말끝을 흐리며 제게로 고개를 돌렸다.

"기계과 다니는 오빠거든. 졸업반."

졸업반이면 취업에 열을 올리셔야지.

"근데 성격 완전 좋고, 얼굴도 나쁘지 않아."

중매쟁이가 꿈이기라도 한 건지, 여자애가 다현을 붙잡고 늘어졌다. 저러다가 다현이 꼼짝없이 넘어가겠다.

승준은 자신도 모르게 이를 악물고 있었다. 지금의 대화 흐름을 자연스럽게 끊고 싶은데 좋은 생각이 나지 않았다.

"일단 한번 만나 봐. 돈 드는 일도 아니고, 사람은 만나 봐야 안다니까."

"인정."

어디선가 나타난 다현의 절친 미지마저 보란 듯이 맞장구를 쳤다. 이대로 가면 다현이 금방 소개팅을 하겠다고 대답해 버릴 것 같았다. 여기서 더 두고 볼 수는 없었다. 어떤 새끼인지도 모르는데 만나기는 뭘 만나?

"소개팅은 종강하고 받는 게 나을 것 같은데. 갑자기 남친이라도 생기면 네 파트너가 곤란할 테니까."

승준이 다현을 막아서듯 말했다.

그런데 제 설득에 무슨 문제라도 있었나. 미지가 어이없다는 눈으로 저를 봤다. 그냥 쳐다봤다기보다는 노려봤다는 표현이 더욱 적절할지 모르겠다.

문제는 뭐가 잘못됐는지 모르겠다는 거다. 다현의 눈동자에 설핏 실망한 기운이 돌았다가 사라지는 건 제가 잘못 본 걸까.

"나 할게."

아까 전까지만 해도 고민하듯 이마를 긁적거리던 다현이 결정을 끝냈다.

"강다현."

다시 생각해 보라며 제가 이름을 불렀지만, 그녀는 완강했다. 결정을 되돌릴 마음이 조금도 없어 보였다.

"소개팅, 할게."

❖ ✛ ❖

'아아, 학교 앞 역에서 2시에 보기로 했다고?!'

승준의 머릿속에서는 미지의 말이 떠나지 않았다. 강다현
이 2시에 기계과 남자를 만나기로 했단다. 구태여 제 옆까지
쫓아와 어찌나 시간과 장소를 강조하던지, 승준은 엉덩이를
붙이고 앉아 있을 수가 없었다.

서재에 있다가 맛도 느껴지지 않는 빵을 씹어 대기도 했
다. 우걱거리는 움직임 말고는 아무것도 느껴지지 않았다.

'역에서 2시에……'
'역, 2시.'

같은 소리만 머릿속에서 메아리쳤다.

승준은 고개를 들어 벽에 걸린 시계를 봤다. 벌써 12시였
다. 두 시간만 있으면 다현이 소개남을 만날 거다.

그래, 누구를 만날 수도 있는 거지. 제가 상관할 바가 아니
었다.

우리가 진짜 커플도 아니지 않나. 더욱이 다현이 누구에게
떠밀려 소개팅에 나간 것도 아니고. 본인이 원해서 나간 자
리인데 제가 망칠 이유가 없었다. 자신은 아무 일도 없는 것
처럼 제 하루를 보내면 됐다.

그렇게 1시 55분.

'2시에 보기로…….'

머릿속에 울려 퍼지는 소리에 승준이 결국 자리를 박차고 일어났다. 도저히 앉아 있을 수가 없었다. 텔레비전이든, 뭐든 눈에 들어오지 않았다. 무엇이든 제 두 눈으로 확인해야 마음이 편할 것 같았다.

외투를 챙겨 들고 집을 나섰다. 칼바람이 몰아치고 있는 것도 알지 못했다.

평소에는 잘 몰지 않던 차까지 끌고 나와 학교 앞 역으로 향했다. 2시가 훌쩍 넘어가고 있었다. 핸들을 잡은 승준은 그저 초조했다.

다현이 가 버렸을까. 조금만 더 일찍 나올걸.

꽉 막힌 도로 위에서 돌아 버릴 것만 같았다. 차를 버리고 내리고 싶을 지경이었다. 승준은 아랫입술을 짓씹었다. 부디 다현이 제자리에 있었으면 했다.

간절한 마음을 붙들고 약속 장소에 도착했다.

"하아, 씹."

하지만 차에서 내려 아무리 둘러봐도 다현의 모습은 보이지 않았다. 약속 시간이 20분이나 지나 있었으니 당연한 일이었다.

승준이 두 손으로 머리카락을 쓸어 올렸다. 제가 다음 약속 장소를 알고 있을 리 없었다. 설령 안다고 하더라도 뭘 하려고? 다음은 전혀 생각하지 않았다. 본능이 하라는 대로 움

367

직였을 뿐.

자신이 더 이상 미친 짓을 못 하도록 하늘이 막고 있는 건지도 몰랐다. 여기서 멈춰야만 하는지도.

"씨발, 무슨 상관이라고."

승준은 스스로에게 한껏 욕을 박고는 차에 올라탔다. 집으로 돌아가자 싶었다.

책을 읽으면서 마음의 수양이라도 쌓든가. 도우를 만나 그가 떠드는 말이나 듣고 앉아 있으면 아무 생각이 없어질지도 모르겠다. 미친놈처럼 가게를 뒤지고 다니는 것보다는 그쪽이 훨씬 정상적일 듯했다.

한껏 액셀러레이터를 밟았다. 얼마 가지 못하고 가득 밀린 차에 발목이 붙잡혔지만.

빼곡하게 들어차 있는 차를 보고 있어선지 마음이 갑갑했다. 뭔가가 제 마음을 움켜잡고 쥐어짜 내는 것 같기도 하다. 머리가 끝을 모르고 지끈거렸다.

그런 제 속을 뚫어 주겠다는 듯 도우에게서 전화가 왔다.

– 나하고 술 한 잔 마셔 줘라.

"의사 한다는 새끼가 술만 퍼마시냐."

– 나 술독에 빠져 버릴까?

"왜 이래."

나도 돌아 버리겠는데.

차마 뒷말을 덧붙이지 못했다. 도우보다는 자신을 위해서였다. 다현의 얘기를 꺼내면 그가 킬킬거릴 게 눈에 선했기 때문이다.

– 시험 개판으로 봤다고 집에서 나가래. 예과 때는 나도 좀 놀자.

도우가 푸념을 쏟아 냈다. 보통 때라면 한숨 자고 일어나라는 방법이나 던져 줬겠지만, 오늘은 그러지 못했다. 자신도 마음이 복작거려 가만히 있을 수가 없었다. 마음이 답답한 사람끼리 만나는 것도 그리 나쁘지 않아 보였다.

"그래, 한잔하자."

— 오키. 너 있는 데로 갈게.

그는 동지를 얻었다는 생각에 잔뜩 들뜬 듯했다. 목소리가 한껏 높아지고 커졌다.

역에서 멀어지는 순간까지도 승준은 룸미러에서 눈을 떼지 못했다. 혹시라도 다현이 보이지 않을까 기대했던 것 같다.

하지만 끝끝내 다현을 보지 못했다.

승준은 도우를 만난 걸 후회했다. 자신을 붙잡고 왜 공부가 싫다고 울부짖는데?

차라리 집에 가서 어떻게든 자 보려고 노력하는 게 나았을 것 같았다. 그렇지만 거나하게 취한 도우를 두고 갈 수는 없는 노릇이었다.

지난번에 그를 길바닥에 버려두고 갔다가 몇 날을 시달렸는지 몰랐다. 지겹게 시달리느니 한 번 고생하는 게 나았다.

"일어나자."

제 말에도 도우는 꿈쩍하지 않고 잔만 붙잡고 있었다.

"나 집에 들어가기 싫다니까."

"그러면 우리 집에서 자든가."

"진심?"

"가기 싫음 말고."

"가, 가!"

손까지 쳐들고 소리치던 도우가 자리에서 일어났다. 도우는 비틀거리기는 해도 걷기는 잘 걸었다. 그 덕에 많이 힘을 들이지 않아도 그를 뒷자리에 태울 수 있었다.

대리 기사가 오기를 기다리며 바깥에 서 있었다.

술기운이 오르는지 찬바람이 제대로 느껴지지 않았다. 다현은 지금쯤 집에 돌아갔을까. 이왕이면 소개팅남과 다시는 보지 않기로 하고 헤어졌으면 좋겠다. 깊은 한숨이 승준의 목구멍을 타고 올라왔다.

주머니에 있던 핸드폰을 꺼내 만지작거렸다. 다현에게 집에 들어갔냐고 물어볼까. 전화 한 통이면 해결될 문제다.

잠시 고민하다가 결국 그녀에게 전화를 걸었다. 신호음이 유난히도 길게 느껴진다.

뚜루루- 뚜루-

신호음이 끊어지지 않는다. 다현의 목소리를 듣기 힘들었다. 자고 있는 건가. 설마 무슨 일이 있는 건?

초조한 마음에 입술을 자그시 문 순간.

- 여보세요?

수화기 너머로 다현의 목소리가 들렸다.

"나 차승준."

- 어. 어어. 왜?

"잘못 눌렀어."

- 아…….

짙은 탄식이 넘어왔다.

자신의 대답에 실망하기는 승준 역시 마찬가지였다. 네가 걱정돼서 연락한 거라고 사실대로 말하면 되는데, 왜 쓸데없이 구질구질한 변명을 쏟아 낸 건지.

승준은 발로 땅만 거칠게 차 댔다. 그렇다고 꿈쩍할 아스팔트가 아니지만.

"뭐 하고 있어?"

다현과의 전화가 끊어져 버리기라도 할까, 승준이 다급히 물었다.

– 아, 나 술 마시고 있어.

"어디서?"

– 학교 근처 맥줏집에서.

그러고 보니 다현의 주변이 시끌거렸다. 그녀의 목소리에만 집중하느라 주변 소리는 듣지도 못했다.

"누구하고?"

– 그게…….

다현이 대답을 하려던 찰나.

– 저 신경 쓰지 마시고 편하게 통화하세요.

그녀의 대답 대신 남자의 목소리가 들렸다.

"아직도 소개팅 중이야?"

– 어엉, 내가 나중에 전화할게.

금세 전화가 끊겼다. 고민한 것치고는 허망한 결과였다.

승준은 핸드폰에서 눈을 떼지 못했다. 첫 만남에 술이라니. 그 새끼가 어떤 놈인 줄 알고. 남자들은 전부 늑대 새끼인데.

걱정이 등줄기를 타고 뻗쳐 올라왔다. 순식간에 뒷목이 뻣뻣해졌다. 이대로 아무렇지 않게 집으로 돌아가 쉴 수 있을까. 잠은 잘 수 있을까. 아무리 생각해 봐도 절대 그러지 못할 것 같았다.

그때 대리 기사가 저를 발견하고는 다가왔다. 가볍게 목인사를 한 승준은 그에게 차 키를 넘겨주었다.

"저는 먼저 가 볼 데가 있어서. 잘 부탁드리겠습니다."

승준이 뒷자리 차창을 열고 있는 도우를 돌아보고는 말했다.

"네네."

대답을 끝낸 대리 기사가 운전석에 올라탔다. 도우는 어서 차에 타라고 제게 손짓했다. 제가 딴 길로 샐 줄 모르고.

"우리 집에 가서 쉬고 있어."

"뭐야, 너 어디 가?"

"어."

"어디?"

"꼭 만나야 될 애가 있어서."

"이 시간에?"

"이 시간이라서 가야 돼."

승준은 창문이 활짝 열려 있는 뒷자리 창틀을 가볍게 두드리고는 뒤로 물러났다. 제가 어디 간다는 건지 도우는 조금 알 것도 같다는 표정이었다. 그래선지 더는 저를 잡지 않았다.

오히려 자신의 집에 혼자 있는 게 편할 거라 생각했는지도 몰랐다.

도우를 태운 차가 출발하기도 전에 승준이 먼저 걸음을 옮겼다. 학교 근처 맥줏집을 전부 뒤지려면 한시가 바빴다. 제가 잠시 꾸물거리는 사이, 다현이 또다시 사라져 버릴지 누가 알겠나.

주변에 있는 맥줏집을 하나씩 살폈다.

대차게 문을 열고 들어갔다가 나오기를 얼마나 반복했는지 몰랐다.

세 곳, 네 곳…….

다현이 보이지 않을 때마다 마음이 초조해졌다. 벌써 집으로 돌아갔나. 그녀에게 전화를 걸지만 신호음만 길게 이어졌다.

"받아라……. 받아, 다현아."

미치겠다.

누가 잘못 건드리면 터져 버릴 것 같았다. 가까스로 불안정한 마음을 누르며 다음 가게로 들어섰다. 시끌거리는 소리는 귀에 들어오지도 않았다. 다현을 찾는 고개만 분주하게 돌아가고 있을 뿐.

– 고객께서 전화를 받지 않아 소리샘으로 연결되오니…….

원치 않는 안내음만 날아들었다.

그렇게 다시 전화를 걸려던 때였다. 찬 바람이라도 쐬려는 듯 밖으로 나온 다현과 딱 마주쳤다. 정확히는 바닥을 보고 걷던 그녀가 제 가슴팍에 머리를 콩 박았다.

다현을 보자 다행이라는 마음이 먼저 들었다.

"어……?"

저를 올려다보는 다현의 눈이 깜빡거렸다. 제가 올 줄 전혀 몰랐다는 얼굴이다.

시끄러운 소리가 저만치 멀어져 갔다. 다현과 온전히 둘만 존재하는 기분이었다. 술기운이 올라왔는지 다현의 두 뺨이 불그스름하게 달아올라 있었다. 그녀에게서 훗훗한 열기가 쏟아져 나오는 것 같았다.

차디찬 바깥공기와는 확연히 다른 열감이었다. 금방이라도 터질 것 같은 다현의 얼굴에 승준은 자신도 모르게 두 손으로 그녀의 뺨을 감쌌다.

"손, 차다."

다현은 제 손에 고개를 기대고는 말했다.

"시원해."

냉기가 좋은지 그녀는 얼굴을 살며시 비벼 댔다.

"얼마나 마셨어?"

"두 잔?"

"혼자야?"

"아니, 아니. 저기 뒤에 다른 사람하고 같이 있어. 오늘 소개받은 사람인데 술 진짜 잘 마셔. 아직도 끄떡없더라."

다현이 방긋이 웃으면서 뒤를 가리켰다. 그녀의 손끝을 따라가자 뺀질뺀질하게 생긴 남자가 보였다.

그는 테이블 위에 있던 다현의 술잔을 가져갔다.

"저거 내 건데."

거기까지도 마음에 들지 않는데, 허락도 없이 다현의 잔을 비웠다. 얼마 남지 않은 맥주를 없애 버리고서는 다시금 술을 가득 채워 놓았다.

어쩌면 다현이 마신 두 잔은 진짜 두 잔이 아닐 수도 있었다.

남자의 수작질에 승준의 미간이 구겨졌다. 이대로 놔뒀다가는 다현이 인사불성이 될 터다. 그렇게 되도록 놔둘 수 없었다.

"집에 가자."

"어엉, 왜?"

"너 취했어."

"나 멀쩡한데."

"일단 나가서 얘기하자."

"나 일행이 있어서, 지금 못 가."

다현이 제 두 손을 뿌리치듯 떼어 냈다. 그게 퍽 서운했다.

"내가 가야겠다고 말할게."

"네가 왜?"

대차게 들어온 질문에 바로 대답을 못 했다. 왜 이 애를 붙들고 이러고 있나. 그 생각이 제 마음을 움켜잡고 세차게 뒤흔들었다.

맑은 눈동자가 저를 바라보고 있었다. 어서 진짜 마음을 알려 달라는 듯.

"네가 다른 새끼하고 있는 거 싫거든."

진심이 터져 나왔다.

그러자 꼭 다물려 있던 다현의 입술이 살짝 떨어졌다. 제 말을 듣기 전보다 그녀의 두 볼이 더욱 빨갛게 달아올랐다. 손대면 열감이 그대로 스며들 것만 같았다.

"너 나한테 관심 있어?"

다현이 제게 아주 조심스럽게 물었다. 그녀가 무슨 대답을 원하는지는 알 수 없었다. 자신이 뭘 말하고 싶은지만 알 뿐.

"어."

"어?"

"너한테 관심 많아."

"왜?"

"좋아하니까."

다른 이유는 없었다.

네가 마음에 드니까, 곁에 두고 싶으니까.

다른 새끼하고 있는 게 돌아 버리게 질투 나니까. 그러니까, 이곳까지 달려온 거였다.

"그러면 내가 너 보러 왜 여기까지 왔는지 충분히 설명돼?"

승준은 자신을 물끄러미 바라보고 있는 다현을 내려다봤다. 제가 좋아한다고 해서 무조건 저를 좋아해 달라 강요할 수는 없었다. 결코 그게 가능한 일도 아니었고. 고백까지 내던진 자신이 할 수 있는 일이라고는 다현에게 잘 보이기 위해 애쓰는 것밖에 없었다.

그래도 여기서 돌아가라는 말은 하지 않았으면 좋겠다. 자신과 멀찍이 떨어져 있으라고 해도 괜찮으니까, 안전하게 집에 돌아가는 걸 보고 싶다.

초조한 마음으로 다현의 대답을 기다렸다.

그녀에게는 제가 한없이 평온해 보였을지는 몰라도, 속은 미치고 팔짝 뛸 지경이었다.

"……응."

수줍은 대답이 돌아왔다.

겉은 한없이 말랑한데, 속은 묘하게 단단한 듯했다. 그냥 제가 왜 이곳까지 왔는지 이해했다는 걸까. 아니면 계속 자신을 좋아해도 된다는 허락일까.

되도록 후자이기를 바랐다.

섣부른 고백에 다현의 얼굴을 두 번 다시 볼 수 없게 되면 견딜 수 없을 것 같으니까.

"나 짐 가지고 올게."

"같이 가자."

"아냐, 내가 가면 돼."

제 호의를 거절한 다현이 자리로 돌아갔다. 남자가 뭐라고 묻는다. 살짝 미간을 구기는 걸 봐서는 자신의 뜻대로 상황이 굴러가지 않는 게 불편한 눈치다. 그게 아니면 갑자기 나타난 제 존재가 불쾌했든가.

다현에게 가고 싶은 마음이 굴뚝같았지만, 발걸음이 떨어지지 않았다. 제자리에 있으라는 다현의 명령이 머릿속에 박혀 버린 탓이었다.

아, 움직이고 싶다.

남자가 다현에게 질척거릴 때마다 승준의 몸이 움찔거렸다. 다현은 웃는 낯으로 그에게 뭐라 말을 하고는 고개를 숙여 인사를 했다. 그러고는 제게 다가오는데, 남자 새끼가 검질기게 그녀에게 달라붙었다.

거의 성공했다고 생각한 작업을 끝내고 싶지 않았던 것 같다.

"다현 씨, 그래도 우리 한창 얘기하고 있었는데……."

애원하듯 다현에게 달라붙은 남자를 보며 으르렁거렸다.

"제가 친구하고 할 얘기가 있어서요. 오늘 즐거웠습니다, 먼저 가서 정말 죄송해요."

다현은 몇 번이나 죄송하다면서 사과했다. 그녀의 선택을 바꾸지 못하겠다고 생각한 건지, 제 날 선 눈빛에 꼬리를 내린 건지 몰라도 남자는 결국 백기를 들었다. 자신의 팔을 잡아끄는 다현의 손길에 승준의 걸음이 움직였다.

밖으로 나오기 전에 고개를 돌려 남자에게 날카로운 눈빛을 날렸다. 다현에게 전화도 하지 말라는 뾰족한 경고였다.

"승준아, 얼른 나가자."

"그래."

겨울바람만큼이나 차고 매서웠던 승준의 눈빛은 다현을 보자마자 기세가 누그러들었다. 위압적이었던 분위기마저 금세 온화하게 바뀌었다.

두 사람이 나란히 캠퍼스로 들어섰다. 술집으로 가득하던 거리를 벗어나선지 사위가 조용했다. 저벅거리는 우리들의 발소리가 크게 들릴 정도였다.

처음부터 이곳에 오려고 했던 건 아니었다.

집으로 돌아가자는 제게 다현은 조금만 걷고 싶다고 했다. 괜찮은 건지 모르겠다. 일단 연달아 하품을 하는 걸 보면 조금씩 술이 깨고 있는 듯 보였다.

춥지 않나.

다현이 감기라도 걸리는 건 아닌지 걱정됐다.

"이거라도 입고 있어."

외투를 벗어 다현의 어깨에 걸쳐 주었다.

"아냐, 아냐. 괜찮아."

"내가 더워서 그래."

"그러다 너 감기 걸리면 어떡하려고."

다현은 어떻게든 제게 외투를 돌려주려고 했다. 그녀가 자신을 걱정해 준다는 게 너무도 좋았다. 그렇다고 외투를 돌려받을 마음은 없었지만.

"네가 아픈 것보다는 나아."

제 말이 뭐가 그리도 재미있는지 다현은 웃음을 터뜨렸다.

"같이 걸칠래?"

그러더니 외투를 열어 보이며 제게 물었다. 두 사람을 품을 만큼의 크기는 아니었다. 제가 다현을 품에 안는다면 모를까.

승준은 고개를 기울이고는 다현을 가만히 쳐다보기만 했다. 솔직히 말하자면 고민됐다.

다현의 제안을 받아들이고 싶기는 한데, 혹시라도 제가 본능을 이기지 못하고 실수를 할까, 그게 걱정스러웠다. 만약 다현이 저를 보고 싶지 않다고 하면 어쩌나.

지금은 그것만큼 절망적인 일도 없을 것 같았다.

"괜찮으니까 입고 있어."

승준이 그녀의 옷깃을 단단하게 여며 주었다.

"나하고 같이 걸치기 싫어?"

"아니."

"그런데 왜 나한테 가까이 안 와?"

"안고 싶어질 거 같아서."

입이 제멋대로 움직였다.

그런 저를 올려다보던 다현의 고개가 아래로 떨어졌다. 그녀는 발로 바닥을 탁탁 가볍게 쳐 댔다. 무슨 할 말이라도 있는 건가.

바닥을 바라보는 다현의 입술이 꼼지락거렸다.

"……되는데."

다현의 말이 들릴 듯 말 듯 했다.

"뭐라고?"

"안아 줘도 된다고!"

번쩍 고개를 든 다현이 대차게 말했다. 나름대로 큰 용기를 낸 모양이다. 아랫입술이 미세하게 떨리는 걸 보면 알 수 있었다.

저를 올려다보는 다현에게서는 비장한 기운이 흘렀다. 두 팔까지 야무지게 벌리고 선 다현의 얼굴은 역시나 터질 듯 벌겠다.

"괜찮겠어?"

승준이 그녀에게 한 걸음 다가서며 물었다.

괜찮다고 말해 줘.

제게서 터져 나오는 마음을 다현은 읽었을까. 눈치가 빠른 애니까 진즉에 알아챘을 수도 있었다.

"응, 괜찮아."

다현의 말에 또 한 발자국.

"나도 너…… 좋아하니까."

마지막 말과 함께 다현의 앞에 멈춰 섰다.

순간 모든 시간이 멎은 듯했다. 다른 건 아무것도 눈에 들어오지 않았다. 바깥에서 들리는 자그마한 소리도 사라진 지

오래였다.

지금 승준에게 보이는 건 다현뿐이었다.

그리고 우리 사이로 번져 나오는 숨소리뿐.

"다시 한번만 말해 줘."

"언제부턴지는 몰라도 네가 좋아졌어. 네가 계속 내 옆에 있어 줬으면 좋겠어. 나는, 나는 그러니까…… 네가 좋아."

쉴 새 없이 고백을 쏟아 내는 다현이 예뻤다. 붉게 물든 볼도, 우물거리는 입술도 전부 사랑스럽게만 보였다.

기쁜 마음을 도저히 참을 수가 없어 승준은 그대로 다현을 안았다. 그녀가 제 품에 쏙 들어왔다. 자신의 안에서 오래도록 머물렀으면 좋겠다. 아니, 영원히 나가지 않았으면 했다.

적어도 승준은 제 마음에 날아든 빛을 절대 빼낼 수 없을 것 같았다.

"계속 네 옆에 있을게, 다현아."

두근거리는 서로의 심장 고동 소리가 짙게 피어나던 밤.

나는 너에게, 너는 나에게 특별한 존재가 됐다.

작가 후기

안녕하세요, 언정이입니다.

이번 〈못된 짓〉을 집필하는 내내 '맛'이라는 것에 대해 여러 생각을 하게 된 것 같습니다.

누군가와 맛있는 것을 먹고, 공유하고 즐기는 것.

사소한 그 일이 얼마나 행복하고 즐거울 수 있을지 이 글을 쓰면서 가장 많이 느낄 수 있었습니다.

마지막까지 승준이와 다현이가 힘차게 앞으로 나아갈 수 있도록 응원 주시고, 즐겁게 읽어 주신 모든 분들께 감사드립니다.

항상 곁에서 힘이 되어 주는 우리 가족, 그리고 광민이 오빠에게도 후기를 빌어 고맙다는 말을 전해 봅니다. 저와 함께 달리며 오늘도 열심히 글을 쓰는 지인분들도 늘 감사합니다.

하지만 무엇보다 〈못된 짓〉이 완성될 수 있게 끝까지 달려주신 출판사 담당자님께 진심으로 감사드린다는 말씀 전하고 싶습니다.

오늘 하루도 맛있는 것도 많이 드시고, 열심히 사랑하세요!

저는 더욱 유쾌하고 사랑 가득한 글로 또다시 찾아뵙겠습니다.
다현이, 승준이 안녕.

언정이 드림